W0015226

neue frau
herausgegeben von
Angela Praesent

Aïcha Lemsine
Die Entpuppung

Ein Entwicklungsroman

Deutsch von
Uli Aumüller

Rowohlt

Die französische Originalausgabe erschien 1976
unter dem Titel «La Chrysalide»
bei Éditions des Femmes, Paris
Umschlagentwurf Isa Petrikat-Velonis
Deutsche Erstausgabe

89.–106. Tausend März 1983

Veröffentlicht im Rowohlt Taschenbuch Verlag GmbH,
Reinbek bei Hamburg, August 1979

Gesetzt aus der Aldus (Linotron 404)
Gesamtherstellung Clausen & Bosse, Leck
Printed in Germany
580-ISBN 3 499 14402 6

Aïcha Lemsine · Die Entpuppung

Für meinen Mann, für Maria und Jacques,
die als erste an die «Entpuppung»
geglaubt haben.

Eine grüne Fläche. Eine weite, grüne Fläche, auf der sich ein kleines, weißes Dorf ausbreitete. Seine eigenartige Architektur zeugte von der naiven Phantasie des *homo faber*. Ein zerbrechliches und zugleich grandioses Werk, durchaus imstande, sich mit der kalten Funktionalität der Gegenwart siegreich zu messen. Hier dominierten Holz, Stein und Erde. Ein Dorf, Werk des Strebens von mittellosen Menschen nach einem Dach über dem Kopf. Hier und da nisteten Schattenflecken zwischen den aneinandergeschmiegten, von den Erinnerungen der Jahre zusammengedrückten Häusern.
Der Stamm, das pulsierende Herz des Dorfes, war die Hauptstraße, von der Sackgassen abzweigten. Diese Wege ohne Ausgang hatte der eifersüchtige Mann erfunden, damit die Ehre seines Hauses gewahrt bleibe.
Durch die gedämpfte Stille einer lauen Sommerdämmerung drang ein Schrei. Ihm folgte ein Stöhnen, wie ein unsichtbares Geschoß inmitten der gleichgültigen Passanten. Ein seltsames Klatschen schallte aus einem Hof, als gingen Kinder einem geheimnisvollen Spiel nach. Das Stöhnen wurde zum Wehklagen, zum herzzerreißenden Singsang. Plötzlich wieder dieser Schrei . . .
Dort, hinter einem der verschlossenen Tore, saß eine Frau mit untergeschlagenen Beinen auf einer Matte. Im Schmerz der Verzweiflung schwankte ihr Kopf hin und her. Die bunte Gandura legte sich ihr wie ein weites, welkes Blütenblatt um die Taille. Die Frau schlug sich ins Gesicht, schlug sich im Rhythmus ihres Kummers auf die Schenkel. Manchmal blickte sie mit der stummen Wut des gehetzten Tieres umher. Ihr Gesicht war nicht genau zu erkennen, aber ihre hennagefärbten Haare verrieten ihr Alter, und die Festigkeit ihrer Arme stand im Widerspruch zu dem vorzeitig erschlafften Kinn. Wie von ihrer Wut erschreckte Flammen züngelten die Haare der Frau unter dem mit Ranken bedruckten Kopftuch hervor. Sie sprang auf – bäumte sich auf, drohte dem Himmel. Ihre Gefährtin neben ihr war jünger; sie stützte ihr ruhiges Gesicht auf die Handflächen. Ihr verträumter Ausdruck wirkte beunruhigender als das wahnsin-

nige Toben der Weinenden; sie schien irgendwelchen wehmütigen Bildern aus der Vergangenheit nachzuhängen. Ein Kind jammerte. Die nachdenkliche junge Frau riß sich von ihrem Traum los, um im Schatten eines der Zimmer zu verschwinden, die sich wie erstarrte Zuschauer aneinanderreihten: das Gehege jahrhundertelang verschleierter Frauen . . . Mit einem Säugling auf dem Arm trat sie wieder heraus. Endlich erhob sie ihre Stimme wie eine reinigende Welle:

«Hör doch auf zu weinen, Khadidja! Bei Gott! Ich bin es, die sich das Gesicht und die Seele zerfleischen müßte! Aber du! Du bist doch schon seit langem daran gewöhnt!»

Khadidja hob ihr von Wut und Empörung gerötetes Gesicht, in dem riesige schwarze Augen zwischen Tränen aufblitzten wie eine letzte Herausforderung an die entschwindende Jugend.

«Nein! Niemals! Es ist jedesmal eine neue Wunde . . . Und diese letzte bringt mich um! Ich habe niemanden mehr, auf den ich mich stützen kann . . .»

Bei diesen Worten schüttelte ihre junge Gefährtin betrübt den Kopf:

«Ja und die Kinder? Und ich? Du vergißt uns schon!»

Khadidja schien vor Scham im Boden zu versinken. Mit einer dramatischen Bewegung wandte sie sich an ihre Gesprächspartnerin:

«Ihr seid mein einziger Lebensinhalt! Akila, du bist ein anständiges Mädchen . . . Aber diese neue Frau, die kommen wird, die Zina? . . . O nein! Nein! Eine solche Prüfung kann ich nicht mehr ertragen!»

Von einem neuerlichen Wutanfall überwältigt, zerkratzte sie sich mit den Fingernägeln das Gesicht, und die Tränen flossen; sie vermischten sich mit dem Blut aus den beiden langen Schrammen, die sie sich auf den Wangen beigebracht hatte.

Das erschrockene Kind begann zu weinen. Akila setzte es gereizt auf den Boden. Khadidja hörte plötzlich auf zu stöhnen und nahm nun selbst den Säugling auf den Schoß. Um ihn zu trösten, begann sie mit ihrer gebrochenen Stimme zu gurren, und es war, als suche sie Balsam für ihre Wunden. Das Kind streckte seine kleinen Händchen nach ihr aus und lallte:

«Mama! Mama!»

Mit dem Handrücken wischte sich Khadidja die Wangen ab. Sie drückte das Kind an sich. In ihren geröteten Augen erwachte wie ei-

ne scheue Liebkosung ein Schimmer von Frohsinn. Sie begann, das Kind am Bauch, am Hals zu kitzeln, es lachte und lachte . . . Nichts anderes existierte mehr. Für einen Augenblick wischte die wundersame Unschuld ihre tristen Tränen und alle Ungerechtigkeit der Erwachsenen hinweg. Khadidja schöpfte Kräfte aus dieser Jugend, die sich ihr darbot. Ihre Schultern strafften sich. Das Leben hatte ihr die Karten seit langem zugeteilt; sie hatte sie ausgespielt, so gut es ging. Khadidja sah sich verlieren, aber sie spürte, daß sie dafür entschädigt würde: es gibt immer einen Ausgleich für das, was man verloren hat. Sie würde daran glauben, es war nötiger denn je, daß sie daran glaubte. Die Hoffnung, der Stolz oder vielleicht die Wärme des Kindes an ihrem Herzen hatten die Scherben ihrer gebrochenen Stimme wieder gekittet:
«Solange Khadidja lebt, wird euch niemand Böses antun! Dieses Haus gehört euch!»
Der launische Regen kennt keinen Frühling, nicht wahr? Er ist immer bereit, das schöne Wetter zu unterbrechen. Und die Sonne! Sie reicht nicht aus, um Freude zu verbreiten. Allein das Lächeln eines Kindes, sein vertrauensvoller Blick hat die Macht, unsere Aufmerksamkeit zu fesseln. Die Welt war ein großes Geheimnis, und die schrecklichen Gefahren, vor denen die anderen sich in Sicherheit wähnten, geschützt von den Mauern eines glücklichen Heimes oder einer strotzenden und triumphierenden Jugend, diese Gefahren konnten sie plötzlich in einem wütenden Beben des Schicksals verschlingen. Khadidja spürte den Säugling an ihrer Brust und darinnen ihr eigenes, endlich besänftigtes Herz. Sie wandte sich dem Früher zu . . . Aus der Tiefe der Zeit stieg ihre ganze Vergangenheit auf und die Erinnerung an eine Geschichte: die Geschichte von tausenden und abertausenden Frauen und von dem, was die von den Männern geprägten Traditionen aus ihnen gemacht hatten.

Khadidja hatte das väterliche Haus im Süden des Landes vor fünfundzwanzig Jahren verlassen. Sie war sechzehn Jahre alt gewesen. Unter den Ju-Ju-Rufen und den fröhlichen Gesängen, die ihrer Hochzeit galten, hatte die Halbwüchsige zum erstenmal in ihrem Leben Ebenen, Täler und Hügel durchquert. Nach der berauschenden Euphorie der Reise fand sie sich in dieser Gegend wieder, inmitten dieses Dorfes, dessen Bräuche genauso starr und streng waren wie die ihrer Kindheit. Ein neues Leben begann für sie, neben anspruchsvollen Schwiegereltern, Schwägern und Schwägerinnen, aber glücklicherweise an der Seite eines lebensfrohen Mannes. Ihr Ehemann verstand es, sie allen familiären Verdruß vergessen zu lassen. Ein feuriger junger Mann, kaum vier Jahre älter als sie. Zwanzig Jahre! Was für ein Glück! Er konnte über ihre Naivität lachen, er verstand es, sie von allen unbemerkt mit Kleinigkeiten zu verwöhnen, die ein junges Mädchen bezaubern und treu und anhänglich machen. Khadidja betete ihren Mann an. Jeden Tag dankte sie dem Himmel, daß er ihr dieses glückliche Geschick zugeteilt hatte. Denn bei den Ehen, die selbstverständlich zwischen den Eltern beschlossen wurden, waren die Betroffenen weder berechtigt zu wählen noch sich vor der geheimnisvollen, beunruhigenden Hochzeitsnacht zu kennen. Man wußte nie im voraus, wie die Frau oder der Mann sein würde, mit der oder dem man sich für das Leben verband. Khadidjas Glück war verständlich. Hatte der Zufall ihr nicht einen jungen, schönen Mann beschert? Mit seinen schwarzen Haaren, seinen grünen Augen, seiner hellen Haut und den bebenden Lippen, die so gut lachen und küssen konnten.
Wenn ihre Schwiegermutter und ihre Schwägerinnen sie wegen ihrer ständigen Fröhlichkeit auch hänselten, brachten die ersten Jahre Khadidja doch vollkommene Erfüllung.
Jeden Morgen stand sie vor dem Hahnenschrei auf, um den heißen Fladen zu backen, den Kaffee zu kochen und den Hof zu kehren, bevor die übrige Familie aufwachte. Die Männer frühstückten gemeinsam und gingen dann auf die Felder. Während Khadidja emsig arbei-

tete, schwatzten die Frauen und beschäftigten sich mit ihren Sprößlingen. Weil sie nicht im Dorf geboren war, wurde sie als Fremde behandelt und mußte die niedrigsten Arbeiten verrichten. Die Väter der beiden jungen Leute hatten sich einige Jahre zuvor auf ihrer frommen Reise nach Mekka kennengelernt. Bei dieser Wallfahrt hatten die beiden Greise sich so gut miteinander verstanden, daß sie sich gelobt hatten, ihre Kinder miteinander zu verheiraten, um ihre schöne Freundschaft für immer zu besiegeln. Aber Khadidjas Vater war dem tiefen religiösen Erlebnis sowie den Anstrengungen der langen Reise nicht gewachsen gewesen. Er starb im Heiligen Land. Seinem Gelübde entsprechend wurde er im Gelobten Land des Propheten beerdigt. Mokranes Vater erledigte alle für die Bestattung notwendigen Formalitäten. Anschließend ging er in den Süden, um die Habe seines Freundes zurückzubringen und um die Familie zu trösten. Der alte Pilger löste sein Versprechen ein und hielt für seinen geliebten Sohn Mokrane um Khadidjas Hand an. Als die Nachricht von dieser Verbindung bekanntwurde, war man im Dorf mehr als verblüfft; die rührende Geschichte der beiden alten Pilger verlieh dem jungen Mädchen eine geheimnisvolle Aura. Aber nach der Hochstimmung des Festes zogen die Frauen in ihrer Bosheit darüber her. Sie, die in abgeschlossenen Höfen ständig unter sich lebten, kannten nach der Hausarbeit keinen anderen Zeitvertreib als ihre ständig wiedergekäuten Klatschgeschichten.

Weniger als jede andere konnte Khadidja sich diesem Klima von Verdächtigungen und Eifersucht entziehen; schließlich war sie vom Vater und nicht von der Mutter ausgewählt worden. Denn die allgemeine Regel schrieb vor, daß die Mutter des Jungen die Wahl traf, wer ihre Schwiegertochter wurde. Eine Frau, die einen Sohn hatte, wurde von allen Müttern, die nach einem Ehemann für ihre Tochter Ausschau hielten, geachtet, gefürchtet und umschmeichelt. An allen möglichen Orten der Begegnung spielte sich eine feingesponnene Politik ab: in den türkischen Bädern, in den Höfen, wenn man im Fastenmonat Ramadan lange aufblieb. Jedenfalls wurden die Heiraten oder die Scheidungen unter den Frauen entschieden. Die von ihren ‹süßen Hälften› geschickt aufgestachelten Männer beugten sich anschließend der Entscheidung. Und Khadidja war dahergekommen und hatte alle Damen des Dorfes ausgestochen! Zum erstenmal in ihrem Leben war die Schwiegermutter von den Heiratsvermittlungen für die Familie ausgeschlossen geblieben. Ah! Aber noch war nichts entschieden. Nach Ablauf eines Jahres hatte Khadidja nämlich sämtliche Sünden der Welt auf sich geladen: zunächst einmal war sie ohne Schmuck erschienen! Lediglich mit einem Paar goldener Armreifen . . . mit einer hastig zusammengestellten Aussteuer, was zum Teil auf den Schwiegervater zurückfiel, der es eilig hatte, sie mitzunehmen . . . Und dann reizte dessen ständige, liebevolle Sorge um die neue Schwiegertochter die Frauen aufs äußerste . . . Sie war nicht einmal in der Lage gewesen, ein Kind zu gebären, wie die meisten Schwiegertöchter, die es eilig hatten, ihr Glück zu machen! Zu all diesen ‹Vergehen› kam ein weiteres, scherwiegenderes, außergewöhnlicheres: nämlich das, von ihrem jungen Mann geliebt zu werden! Er brachte nicht einmal das Schamgefühl oder die Heuchelei auf, seine Liebe zu Khadidja zu verbergen. Hatte man sie nicht eines Abends in ihrem Zimmer zu laut lachen hören? Dieser Sohn, der jeden Blick, den geringsten Schritt seiner Frau wie eine Gnade des Himmels betrachtete! Und der ehrwürdige Schwiegervater beobachtete dies alles auch noch mit gerührtem Lächeln! Weder ihre machtliebende Schwiegermutter noch gar ihre Schwägerinnen verziehen ihr, so viele Regeln ‹gebrochen› zu haben. Daher entschädigten sie sich damit, sie während der Abwesenheit der Männer mit ihrem Gespött zu peinigen.

Khadidja erledigte ihre Arbeiten und wartete auf die höchste Belohnung am Ende des Tages, die nächtlichen Liebkosungen ihres Mannes. Was machte da schon der graue Alltag! Was bedeutete schon die Feindseligkeit aller, wenn sich ihr biegsamer und williger Körper in der Wärme ihres Lagers an Mokrane schmiegen durfte. Unter den ungeduldigen Fingern des Mannes war sie feuchter Ton; alle Gesten der Liebe erfand er mit ihr neu. Erstaunt, aber ganz berauscht von Khadidjas hautnaher Sinnlichkeit vollführte der junge Ehemann alle Verrücktheiten mit diesem Körper; Khadidja schien nur auf die Welt gekommen zu sein, um Mokranes Begierden besser zu stillen.

Aber das Schicksal war wohl eifersüchtig auf diese paradiesischen Nächte und ruhte nicht . . .

Im Haus wurde aus dem Geflüster Gezänk, und die Fragen enthielten boshafte Untertöne. Die hämische Verwunderung über Khadidjas anhaltende Schlankheit wuchs. Die Schwiegermutter begann den Taillenumfang ihrer Schwiegertochter zu taxieren; diese war in ihren weiten Ganduras so zierlich wie eine Gazelle. Ihre Schwägerin-

nen, die jedes Jahr niederkamen, triumphierten mit ihren herrlichen Rundungen. Sie liefen wie Pfauen umher, und wenn sie in den Hof kamen, riefen sie der ‹Trockenen› Sticheleien zu. Denn Khadidjas schmale Hüften und ihr flacher Bauch widersprachen nicht nur dem Schönheitsideal ihrer Umgebung, sondern beleidigten vor allem das Ehrgefühl der Schwiegermutter, die sich noch weitere Enkel wünschte. Khadidja indessen vertraute auf die Liebe ihres Mannes und reagierte gleichgültig auf alle Bosheiten.
Der Tod von Mokranes Vater wurde zum grausamen Schlag. Mit diesem guten, gerechten Mann verlor Khadidja ihren wichtigsten Beschützer. In aufrichtigem Schmerz weinte sie um ihn wie um einen geliebten Vater.
Nun wurde die Atmosphäre für Khadidja sehr bedrohlich. Man gab ihr heimtückisch zu verstehen, daß sie die Ursache für diesen Trauerfall in der Familie sei . . . «Eine unfruchtbare Frau bringt nur Unheil über ein Haus!» Nach herrschendem Volksglauben eine schlimme Verwünschung. Sie wurde für alle zum ‹Antlitz des Unheils›. Die vom Tod ihres Gefährten tief betroffene Schwiegermutter übertrug ihren ganzen Haß auf die junge Frau, überschüttete sie mit Beschimpfungen. Von ihren anderen Schwiegertöchtern aufgehetzt, ging sie eines Tages so weit, sie wutentbrannt zu schlagen.
Von der Vorahnung neuer Unglücksfälle gequält, die das Haus auf Grund von Khadidjas Anwesenheit bedrohten, wurde die Alte jeden Tag zänkischer. Die übrigen Klatschbasen mit ihren Ratschlägen schürten noch den Haß. Mokrane, dem die Achtung vor den Eltern alles bedeutete, war zwischen diesen beiden Frauen, die er jede auf ihre Weise liebte, hin- und hergerissen. Was sollte er anderes tun, als allem zuzustimmen, was sein Heim retten konnte, und sei es, den Taleb, den Dorfzauberer, um Beistand zu bitten, wie es ihm seine Mutter eines Abends einredete.
Tatsächlich machte ein alter Aberglaube den Neuankömmling in einem Haus für jedes herausragende Ereignis, sei es gut oder schlecht, verantwortlich. Wenn zum Beispiel nach der Geburt eines Kindes die Ernte seiner Familie reicher denn je ausfiel, so brachte dieses Kind Glück. Oder eine Frau brachte ‹Baraka›, Glück, für die Familie ihres Mannes: hatte er, der bislang kümmerlich lebte, nicht einen glücklichen Aufschwung seiner Geschäfte beobachten können? Und nun lief für ihn alles gut. Seine Ehefrau hatte ein ‹gutes Antlitz› . . .
Die in den Geboten des Koran bewanderten Gelehrten der Moschee

wurden nicht müde, die Unwissenden wegen ihrer Gotteslästerung zu schelten. Wieso sollte man das Geschick mit menschlichen Handlungen in Zusammenhang bringen? War nicht jedem alles im voraus auf die Stirn geschrieben? Aus dem ‹Mektoub›, der Lehre vom vorausbestimmten Geschick, sprach keineswegs die Passivität der Vorfahren, wie gewisse ‹Freigeister› meinten, er war vielmehr eine tiefsinnige Philosophie, die Weisheit lehrte und einen gewissen Mut, Schicksalsschläge zu ertragen. Aber Stolz, Neid oder ganz einfach Angst lassen die besten Gebote vergessen. Und Mokrane hatte Angst. Seine Mutter setzte ihm zu, er solle Khadidja verstoßen und sich ein zweitesmal verheiraten, oder aber sich einverstanden erklären, die junge Frau dem Taleb zu überantworten, damit er den Dämon aus ihrer Seele vertrieb. Oh, Allah! dachte der arme Mokrane, wie konnte man nur annehmen, seine zärtliche, liebevolle Frau, die ihn so gut zu beglücken verstand, sei vom Teufel besessen? Und doch, diese sonderbaren Zufälle seit ihrer Ankunft! Mit handfesten Argumenten brachte seine Mutter ihn schließlich noch ganz um den Verstand:
«Erinnere dich – kurz nach dem Fest», sagte sie, «hat sich deine Tante Zahra auf den Stufen des Hammam den Knöchel verstaucht!»
In Wirklichkeit erinnerte sich Mokrane nicht mehr an den Unfall der Tante. Innerlich zuckte er mit den Schultern: ‹Diese vom Wasser glitschigen Stufen sind für alle eine ständige Gefahr. Na, und dann die Tante! Alt und kurzsichtig wie eine Eule ist sie, da mußte ihr das ja passieren . . .›
Seine Mutter fuhr fort:
«Du selbst, mein lieber Sohn, hast dich damals plötzlich verändert. Oh! Ich verstehe . . . Ein Jungverheirateter! Ich weiß schon, aber deshalb gleich aus der Moschee zu verschwinden! Du, der du wie dein Vater – Friede seiner Seele! – und deine Brüder fünfmal täglich das Gebet sprachst und freitags in die Moschee gingst. War es nicht so, daß dir plötzlich jeder Vorwand recht war, um dich ins Haus zu verkriechen? Gleich nach der Arbeit kamst du hier angelaufen und hast deine Freunde vernachlässigt, deine Pflichten als guter Moslem. Nein, sag nichts, Sohn! Hör mir einmal zu! Man hat nur eine Mutter . . . ich habe nicht mehr lange zu leben!» Da! Sie wußte genau, daß sie damit die empfindlichste Saite traf. Mokrane spürte jetzt ein unbestimmtes Schuldgefühl in sich aufkeimen.
«Das Jahr verging. Dein armer Vater – Friede seiner Seele! – und ich

waren bitter enttäuscht, daß ihr keine Kinder bekamt, wie deine Brüder. Du weißt, wie heilig uns die Fortpflanzung unserer Söhne ist! Ah! In diesem Haus gibt es seit ihrer Ankunft keine Freude mehr! . . .!» Sie übertrieb. Mokrane wußte, daß es hier zumindest zwei Glückliche gegeben hatte: sein Vater liebte die Tochter seines in Mekka verstorbenen Freundes, die Tochter eines heiligen Mannes, bis an sein Ende, und er, Mokrane, war vom Zauber der Liebe verwandelt! Trotzdem ließ er seine Mutter ihre Litanei fortsetzen:
«Und dein Vater – Friede seiner Seele! –, er war nie krank! Er war trotz seines Alters noch rüstig! Möge Gott mir vergeben, was ich jetzt sage! Oh, mein Sohn! Daß der Tod deinen Vater so plötzlich dahingerafft hat . . . Nein, nein! Das ist das Werk des bösen Blicks, der in meinem Haus wütet. Du mußt auf mich hören! Nun, man kann sie von den bösen Säften befreien, die sie in sich trägt. Si-Taleb ist berühmt. Er hat bei vielen anderen sehr gute Erfolge erzielt. Man muß nur folgendes machen . . .»
Mokrane, zunächst beunruhigt bei dem Gedanken an gewisse, manchmal grausame geheime Hexereien der Zauberer und der abergläubischen Weiber, seufzte erleichtert. Alles in allem genügte eine harmlose Tätowierung! Hier in der Gegend hatten viele Frauen Tätowierungen, oft sogar aus Koketterie. Khadidja dagegen hatte keine. Er sträubte sich gegen die Vorstellung, ihre zarte, braune Haut vom Eisen dieses alten Uhus von Dorfzauberer brandmarken zu lassen. Aber seine Mutter hatte gesagt, daß nur ein kleines Kreuz gemacht würde. Ein Kreuz! Man konnte sich über die Bedeutung mancher volkstümlicher Zeichen nur wundern!
Khadidja ahnte nichts. Sie durfte von dem, was man vorhatte, nicht unterrichtet werden, sonst würde sich der ‹Böse Blick Satans› für eine gewisse Zeit einen anderen Aufenthaltsort suchen und zurückkommen, wenn die Gefahr vorbei war.
Eines Abends, als sie sich schlafen legen wollte, schlug Mokrane ihr besorgt vor, einen Gesundheitstee zu trinken, da ihm, wie er sagte, in der letzten Zeit ihre Blässe aufgefallen sei. Die junge Frau war erstaunt. Einen Gesundheitstee! Den hätte sie sich doch selbst zubereiten können! Aber da sie die Zärtlichkeit ihres Mannes kannte, glaubte sie, er sei lediglich um ihre Gesundheit besorgt. Da die Schwiegermutter es sich angewöhnt hatte, vor dem Einschlafen ein heißes Getränk zu trinken, wollte er dies ausnutzen und ihr etwas

davon geben. Khadidja konnte diese Aufgüsse nicht ausstehen, aber um ihrem Mann eine Freude zu machen, trank sie unter den seltsam gerührten Blicken der gefürchteten Schwiegermutter eine Schale davon.

Was für eine Nacht! Voll Angst und Schrecken wachte Mokrane über den unruhigen Schlaf seiner Frau. Sie stöhnte, als litte sie an schrecklichen, verborgenen Wunden. Sie wand sich, ihr Gesicht verzerrte sich vor Angst über das, was sie in ihrem Alptraum sah. Heulend rief sie den Namen ihres Mannes. Ganz außer sich drückte Mokrane sie an sich und murmelte zärtliche und besänftigende Worte. Seine Mutter, die neben ihm stand, beruhigte ihn, indem sie sagte, das sei normal. Geheimnisvolle Kräuter vom Taleb, aus denen sie den Tee zubereitet hatte, brachten die junge Frau dazu, im Schlaf gegen die Dämonen zu kämpfen. Als der Morgen dämmerte, schien Khadidja sich zu beruhigen. Manchmal seufzte sie leise. Da sah Mokrane den Taleb erscheinen, den er in seinem tiefsten Inneren den alten Uhu nannte – und ganz so sah er auch aus.

Obwohl sein Hemd über der nackten Brust offenstand, glaubte Mokrane zu ersticken. Der Schweiß perlte ihm über das Gesicht, als er die seltsame Erscheinung bemerkte. Die Mutter flüsterte mit dem Taleb und wies mit dem Finger auf Khadidja. Bestimmt berichtete sie ihm über die unruhige Nacht der jungen Frau. Eine von Mokranes älteren Schwestern beeilte sich, in einem kleinen Becken, das speziell zum Abbrennen von Weihrauch diente, Feuer zu machen. Keinerlei Vogelgesang, kein Laut aus dem angrenzenden Haus. Stille. Der Taleb kam jetzt näher, die Mutter hatte die Tür hinter ihm geschlossen. Zum erstenmal seit Beginn dieser seltsamen Szene hatte Mokrane Angst. Er bemerkte, daß der Mann einen Buckel hatte. Sein von zahllosen Falten zerfurchtes Gesicht war der schlafenden jungen Frau zugewandt. Der Augenausdruck war unerträglich, als starrte der Taleb Khadidja an, ohne sie zu sehen. Er kniete neben ihr nieder und zog unter seinem schwarzen Burnus eine Aluminiumdose hervor, die den in Lebensmittelgeschäften verkauften Biskuitdosen glich. Mokrane fielen die ruckartigen Bewegungen des Mannes auf; er wirkte, als stünde er unter Hypnose. Der Taleb hielt das Weihrauchbecken neben Khadidja. Mit gutturaler, in der Stille des Zimmers eindrucksvoller Stimme hob er an zu psalmodieren. Aus dem Becken stieg dicker Rauch auf. Mokrane konnte das Gesicht des Mannes nicht mehr erkennen. Es fröstelte ihn bei der eintönigen

Stimme des Taleb. Die Mutter hielt die Hand ihres Sohnes fest in der ihren. Plötzlich wurde die Stimme furchterregend und sagte deutlich: «Wo fährst du mit deinen Hörnern aus? Wo fährst du mit deinen Hörnern aus?» Seine langen, durchsichtigen Hände hatte er auf Khadidjas Brust gelegt. Sie schien unter dem Gewicht dieser Hände zu ersticken. Sie atmete gepreßt; sie warf den Kopf hin und her und rief keuchend den Namen ihres Mannes. Mokrane spürte, daß sie ihn um Hilfe anrief. Er sprang auf, um sie aus der Gewalt des diabolischen Mannes zu befreien, aber seine Mutter hielt ihn mit einer Kraft zurück, die man bei einer Frau ihres Alters nicht vermutet hätte. Mokranes Blick wanderte zwischen seiner Frau und dem Taleb hin und her. Dieser wiederholte unermüdlich seine Frage. Plötzlich richtete die junge Frau sich auf. Sie öffnete ihre von Alpträumen verschwollenen Augen; ihr verstörter, von tiefer Angst erfüllter Blick richtete sich auf den Taleb, der sich über sie beugte. Der Mann bedrängte sie mit seiner immer gleichen Frage. Gebieterisch fragte er: «Wo fährst du mit den Hörnern aus?» Aus Khadidjas offenem Mund brach ein Geheul wie von einem wilden Tier, einem armen, verwundeten Tier: «Aus meiner Hand! Aus meiner Hand!» Sie rollte auf dem Lager herum und hielt dabei ihre linke Hand gegen ihren Bauch gepreßt. Sie vergrub den Daumen in ihrer geschlossenen Faust, als wollte sie ihn vor einem Feind verbergen, der ihn ihr ausreißen wollte. Mokrane wich entsetzt zurück. Er fragte sich, ob er nicht das Opfer einer phantastischen Halluzination sei. Endlich schwieg der Taleb. Er nahm seine Hände vom Körper der jungen Frau und gab der Mutter ein Zeichen. Diese näherte sich ihm, schüttelte den Kopf und ging dann zum Ausgang. Sobald der Taleb seine Beschwörungen beendet hatte, beruhigte sich die junge Frau. Allmählich ging ihr Atem wieder regelmäßig. Aber ihre Faust preßte sie weiter zusammengeballt an sich. Die Mutter brachte einen Holzlöffel, der Taleb nahm ihn und füllte ihn mit einer gelblichen Flüssigkeit aus einem winzigen Fläschchen. Er zwang Khadidja zu trinken, was sie mit einer Gier tat, als habe ihr der Durst der ganzen Welt die Kehle ausgetrocknet. Jetzt schien sie völlig wach zu sein. Ihr Gesicht hatte seine normale Beweglichkeit wiedergewonnen. Erstaunt, diesen Unbekannten vor sich zu sehen, blinzelte sie mit den Augen. Mokrane eilte zu ihr:
«Khadidja! Wie fühlst du dich? Dies ist Si-Taleb. Wir haben ihn kommen lassen, weil du krank bist . . .»

Krank? Die junge Frau blickte ganz entgeistert drein. Es stimmte zwar, daß ihr ganzer Körper sie schmerzte, als habe man sie geschlagen. Aber was war denn geschehen? Mit fragenden Augen sah sie ihren Mann ängstlich an. Der wandte den Kopf ab; er sah, wie der Taleb merkwürdige Instrumente aus seiner unerschöpflichen Dose holte. Mokrane wußte, was nun passieren würde. Diesmal mußte er es seiner jungen Frau erklären:
«Also . . . Es ist nicht schlimm, Mutter sagt, daß . . .»
Seine Mutter unterbrach ihn sanft; sie merkte, daß ihr Sohn sich in ungeschickte Worte verwickeln würde; sie konnte es besser. Sie senkte ihren Blick in den ihrer Schwiegertochter:
«Meine Tochter, du bist sehr krank gewesen, du hast heute nacht viel geschrien. Deshalb haben wir Si-Taleb kommen lassen, damit er dich heilt. Er macht dir jetzt eine kleine Tätowierung, und dann ist es vorbei.»
Bei diesen Worten bäumte Khadidja sich auf. O nein! Das nicht! Sie hatte diese unauslöschlichen Zeichen auf der Haut immer verabscheut. Wohl gab es Frauen, denen es gefiel, sich das Gesicht oder den Hals mit diesen Zeichen zu verunstalten. Ihre Mutter war auch tätowiert, aber sie, Khadidja, hatte sich immer gegen diese schmerzhafte Prozedur gesperrt. Weshalb jetzt?
Ihre Schwiegermutter sagte mit Nachdruck:
«Du mußt gehorchen! Du bist vom bösen Blick Satans befallen. Er wird dir nur ein kleines Kreuz machen. Das ist alles. Es muß sein, für deine Gesundheit, das Glück deines Mannes und . . . für den Frieden in diesem Haus muß es sein! Sag es ihr, mein Sohn!»
Mokrane drückte seine Frau an sich und raunte mit seiner bewegten Stimme:
«Du wirst sehen, es ist nicht schlimm.»
Khadidja erinnerte sich an gewisse geheime Praktiken unter den Frauen. Was sie aber wunderte, war das Einverständnis ihres Mannes. Im allgemeinen wurden diese Dinge heimlich, ohne Wissen der Männer gemacht. Und Mokrane schien es zu billigen! Abgekämpft zuckte Khadidja mit den Achseln.
Der Taleb nahm die Hand der Frau, ihre linke Hand, die sie in ihrem Fieberwahn verzweifelt zu verbergen gesucht hatte. Einen Moment lang schien er sich in die Betrachtung der Handlinien zu versenken. Er nahm den Daumen und untersuchte ihn mit der gleichen Sorgfalt. Khadidja wich zurück: «Nein! Nicht da!» Sie machte den Ein-

druck, als verteidige sie etwas Wertvolles. Der Taleb sah sie lange an, wie es schien mit einem Schimmer von Mitleid im Blick. Und ehe man sich's versah, zog er wer weiß woher ein Stilett hervor und schnitt damit in das Fleisch unten am Daumen. Das Blut perlte hervor. Er ritzte ein Kreuz hinein und bestäubte die Wunde mit Khol, diesem Antimon-Puder, das sich die Frauen zum Schminken auf die Augen auftragen. Khadidja hatte nicht einmal Zeit zu schreien, da war es auch schon vorbei. Der Mann war wirklich ein Fachmann auf diesem Gebiet. Voll Ekel betrachtete Khadidja ihren angeschwollenen Daumen und den schmierigen Fleck aus Blut und dem schwärzlichen Pulver. Sie verspürte Brechreiz. Die Mutter war emsig um den Taleb bemüht; ihrer Tochter sagte sie, sie solle den Kaffee bringen.
«Mokrane», murmelte Khadidja.
Ein Anflug von Feigheit ließ Mokrane befürchten, er werde Tränen in den Augen seiner Frau glänzen sehen. Er verbarg sein Gesicht in den Händen. Als er einige Augenblicke später den Kopf wieder hob, nahm er den ersten Schimmer des befreienden Morgens im Zimmer wahr. Der alte Uhu war verschwunden. Khadidja lag mit geschlossenen Augen da und schien zu schlafen, oder tat sie vielleicht nur so? Seine Mutter rief ihm zu, er solle frühstücken, bevor er mit seinen Brüdern auf die Felder ging. Er zögerte einen Augenblick, bevor er hinaustrat. Hatte er einen grausigen Alptraum gehabt? Nein. Der Geruch von Weihrauch hing noch im Zimmer. Der Weihrauch im Becken neben dem Lager verlosch gerade. Khadidjas arme Hand mit dem aufgedunsenen Daumen lag geöffnet da. Draußen schüttelten die Frauen die Decken aus; seine Brüder riefen nach ihm und drängten zum Aufbruch. Hatten sie denn nichts gehört? ‹Und wenn›, überkam es Mokrane, ‹und wenn das alles nur Scharlatanerie war? Khadidja hat diese Alpträume von dem Gebräu bekommen, das sie am Vorabend geschluckt hat. Und als der Taleb mit seinem Singsang angefangen hat, fühlte ich mich kurz vor einem Nervenzusammenbruch!› dachte er. ‹Der Kerl hat Khadidja angesprochen, als spräche er mit einem Mann. Und das mit den Hörnern? Sollte das etwa der Teufel gewesen sein? Und wenn Khadidja letzten Endes ganz normal reagiert hat, bloß weil sie durch ihren Dämmerzustand hindurch das Lächerliche und Ermüdende dieser Frage bemerkte? Um diese aufreizende Litanei zu beenden, hat sie instinktiv irgend etwas geantwortet! Und wir glaubten, es sei der Satan, der endlich durch ihren

Mund antwortete! . . . Ja, aber weshalb hat sie ihren Daumen verborgen? Ein Zufall? Weil sie spürte, daß man ihr weh tun würde. Der alte Taleb versteht es gut, seine Opfer in die richtige Verfassung zu versetzen; im Laufe der langen Zeit, die er seine satanischen Praktiken schon ausübt, hat er die menschliche Seele zu durchschauen gelernt. Aber wenn an all dem doch etwas Wahres war? Oh, Allah, erleuchte mich!› Mokrane stellte sich alle möglichen Fragen. Seine Verwirrung war bodenlos. Schließlich tröstete er sich mit dem Gedanken, daß seine junge Frau mit einem kleinen Kreuz am Daumen davongekommen war. Wenn das die Dinge wenigstens ins Lot bringen konnte!

Unterdessen genoß Khadidja, nachdem der erste Schock beim Anblick ihres geschwollenen und schmerzenden Daumens vergangen war, endlich die wohlverdiente Ruhe. Ihre Schwiegermutter hatte ihren Schwiegertöchtern befohlen, Khadidja in ihrem Zimmer ausruhen zu lassen. Sie hatten ihr heißes in Honig getränktes Gebäck und nach Minze duftenden Tee gebracht. Die Schwiegermutter umsorgte sie beinahe liebevoll. Man hätte meinen können, Khadidja sei für diese Frauen plötzlich eine mächtige, mit allen Gnaden des Himmels ausgestattete Göttin geworden. Zynisch dachte sie: ‹Wenn ich mich bloß tätowieren lassen muß, um von der Familie meines Mannes geliebt zu werden, dann will ich mich an jedem Tag meines Lebens mit brennenden Kreuzen bedecken!›

Das Leben nahm wieder einen friedlichen Lauf. Für Khadidja hatte sich vieles geändert, und zwar zum Besseren: Ihre Schwägerinnen machten sich nicht mehr über sie lustig. Die Frauen teilten die Hausarbeit gleichmäßig unter sich auf. Die Mutter ihres Mannes war nach und nach zusammengeschrumpft, als habe der Taleb, als er den Satan in Khadidja ausrottete, gleichzeitig die streitbare Vitalität der alten Dame vertrieben. Die Familie wunderte sich, weder Lalla Bayas bissige Antworten zu hören noch ihren auftrumpfenden Dünkel zu erleben. Wahrscheinlich ist es die Resignation des Alters, die endgültig in sie einkehrt, dachten sie.
Die Beziehungen zwischen Lalla Baya und ihrer jungen Schwiegertochter wurden freundschaftlich; sie entwickelten schließlich sogar eine scheue Zuneigung füreinander. Die Klatschbasen des Dorfes, an die geräuschvolle Antipathie der Schwiegermutter gegenüber Khadidja gewöhnt, waren völlig entgeistert. Mokrane freute sich insgeheim über den seligen Frieden in seinem Heim. Aber das von allen erwartete Kind ließ bitterlich auf sich warten. Man sprach nicht darüber, aber jeden Monat, wenn seine Frau unpäßlich wurde, wurde die Enttäuschung auf Mokranes Gesicht herber.
Die wohlige Atmosphäre, in der alle Familienmitglieder sich gegenseitig versprochen zu haben schienen, glücklich zu leben, wurde neuerlich von einem Trauerfall überschattet. Eines Tages legte sich Lalla Baya, als sie vom Hammam zurückkam, zu Bett. Das für ihre alten Knochen zu anstrengende Dampfbad oder eine Verkühlung brachten der alten Dame das Ende. Der Herbst war vorbei, die Bäume hatten in einem trügerischen Kreislauf der Zeit noch einmal geblüht, um den Tod weniger schwer zu machen. In Frieden mit sich und den anderen war Lalla Baya gestorben. Sie dankte Allah, daß er es ihr vergönnt hatte, ihr Leben unter dem Schutz ihrer Söhne auszuhauchen. Wie für jede Moslemfrau war dies ihre letzte Belohnung im Leben.
Die Familie zerstreute sich. Die Brüder zogen mit ihren Frauen auf das Stück Land, das jedem von ihnen nach dem Erbrecht zustand.

Khadidja und ihr Mann blieben allein im Haus zurück. Mokrane war nun ernstlich über die hartnäckige Unfruchtbarkeit seiner Frau beunruhigt. Von der Familie und den Weibern im Dorf gedrängt, suchte Khadidja alle Heiligen der Gegend auf. In der Hoffnung auf das Kind, das ihr Heim endlich vergrößern würde, wandte sie die geheimnisvollen Kräuter der Heilkundigen an. Mokrane wurde ungeduldig. Er wurde gereizt und machte dauernd Anspielungen auf seine Brüder und Freunde, die Allah reichlich mit Kindern segnete. Er liebte seine Frau noch immer, aber wie sollte er sich gegen die mitleidigen Blicke der Leute, die ihn kannten, wehren, diese Blicke, die ihm zu sagen schienen: ‹Armer Mokrane! Du kannst keine Kinder machen! Dein Leben ist beendet.›
Khadidja verlor ihre schönen Illusionen und auch viel von ihrer Naivität. Sie wurde härter gegen die anderen und gegen sich selbst. Sie kannte keine Ruhe und keinen Schlaf mehr, der alle Sorgen lindert. Der quälende Gedanke an ihre Unfruchtbarkeit hielt ihre Augen bis zum Morgengrauen offen. Während der schwere graue Schatten durch die Fensterläden entwich und es heller wurde, dachte Khadidja in sich versunken über ihre ungewisse Zukunft nach. Und endlich überkam sie der bei Mensch und Tier natürliche Selbsterhaltungstrieb. Sie wurde munter. Ja, ein Kind wäre ihr Schutz vor der Feindseligkeit aller anderen. Sie hörte auf zu lauern. Sie verschloß ihre Ohren vor dem Dorfklatsch und richtete sich gerade auf. Sie begann damit, die alte Garmia wegzuschicken, eine Hebamme und Heilkundige, die jeden Tag kam, um ihren Bauch zu befummeln und ihr klebrige Salben in die Vagina zu schmieren. Mit gellendem Schimpfen auf den Dämon, von dem – wie sie sagte – die ‹verfluchte Khadidja› besessen war, verließ die Alte das Haus. Aber von den Verfluchungen unbeeindruckt schlug Khadidja die Tür hinter Garmia zu.
Mißmutig wie gewöhnlich kam Mokrane an jenem Tag nach Haus. Ohne seine Frau auch nur zu begrüßen, zog er die Matte nahe an das Kohlebecken und wartete auf das Essen. Seine Frau hingegen begrüßte ihn herzlich. Freudig deckte sie den kleinen runden Tisch. Sie wirbelte umher wie ein zwitschernder Vogel, der zwischen Sonnenstrahlen herumtanzt. Ihr Mann beobachtete sie verstört.
«O Frau! Was macht dich heute so fröhlich?»
Khadidja antwortete ihm mit einem verschmitzten Lächeln. Ihr von einer geheimnisvollen inneren Freude rosiges Gesicht überstrahlte

sogar die hell und warm vom Himmel leuchtende Sonne. Ihre in einem dicken, glänzenden Zopf zusammengehaltenen Haare schlugen lustig um ihre Taille. Einen Augenblick lang vergaß Mokrane seine Sorgen und ergötzte sich nur noch an der verwirrenden Schönheit seiner Frau. Endlich kam sie und setzte sich neben ihn. Behutsam begann sie ihm den Plan zu erläutern, den sie in letzter Zeit geschmiedet hatte.

Mokranes Gesichtsausdruck war gleichzeitig schockiert und leicht amüsiert. Aber er hörte seiner Frau aufmerksam zu. Er schien von der Waghalsigkeit dessen, was sie ihm da vortrug, überrumpelt. Khadidja besaß wirklich Charakter. Sie war von einem ungeheuren Überschuß an Vitalität beseelt. Ihr Geist und ihr Wille waren unbändig wie selten bei einer Frau, die es eigentlich gewohnt war, dem Manne zu gehorchen. Khadidja verstand es, allem und jedem dreist die Stirn zu bieten. Selbst ihr Ehemann war innerlich davor auf der Hut. Es war ihm oft passiert, daß er den Launen seiner Frau nachgab.

So geschah es, daß sie ihm ihre Hoffnung auf die neue Dorfärztin anvertraute, die mit ihrem Mann die Patienten im Krankenhaus pflegte. Khadidja schien in einem unerhörten Traum befangen. Ihr ganzes Wesen bebte vor Ungeduld. Ihre dunklen Augen füllten sich manchmal mit Tränen, die dann bei ihren feurigen Worten schnell trockneten. Ihre Stimme wurde sanft, sehr sanft, als sie ihren Abscheu vor allen Heilmitteln der Hebammen ausdrückte. Sie glaubte nicht mehr daran. Sie war überzeugt, daß allein die ‹Rumia›, die europäische Ärztin sie retten könnte.

Mokrane erkannte hierin das stürmische Temperament seiner Frau wieder. Aber zum Teufel! Diesmal war sie entschieden verrückt geworden. Die Frau des Sohnes des ehrwürdigen Hadsch-Scheik-Mouloud (Friede seiner Seele!) wollte wie eine x-beliebige durch die Straßen des Dorfes gehen und an die Tür der ‹Rumis› klopfen? Niemals! Von heiligem Zorn überwältigt erteilte der Sohn des Scheik-Mouloud seiner Frau den Befehl zu schweigen. Khadidja widersetzte sich mutig. Sie schwor, kein Mensch werde es erfahren, da sie bei Einbruch der Dunkelheit verschleiert hingehen würde. Kein Mensch sollte es erfahren!

So wurde es gemacht. In ihren Haik, den weißen Schleier, gewickelt schlich sie eines Abends zu dem weißen Haus oberhalb vom Dorf.

Sie klopfte an die Tür. Ein junges Mädchen öffnete. Khadidja er-

kannte Fatima, die Tochter der Oberwäscherin im Hammam. Das junge Ding ging in die Häuser, um bei Hochzeiten, Beschneidungsfesten oder Beerdigungen zu helfen.
«Fatima, laß mich ein und ruf deine Herrin!»
«Wer bist du? Die Ärztin empfängt zu Hause niemanden. Geh ins Krankenhaus!»
Ohne ihre Bitte zu wiederholen, stieß Khadidja Fatima beiseite und drang in die Küche ein. Fatima begann zu schreien und versuchte vergeblich, die Frau auf die Straße zurückzudrängen. Khadidja schubste sie gegen die Stühle und entblößte ihr Gesicht, indem sie den Schleier lüftete.
«Du, Khadidja! Die Frau von Si-Mokrane! O Gott! Was ist denn mit dir los?»
Fatima war offensichtlich überrascht, eine der angesehensten Frauen der Gegend zu dieser dunklen Stunde außer Haus zu sehen, und dazu noch allein. Denn die Töchter oder Ehefrauen der Honoratiorenfamilien des Dorfes gingen nie aus, außer um in das türkische Bad oder zu Festen zu gehen, und das immer in Begleitung ihres Mannes, einer Alten oder eines Kindes. Die arme Fatima riß beim Anblick der Frau die Augen auf. Khadidja schrie jetzt, als sei sie bei sich zu Hause.
Auf diesen Lärm hin eilte eine junge Frau herbei. Die Anwesenheit ihrer Herrin, deren seltsam trauriger, sanfter Blick verwirrte Fatima noch zusätzlich. Sie war klein und zierlich; ihre ganze Person vermittelte den Eindruck rührender Zerbrechlichkeit. Ihre blonden Haare unterstrichen noch die Feinheit ihrer Züge. Neugierig musterte sie das schöne Teufelsweib, das unter seinem Schleier gestikulierte. Dann hielt Khadidja inne, um ihrerseits die ‹Rumia› zu betrachten. Mit vor Überraschung komisch zusammengekniffenen Augen taxierte sie die Dame. Was hatte sie sich denn vorgestellt? Sie hatte wohl schon einige europäische Frauen gesehen; auch in dem kleinen Dorf gab es welche: die Frau des Lehrers, die des Polizeichefs oder die des Waldhüters, die außerhalb des Dorfes in einem weitläufigen und schönen, weißen Anwesen wohnte. Selbstverständlich hatten diese Frauen keinerlei Beziehungen zu denen vom Dorf. Manchmal sah man sie im Schulgarten zusammen schwatzen, wenn sie ihre Freundin besuchten. Sie waren schon in reiferem Alter. Mit ihrer cremeglänzenden Haut, ihren rotgeschminkten Lippen und ihren von Brennscheren gemarterten Haaren kamen sie den Dorfbe-

wohnerinnen daher wie Frauen von einem anderen Planeten vor. Aber die Dame, die sich Khadidjas erstauntem Blick darbot, war in ihrer natürlichen und so zerbrechlichen Schönheit ergreifend.
In der nun eingetretenen Stille konnte Fatima ihrer Herrin endlich den Zweck dieses unzeitigen Besuchs übersetzen. Während das junge Mädchen sprach, nickte Khadidja heftig mit dem Kopf und bannte die Aufmerksamkeit der Ärztin mit ihrem feurigen Blick. (In Wirklichkeit war sie Krankenschwester und half ihrem Mann, dem Arzt, bei der Führung des Hospitals.) Sie waren neu hier, hatten sich aber nach und nach mit der Mentalität und den Bräuchen der Moslems vertraut gemacht. Daher verstand die Dame Khadidjas Situation ziemlich schnell. Die beiden Frauen fühlten sich angenehm zueinander hingezogen. Bald war dank Fatimas Vermittlung eine lebhafte Diskussion zwischen ihnen im Gang. Trotz ihrer unterschiedlichen Herkunft und Sprache verband sie eine geheimnisvolle Sympathie. Nur ihr Geschlecht hatten sie gemeinsam. Und vielleicht liegt gerade darin das wesentliche Geheimnis dessen, was Frauen verbinden oder sie trennen kann. Denn gleich jener spontanen Solidarität zwischen denen, die das gleiche Urübel erlitten haben, können zwei Frauen durch ihr Einvernehmen eine ungeheure, intelligente Kraft bilden – oder sie werden leidenschaftliche Rivalinnen, die ihre teuflischsten Waffen wetzen. Weil sie sich intuitiv durchschauen und sich zu gut kennen . . .
Khadidjas einzige Sorge war es gewesen, einer dieser ‹Rumias› gegenüberzutreten, die den Bitten einer Eingeborenen verächtlich oder herablassend begegneten. Einen solchen Affront hätte sie in ihrer Situation nicht hinnehmen können. Bei ihrem stolzen Charakter hätte sie einen Skandal provoziert. Aber glücklicherweise brachte das zuvorkommende Zartgefühl der Dame sie davon ab und verwunderte sie zugleich ein wenig. Diese Dame verkörperte in Khadidjas Augen das Wissen, die Wissenschaft. Und dennoch schien sie sich fast dafür zu entschuldigen, daß sie sich von ihrer Besucherin unterschied. Sie hatte eine rührende Art, ihren klaren Blick leicht und beinahe scheu auf die Menschen zu richten. Khadidja fühlte sich von jäher Zärtlichkeit für die ‹Rumia› überwältigt. Unter einem solchen Blick wurde sie unwiderstehlich; alle Kräfte der Welt wuchsen Khadidja zu, um die Dame zu ihrer Freundin und zu ihrer Verbündeten zu machen. Die Arztfrau war fasziniert von den großen Gesten, dem herrlich beweglichen Gesicht, der rauhen Stimme, die unverständli-

che, aber glücklicherweise von Fatima übersetzte Worte sprach.
Am selben Abend berichtete Khadidja Mokrane vom Erfolg ihres Besuchs bei den ‹Rumis›. Sie würde von der Dame und ihrem Ehemann unter größter Geheimhaltung behandelt werden, erzählte sie.
Fatima wurde selbstverständlich in Khadidjas Fall eingeweiht. Das junge Mädchen wirkte als Dolmetscherin zwischen seinen Herren und deren Patientin. Sie war es auch, die Khadidja bei der Bereitung der gynäkologischen Bäder half, die sie zu Hause nehmen mußte. Jeden Tag zur Dämmerstunde begab sich Khadidja für langwierige Tubendurchblasungen zu der Dame.
Es wurde weiter über die Unfruchtbarkeit der Frau von Si-Mokrane getratscht und über dessen komische Haltung, dessen Weigerung, eine andere Frau zu nehmen: «Dabei ist er berechtigt, vier Frauen zu haben! Außerdem ist er wohlhabend genug, um sich weitere schöne Hochzeiten zu erlauben!» Ah! Diese Frau hatte ihn gewiß verhext!
Was könnte man über ein Dorf oder eine Stadt mit festverwurzelten Traditionen viel erzählen? Außer daß die Fortpflanzung das Heiligste in einer Ehe war. Und der Mann, der seinem Wesen nach das allmächtige Männliche war, hatte vor Gott und den Menschen das Recht, seine Frau zu verstoßen, wann er wollte.
Nichtsdestoweniger bauten manche Frauen ihre Macht auf ihrer Nachkommenschaft auf, vor allem auf der Anzahl der geborenen Jungen. Diese Frauen wurden in der Folge ihrerseits allgegenwärtige Schwiegermütter, ohne Nachsicht für eine unfruchtbare Schwiegertochter.
Und dann die Klatschbasen! Mit ihnen mußte man rechnen; gab es sie nicht unter jeder Sonne? Im türkischen Bad, im Verlauf eines Festes stürzten sie aufeinander zu. Sie lästerten, tuschelten und nahmen vergnügt die Jungen oder die Alten auseinander.
Zur Zeit erregten sich die Zungen über ein unerwartetes Ereignis: «Haben Sie die Neuigkeit gehört? Khadidja ist schwanger!» «Nein! Wie ist das möglich? Nach so langer Zeit!» «Das verdankt sie wohl irgendwelchen Tricks von Ma Fafa, Sie wissen schon, dieser Wäscherin im Hammam, Fatimas Mutter.» «Natürlich! Das Kommen und Gehen des Mädchens in Si-Mokranes Haus hat man ja bemerkt. Pah! Für die Heilmittel der alten Garmia war Khadidja zwar zu fein, aber man weiß ja, daß sie bloß die Hexe gewechselt hat, mehr nicht!»

Die schweigsame Ma Fafa war plötzlich von der schmeichlerischen Aufmerksamkeit der Frauen umgeben. Jede lächelte ihr zu, rief im Hammam mit lauter Stimme nach ihr, damit sie ihnen den Rücken abtrocknete. «Ei, Ma Fafa, wir hatten dich verkannt, bei Allah, du bist stark! Stärker als diese verrückte Garmia, denn Khadidjas Fall war doch hoffnungslos, nicht wahr?» Die arme Ma Fafa, die sich von den Tratschereien im Dorf immer abseits hielt und sich nur um das Brot für ihre Familie kümmerte, verstand dieses plötzliche Interesse nicht. «Oh, meine Töchter! Laßt mich doch in Ruhe! Seid ihr verrückt geworden? Ich bin alt, ich verrichte meine Gebete, und Allah bestraft die Hexerei. Laßt mich deshalb ehrlich mein Geld verdienen, ohne mir böse Handlungen anzuhängen!»
Ah, da tobten die beleidigten Frauen: «Sie hat diese alte Ziege wohl gut bezahlt; jetzt meint sie, sie kann die Stolze spielen!» Dann trieb sie ihre brennende Neugier zu Si-Mokranes Haus, wo es von Komplimenten, neidischen oder aufrichtigen Bemerkungen schwirrte.
Khadidja sah strahlender aus denn je. Fatima war immer im Haus. Beide sangen und hielten dabei ihre gekreuzten Finger gegen die Tür, um den ‹bösen Blick› zu bannen, der ständig in der Umgebung lauerte.
Die Familie und die Freundinnen drängten sich im Hof, schlürften Kaffee und taxierten den Taillenumfang der ‹Heldin›. Natürlich wollte jede wissen, mit welchem Mittel . . .
Und die Obermatronen vergaßen – oder taten so –, daß sie bei dem ‹Wunder› nicht mitgewirkt hatten . . .
Sie überschlugen sich, um Khadidjas Gunst zu gewinnen, und versprachen, sie von einem schönen Jungen zu entbinden.
Die Frau des Arztes dagegen triumphierte in aller Bescheidenheit. Sie hörte nicht auf, Khadidja durch Fatima alle Arten von Vitaminen überbringen zu lassen. Das Geheimnis war gut gehütet worden. Niemand konnte etwas von Khadidjas Dankesschuld gegenüber der ‹Rumia› ahnen. Mokranes Frau versäumte es nicht, ihrer Freundin selbstgebackene heiße Fladen und knuspriges Gebäck zu schicken. Sie war voller Liebe für Marielle. Als die Dame beschlossen hatte, daß ihre seltsame Kranke sie von nun an beim Vornamen nennen sollte, zögerte Khadidja, da sie es nicht gewohnt war, europäische Wörter auszusprechen. Aber sehr bald im Laufe ihrer Besuche lernte sie es, mit ihrer rauhen Stimme und mit rollendem R nach Marielle zu rufen, und diese freute sich, ihren Namen so herzlich und kraft-

voll aus Khadidjas Mund zu hören.
In Mokranes Familie wurden bereits Vorräte für das freudige Ereignis angehäuft; der Kuskus wurde zubereitet und ebenso wie verschiedene Gebäcksorten in Säcke aus Ziegenleder gefüllt. Khadidjas Mutter und Schwester kamen vom anderen Ende des Landes. Man freute sich am Glück der Scheik-Moulouds.
Aber einige Wochen vor der Niederkunft traf Khadidja eine seltsame Entscheidung, die wieder einmal skandalträchtig war. Sie teilte ihrem Mann ihren Wunsch mit, sich am Tag der Entbindung von der Arztfrau helfen zu lassen. Sie weigerte sich energisch, die Hebammen um sich zu haben.
Gab das ein allgemeines Gezeter! Konnte man sich in einem Milieu, das von den schweren Mauern der Sitten so abgeschlossen war und in dessen Innenleben nur wenige Fremde vorgedrungen waren, etwas Derartiges vorstellen? Es war das Jahr 1937. Und in einem Dorf, in dem die Standespersonen, das heißt die alten Familien, zu strengem Wohlverhalten gezwungen waren. Ihre Frauen verhielten sich nicht wie die anderen Frauen aus den armen Familien, die mit unbedecktem Gesicht aus dem Haus gingen, um am Brunnen Wasser zu holen oder Matten und Gefäße aus gebranntem Ton zu verkaufen. Diese Frauen standen auch mit ihren Kindern vor den Türen des Hospitals Schlange, um sich behandeln oder helfen zu lassen. Aber niemals eine ‹Tochter aus gutem Hause›! Gar die Frau eines Sohnes von Hadsch-Scheik-Mouloud!
Und an allen strategischen Punkten: im Hammam, im Höfchen der Weberinnen und dem der Stickerinnen klapperten die Zungen: «Diese Khadidja! Bei Allah! Da sieht man, wie die Schwangerschaft ihr zu Kopf steigt! Was für ein Stolz! Den Beistand der Alten vom Dorf abzulehnen, die den Frauen seit ewigen Zeiten bei der Niederkunft geholfen haben. Oh! Eine ‹Rumia› holt das erste Kind der ehrwürdigen Familie! Das Heim soll verflucht sein!»
Die Tratschereien nahmen kein Ende. Was Mokrane betraf, so war er von der Dickköpfigkeit seiner Frau bezwungen. Vor lauter Glück, endlich Vater zu werden, hörte er auf niemanden.

Khadidjas Sohn wurde an einem Frühlingsmorgen geboren. Er wurde von den weißen Händen einer Europäerin und von seiner Mutter mit Leidenschaft hervorgepreßt. Khadidja war zwanzig Jahre alt. Auf Marielles Rat hin zog sie ihren Sohn ohne die traditionellen Windeln groß. Sie ließ den Säugling mit seinen kleinen Beinchen frei in der Luft strampeln; statt mit Olivenöl behandelte sie seine Haut mit Creme und Puder. Ihre Methoden revolutionierten wieder einmal alle abergläubischen Bräuche.
Aber die Feste im Haus rissen nicht ab. Angesichts der üppigen Mahle und der köstlichen Kuchen des Hauses wandelte sich das mißbilligende Schmollen der Weiber in Begeisterung. Der Vater ging jetzt mit erhobenem Haupt und einem triumphierenden Lächeln durch die Straßen. Er hatte einen Sohn! In seinem Haus walteten Ehre und Freude.
Über Khadidjas Kopf wurde der Himmel zum blau-schwarzen Krater: abermals fühlte sie das Damoklesschwert über ihrem Heim schweben. Zuerst war es ein merkwürdiger und schleichender Schmerz, der ihr jede Kraft zur Hausarbeit raubte. Diese Mattheit überkam sie nach stechenden Schmerzen im Bauch, so als ob schwere Stangen ihre Eingeweide durchbohrten und ihr den Atem benähmen. Ihrem Mann sagte Khadidja kein Wort von den beunruhigenden Symptomen. Erst als starke Blutungen sie einen Monat ans Bett fesselten, entschloß sie sich auf Drängen ihres Mannes, den Arzt kommen zu lassen. Marielle kam mit ihrem Mann an das Krankenlager ihrer Freundin, und sie waren vom Schwächezustand der jungen Frau überrascht.
Und nun begann für Khadidja eine lange Periode verschiedener Behandlungen und Untersuchungen; danach erfuhr sie, daß ihre Gesundheit zwar wiederhergestellt war, daß sie allerdings unfruchtbar bleiben würde. Die Heilmethoden der Matronen hatten Spätfolgen, die ihre Gebärorgane für immer funktionsunfähig machten.
Marielle, Khadidjas sanfte Freundin, war bei dem Gedanken an ihre baldige Abreise unendlich traurig. Vier Jahre in dieser wilden Ge-

gend hatten sie eng mit dem Land verbunden; jetzt mußten sie in die Hauptstadt zurückfahren und die Stelle hier Nachfolgern überlassen. Der Gedanke, Khadidja zu verlassen – dieses unbezähmbare und wunderbare Geschöpf, wie sie melancholisch dachte –, quälte sie. Im Wagen, der sie nach Algier brachte, von wo aus sie das Schiff in ihre neue Heimat nehmen würden, erinnerte sie sich an ihren letzten Besuch bei der braunen Khadidja.

«Du willst uns also wirklich verlassen?» Ihre schwarzen Augen versuchten, die Traurigkeit hinter leichthin gesagten Worten zu verbergen. Marielle sah sie an, ohne etwas zu sagen, und die junge Frau seufzte:

«Du hast mich vor langer Zeit gerettet. Außerdem warst du die erste Frau, die meine Freundin wurde. Es ist komisch, ausgerechnet du, eine Europäerin! Fatima, sag ihr – daß ich sie nie vergessen werde!»

Fatima übersetzte mit Feuereifer zwischen den beiden Frauen. Und Marielle, die fast nichts sagte, hat sie überhaupt jemals gesprochen? Oft beschränkte sie sich darauf, den anderen zuzuhören. In ihrem scheuen Blick leuchtete es manchmal amüsiert auf; nur bei Khadidjas flammenden Worten wurde ihr Lächeln zu einem jugendlichen Gelächter. Fatima hatte die Wandlung, die mit ihrer Herrin in Gegenwart ihrer Freundin vor sich ging, wohl bemerkt. Marielle wurde ein offenes Buch, in dem Fatima mit Betroffenheit las. Khadidja hatte die Kraft, überzeugend, liebevoll oder heftig und manchmal kühn zu sein. Und Marielle träumte wahrscheinlich davon, auch so zu werden.

«Die Leute, die nach euch kommen . . .» ihre Stimme dehnte sich, und sie sah enttäuscht drein. Nervös zerrte sie an einem Paar goldener Armreifen, die sie am linken Arm trug.

«Du mußt in Zukunft auf deine Gesundheit achtgeben», sagte Marielle. «Du bist gut gepflegt worden, aber wenn du etwas anderes bekommen solltest . . . Ich bitte dich! Du mußt den Mut haben, zu den neuen Ärzten zu gehen.»

Khadidjas Gesicht verzerrte sich:

«Nein, nein, für mich wird es nie mehr das gleiche sein! Da!» sagte sie und streckte ihr einen der Armreifen hin, die sie trug. «Die hat mir mein Mann zu Moulouds Geburt geschenkt. Ich behalte einen für mich und der andere . . . wird dir Glück bringen!»

Tatsächlich wurde alles anders. Der kleine Mouloud war zwei Jahre

alt und trippelte fröhlich im Hof des Hauses herum. Khadidja lauschte auf die dumpfe Gewißheit, die aus ihrem tiefsten Inneren aufstieg: diesmal war sie wirklich und wahrhaftig unfruchtbar. Ihr Mann war noch jung. Also? Mokrane wußte es auch! Hatte er nicht außerdem gutes Land? Er brauchte weitere Erben.
Mokrane dachte über die unablässigen Ratschläge der alten Freunde seines Vaters nach. Denn selbstverständlich war im Dorf alles bekannt.
Seine Brüder warfen ihm jetzt Schwäche vor. Hatten sie nicht selbst mehr als eine Frau, der eine drei, der andere zwei? Sie verstanden sich gut untereinander und erledigten so viel Arbeit, daß der eine durch Viehzucht reich wurde und der andere durch Milchwirtschaft.
«Mokrane dagegen, der arbeitet ohne Rast und Ruh. Für wen häuft er das ganze Geld an? Er hat doch nur einen einzigen Sohn. Und was für einen Sohn! In Watte gepackt wird er großgezogen. Läßt seine Mutter nicht die Wäsche des Kindes kochen? Sie bedeckt seinen Kopf gegen die Sonne und läßt ihn nie barfuß laufen wie die anderen Kinder. Die gedeihen, sind stark und schon von den steinigen Pfaden in den Hügeln abgehärtet. Mouloud ist dünn, schwächlich, nervös. Mokrane braucht wirklich weitere Söhne, die sein Alter stützen und schützen!»
Und die Entwicklung, die sein Sohn nahm, je größer er wurde, machte Mokrane immer verdrossener. Er war für sein Alter zu still, zu zart und auch zu schön, schön wie ein Mädchen: mit seinen erstaunlich schwarzen und gelockten Haaren, seinen großen, furchtsamen grünen Augen. Sein Sohn liebte nur die Bilderbücher, die seine Mutter von Fatima in der Stadt kaufen ließ. Ja, Mokrane war enttäuscht. Über das Temperament seines Sohnes sagte er:
«Die Alten sagen, daß das Feuer die Asche erzeugt. Khadidja und ich sind eigenwillig, wir sind stark, und unser Sohn ist schwach!»

Mit den ersten Knospen des Frühlings wurde Mokranes Haus von fieberhafter Betriebsamkeit erfaßt. Von Mokrane und anderen Männern unterstützt, flickte der Feldarbeiter das Dach, welches mit seinen geschwärzten Ziegeln und den gelockerten Fugen die Patina der Jahre trug. Die Träger wurden durch Eichenbohlen ersetzt, an Stelle des wackeligen Eingangs wurde eine beweglichere, grüngestrichene Tür eingesetzt. Die Wände wurden mit Kalk geweißt. Ein neuer, jugendlicher Luftzug wehte durch das Haus. Die Nachbarinnen halfen die Spuren des Anstreichens wegzuputzen. Der Klatsch plätscherte munter dahin.
«Also, Mouloud soll verheiratet werden?»
«Mouloud! Schweigt, ihr Weiber! Ein kleiner Junge von fünf Jahren, ihr seid wohl verrückt?»
Khadidja mußte mit äußerster Strenge durchgreifen, um die neugierigen Frauen in ihre Schranken zu weisen. Sie verstand den Grund für all diese Veränderungen selbst nicht. Auf ihre Fragen hatte ihr Mann nur geantwortet:
«Seit dem Tod meiner Eltern waren am Haus Reparaturen nötig. Bist du plötzlich gegen Sauberkeit?»
Mit der ängstlichen Ahnung, eine Katastrophe werde über ihr Heim hereinbrechen, wartete Khadidja ab. Der Fastenmonat Ramadan rückte näher; alle Frauen brachten geschäftig ihre Häuser in Ordnung und füllten im Hinblick auf das Fasten, das die Leute ein wenig schwächte, die Vorratskammern auf.
Eines Abends hatte Khadidja gerade ihren Sohn ins Bett gebracht und saß nähend und wie immer wartend da. Sie wartete auf ihren Ehemann, der sich in der Moschee oder im Café aufhielt und immer später nach Haus kam. Heute kehrte er etwas früher zurück und sah ernst aus.
Mokrane setzte sich neben seine Frau und begann, wie immer wenn er verstört war, seinen Turban zurechtzurücken. Khadidja kannte diesen Tick ihres Mannes, der seine Verwirrung signalisierte. Das Herz der jungen Frau fing an zu klopfen. Sie zwang sich zur Ruhe

und wartete nur gespannt auf ihr neues Los, das ihr Mann ihr nun eröffnen würde.
Er räusperte sich:
«Khadidja, meine liebe Frau . . . Du siehst doch, daß dieses Haus zu groß für uns ist. Erinnerst du dich, früher, da waren wir zwölf! Ah, bei Allah! Ich weiß nicht, wie ich es dir sagen soll . . .»
Khadidja ließ langsam das Hemd sinken, das sie flickte, und murmelte:
«Mann, sprich aus, was du auf dem Herzen hast. Ich höre dir zu.»
«Also gut denn! Unser Sohn wächst heran und meine Mandel-, Feigen- und Olivenbäume ebenfalls. Leider haben wir keine anderen Kinder. Allah hat es so gewollt. Die Hauptsache ist, daß du lebst. Du weißt, wie groß meine Zuneigung zu dir ist. Als alle wollten, daß ich dich verstoße, habe ich zu dir gehalten, weil ich dich liebe. Heute befiehlt mir mein Pflichtgefühl, eine weitere Frau zu nehmen, damit sie mir die Söhne schenkt, die du mir nicht mehr geben kannst. Vergib mir! Du wirst die erste bleiben! Die Mutter meines ältesten Sohnes! Mir liegt an deiner Unterstützung und an deiner Zustimmung.
Ach, Khadidja, wenn du wüßtest, wie ich leide, wenn ich die Kinder in den Häusern meiner Brüder sehe! Allah bewahre mich vor dem Neid! Aber ich fühle mich dann so nutzlos auf Erden. Und Mouloud ist so zart! Möge Allah ihn mir erhalten! Ich spüre, daß er nie ein echter Bauer sein wird, wie wir in der Familie es alle waren. Er braucht Brüder, die ihn beschützen. Ich brauche Söhne!»
Seine junge Frau folgte seinen Worten, als ob sie in einem Labyrinth herumirrte. In ihrem tiefsten Inneren hatte sie gewußt, daß dieser Tag kommen würde. Dieser Tag, an dem ihr Leben brutal zerstört werden würde. In der Familie wimmelte es von Beispielen dafür. Alles in allem eine normale Situation! Aber nein, sie hatte früher nie daran gedacht; das war wie mit dem Unglück, das die anderen heimsucht, alle anderen, nur nicht einen selbst . . .
Sie wußte auch, daß sie keinen Vater oder Bruder hatte, der sie beschützen würde. Sie konnte nirgendwo Sicherheit finden, außer hier, im Haus ihres Mannes. Khadidja begann über die Widersprüchlichkeit der Männer nachzudenken: eine der Schwestern ihres Mannes hatte nur Töchter, aber ihr Gatte wagte nicht, sich wiederzuverheiraten; er hatte Angst vor den Brüdern seiner Frau . . . Und die Tochter des Kadi, war sie nicht unfruchtbar? Und älter als ihr

Ehemann? Dennoch war sie glücklich: sie hatte zwei Kinder aus der Familie angenommen, die sie aufzog, als wären es ihre eigenen. Natürlich hatte sie einen mächtigen Vater, der sie schützte. Ihr Mann würde niemals auf den Gedanken verfallen, sich wiederzuverheiraten . . . Khadidja war sich ihrer Isoliertheit bewußt und der Schwäche ihres Mannes gegenüber den Argumenten der Familie. Sie starrte Mokrane an und wartete ab, was kommen würde.
«Was willst du tun? Mich verstoßen?»
«Nein! Frau, wo denkst du hin?» Seine grünen Augen blitzten plötzlich auf. Er errötete leicht, strich linkisch über seinen Schnurrbart und gestand wie ein junger Verliebter:
«So höre! Si-El-Tajer hat mir seine Tochter angeboten, die junge Uarda. Sie ist sechzehn Jahre alt . . .» Einen Moment lang träumte er vor sich hin. «Ich bitte dich, mit meinen Schwestern um ihre Hand anzuhalten. Auf diese Weise lernst du sie kennen, und die anderen sehen, daß du einverstanden bist. Du wirst morgen hingehen: ich lege Wert darauf, daß die Hochzeit vor Ramadan stattfindet, damit wir sie zusammen, still innerhalb der Familie feiern können. Was die Aussteuer betrifft, so habe ich mich mit dem Vater geeinigt. Es ist jetzt nur noch eine Frauenangelegenheit. Und ich zähle auf dich!»
Die letzten Worte waren von einem liebevollen Lächeln für seine Frau begleitet. Khadidja schien zum erstenmal ihre Hände zu entdecken: sie betrachtete sie fasziniert. ‹Offensichtlich ist alles seit langem beschlossen›, dachte sie.
Jetzt berührte sie nichts mehr. Sie hob den Kopf und sagte in natürlichem Ton:
«Gut! Gehen wir schlafen, denn ich muß morgen früh aufstehen, um das Gebäck zu machen.»
Mokrane wagte kein Wort mehr zu sagen. Er hatte sich vor der Wut seiner Frau gefürchtet. Geschrei vielleicht, oder Weinen. Und nun nahm sie die Nachricht von seiner Wiederheirat so auf, als handele es sich einfach um ein jährlich wiederkehrendes Fest, auf das man sich vorbereiten mußte. Aufrichtig gerührt murmelte er:
«Gott möge dich schützen, Khadidja, und sei gesegnet für dein Verständnis!»
Es ist Nacht. Der Schutzpanzer fällt.
Khadidja sah sich nackt in dem Fluß, der unten im Tal floß. Sie wusch sich die Beine, den Leib und war glücklich, allein zu sein. Als

sie aus dem Wasser stieg und ihre Kleider suchte, fand sie sie nicht mehr. Nur noch ihre alten Sandalen waren da. Plötzlich zerriß ein Gelächter die Stille der Lichtung, und sie sah in der Ferne eine Frau mit ihren Kleidern davonrennen. Diese Frau schwenkte Khadidjas Ganduras in der Luft, und hinter ihr tauchten von allen Seiten andere Frauen auf. Sie hörten nicht auf zu lachen. Und sie, sie zitterte vor Kälte und vor Scham bei der Vorstellung, nackt durch die Straßen des Dorfes zurückgehen zu müssen.
Ihre Hände umklammerten ihren Bauch, ihre Zähne schlugen aufeinander. In Schweiß gebadet wachte sie auf. Verstört öffnete sie im Dunkeln die Augen. Sie war nur noch eine arme Frau mit zitternden Händen, die fieberhaft ihren kleinen Jungen neben sich suchte. Er seufzte im Schlaf. Sanft drückte sie ihn an sich und murmelte:
«Oh, dieser Traum! . . . Meine Sandalen, das bist du, mein Sohn. Mein Schutzwall, mein einziger Schirm im Leben! Ich bin nackt! Nackt! Aber du bleibst bei mir. Für dich werde ich immer die Stärkste sein!»

Die Tochter Si-El-Hadschis war ein frisches junges Mädchen mit regelmäßigem Gesicht, dem es aber an Reiz fehlte. Gerade dieses volle Gesicht mit dem in seiner Vollendung ausdruckslosen Mund fanden alle in ihrer Umgebung anmutig. Die blauen Augen hatten nicht einmal den schelmischen Glanz der Jugend. Ein dickes Kind, das überzeugt war, das hübscheste Mädchen des Dorfes zu sein . . .
Sie wußte, daß man sie mit Si-Mokrane verheiraten wollte, der schon Frau und Kind hatte, doch dies störte sie nicht übermäßig. Ihr Vater wünschte es so, folglich war es in Ordnung. ‹Jung und schön wie sie ist, wird sie um so mehr verwöhnt werden!› dachte voll Befriedigung die Mutter. ‹Was seine Frau betrifft: sagt man nicht, sie sei alt!› (Mit fünfundzwanzig hatte eine Frau ausgespielt.) ‹Und außerdem kann sie keine weiteren Kinder bekommen! Sie braucht sich also nur still zu verhalten, denn niemand denkt daran, sie aus dem Haus zu vertreiben!› dachte die zukünftige Zweitfrau von Si-Mokrane.
Mit Körben voller Geschenke und schmerzerfüllter Seele ging Khadidja zu ihnen. Sie wurde von den mit Schmuck überladenen Schwägerinnen eskortiert. Mußten den zukünftigen Verbündeten nicht die Augen übergehen? Der erste Kontakt mußte vorteilhaft sein: die ‹Gegenpartei› sollte von der beruhigenden Flut der Seide, des Gol-

des, der wohlgenährten Körper geblendet, berauscht, betäubt werden. Was die Körper anging: Khadidjas Körper war wirklich zu mager! Ein Schatten auf dem üppigen Bild der Mokrane-Sippe. Deshalb sollte die Prachtentfaltung um so größer sein.
Alle Damen waren jetzt im Hauptraum des Hauses versammelt. Sie saßen auf weichen Polstern, die rund um das Zimmer ausgelegt waren. Eine große Meida bog sich unter den verschiedensten Süßigkeiten. Sehr aufrecht sitzend war Khadidja bemüht, sich an den Scherzen zu beteiligen, die mitunter intime Untertöne hatten. Sie lächelte über diese sexuellen Anspielungen, an denen sich die Frauen untereinander ergötzten, besonders wenn eine Hochzeit bevorstand. Gurrend sagte Uardas Mutter:
«Ya Khadidja, ich vertraue dir meine Uarda an! Betrachte sie als deine Tochter.» Sie übertrieb absichtlich, denn Khadidja war schließlich viel zu jung, als daß sie eine Tochter in diesem Alter hätte haben können.
«Meine kleine Uarda ist so zerbrechlich. Sie weiß nichts vom Leben . . .»
«Ich selbst», trumpfte eine andere Frau auf, «ich lebe mit drei Rivalinnen im Haus. Wir verstehen uns gut. Unser Ehemann ist gut und anständig. Schließlich sind wir nur schwache Frauen, und der Mann ist der Herr. Wir sind vor Not geschützt . . .»
«Schwache Frauen!» wurde sie von Aicha unterbrochen, Mokranes ältester Schwester, die für ihre ständigen Scherze bekannt war und keine Gelegenheit zum Lachen ausließ. «Also weißt du, meine Tochter, was brauchst du noch? Zu viert seid ihr um ihn herum, den armen Mann! Da ist er der Schwache!»
Alle gluckten und hielten sich geziert die Bäuche. Khadidja vergaß den Sturm in ihrem Herzen und beobachtete voll Interesse ihre Schwägerin, bei der man nie genau wußte, ob sie all ihre Freundinnen, die sie beinahe hündisch umschmeichelten, schätzte oder verachtete. Kein Fest, kein herausragendes Ereignis wurde ohne die unnachahmliche Aicha gefeiert. Sie glich weder ihrer Schwester noch ihren Brüdern, die eigentlich schön und wohlgestaltet waren; sie glich niemandem: klein, fett und dennoch nervös, wie es sonst nur schlanke Leute sind. Sie war pausenlos in Bewegung, sie hatte die seltsame Fähigkeit, mit ihrer Gegenwart Glanz in die blasseste Versammlung zu bringen. Ihre Beziehung zu Khadidja war so geheimnisvoll wie ihr Charakter. Sie schien sich mit ihr wie mit allen, un-

gemein zu amüsieren. Jetzt gerade sah sie jede ihrer Gefährtinnen an, als hätte sie das achte Weltwunder vor sich.
Und nun trat Uarda ein. Errötend und von ihren allzu neuen Ganduras behindert, brachte sie das Tablett mit dem Tee. Sie hielt Khadidja ihre Pausbacken zum Kuß hin. Diese war innerlich aufgefahren: ‹Zerbrechlich, dieses Mädchen! Sie gleicht einem Stier! Allah! Trotzdem wird sie nie das kleinste Polster hochheben können, dermaßen verwöhnt ist sie.› Mit wiegenden Hüften bewegte sich das junge Mädchen langsam vorwärts. Ihre dicken, weißen Arme kamen Khadidja unförmig vor; sie spürte einen unwiderstehlichen Lachschwall in sich aufsteigen, der in die allgemeine Verblüffung hineinplatzte. Die Mutter fragte kalt:
«Laß uns mit dir lachen, Ma Khadidja!» (Das Ma, mit dem sie Khadidja in die Reihe der Alten verwies, klang bissig.)
Die junge Frau ließ die Ironie der Mutter gutmütig durchgehen; mit ihrem ungezügelten Temperament war ihre gute Laune zurückgekehrt, und sie antwortete:
«Ja, Khalti Zora» (das Wort Khalti – Tante – betonte sie stark), «es ist die rührende Schüchternheit deiner Tochter, die mich zum Lachen gebracht hat. Ich will ihre Freundin sein und ihr schon beibringen, mit mir zu lachen.»
Uarda senkte schüchtern die Augen. Die Frauen fanden, daß Khadidja sehr viel Geist hatte.

Die ehemalige Braut ist in der Küche. Es lebe die neue Braut!
Die Hochzeit fand mit großem Pomp statt. So wie es die Situation der Eheleute verlangte. Sieben Tage und sieben Nächte lang hallte das Dorf von dem Ju! Ju!, den Liedern und den Knallkörpern wider, die die Brüder und Freunde der Brautleute zündeten.
Khadidja arbeitete wie eine Rasende. Ihr Sohn mischte sich unter die Feiernden und wurde von allen Frauen geherzt und gestreichelt. Das Kind, das seit seiner Beschneidung kein so fröhliches Ereignis mehr erlebt hatte, war sehr zufrieden.

Und danach die Windstille . . .
Khadidja öffnete das Fenster. Die Luft war ruhig und heiß. Sie betrachtete die alte Pappel im Hof; groß und stark stand sie da. Ihr Sohn spielte auf der Matte mit einem Buch, aus dem er Bilder ausschnitt. Ihr Blick irrte zum Zimmer ihres Mannes hinüber. Die Tür und die Läden waren geschlossen. Uarda hielt noch ihre Siesta. Mokrane war ausgegangen. Im Geiste beschwor sie die Zeit herauf, als sie das grüne Zimmer mit den seidigen Matratzen mit ihm geteilt hatte.
Ein Schatten von Traurigkeit und Bedauern legte sich über ihre Augen, um sogleich wieder zu verschwinden. Wenn sie es sich auch stolz versagte, ihre Gemütsverfassung seit der Hochzeit erkennen zu lassen, empfand sie im Innersten doch eine gewisse Bitterkeit, die sie an einem Tag unbeschwert jugendlich und am nächsten vertrocknet und gebrochen machte. Was ihren Geist beschäftigte, war von anderer Art. Um sich in diese neue Existenz zu fügen, ohne das Gesicht zu verlieren, erfand sie einen neuen Lebensstil: ein Haus zu organisieren. Ihre Bewegungen orchestrierten die unterschwelligen Rhythmen einer Ehe zu dritt. Sie lernte neue Wege des Kommens und Gehens. Und wenn sie nicht mehr konnte, schöpfte sie den nötigen Mut, die Selbstsicherheit und den Glauben aus der Anwesenheit ihres kleinen Jungen. So hatten sich die Dinge reibungslos entwikkelt.
Uarda hatte mit anmutiger Natürlichkeit von dem Haus Besitz ergriffen, so als stünde ihr alles zu. Eine Königin, die das Königreich wechselt! Sie fand es selbstverständlich, von Khadidja bedient zu werden und konnte gar nicht genug davon kriegen, sich in ihren Seidenkleidern aufzuplustern. Was Mokrane betraf, so war er von seinem neuen Glück offensichtlich verwandelt. Tatsächlich bedeuteten die üppigen Rundungen seiner jungen Frau für ihn eine recht erfreuliche neue Erfahrung. Er hatte sich an den spröden, nervösen Körper der großen braunen Khadidja zu sehr gewöhnt. Sie ihrerseits fand, daß sich ihre Pflichten mit der Ankunft einer weiteren Person

im Haushalt vervierfachten. Und Uarda hatte nicht die Absicht, einen Finger zu rühren.
Jeden Tag kam die Familie der Jungverheirateten zu Besuch. Und selbstverständlich kochte Khadidja den Kaffee, garnierte die Meidas mit Gebäck; oft mußte sie sie zum Abendessen dabehalten. Sie hoffte, daß das irgendwann einmal aufhören würde.
Daher beschloß sie eines Tages, als sie ihre alte Freundin, die Pappel betrachtete, ihre junge Rivalin auf dieses Thema anzusprechen. Sie fühlte sich körperlich und seelisch erschöpft. Denn sie hatte natürlich nicht mehr die Ehre, von ihrem Mann besucht zu werden. Er war zwar weiterhin liebevoll und höflich zu ihr, gab sich aber ganz seiner neuen Liebe hin.
Sie bereitete das Abendessen vor und machte sich wie gewöhnlich im Haus zu schaffen. Uarda hatte endlich ihr Fenster geöffnet, um Khadidja freundlich zu bitten, sie möge ihr eine Tasse Kaffee bringen.
Khadidja kam, setzte sich neben Uarda und ging mit ihrer gewohnten Offenheit zum Angriff über:
«Uarda, jetzt sind es zwei Monate, daß du verheiratet bist. Ich möchte heute bestimmte Dinge klarstellen. Das Fest ist zu Ende, und ich halte nur noch dank Allahs Kraft durch. Wir haben einen Ehemann für uns beide. Und auch ein Haus für zwei, was gewisse Verpflichtungen mit sich bringt. Für mich besteht die wichtigste Verpflichtung darin, die häuslichen Arbeiten aufzuteilen – du verstehst wohl, daß du zuerst dein Zimmer saubermachen mußt. Wir haben das Glück, einen Brunnen im Hof zu haben, was es uns erspart, das Wasser am anderen Ende des Dorfes zu holen. Jede von uns wird abwechselnd die Wäsche waschen und kochen. Was meinen Sohn betrifft, so kümmere ich mich natürlich allein um ihn!»
Uarda hörte zu, schien aber vor allem mit dem Khol beschäftigt zu sein, das sie sich auf die Augen auftrug, wobei sie die Zunge herausstreckte. Khadidja beherrschte ihre Wut und zwang sich zur Ruhe; sie hob die Stimme, als spräche sie zu einer Tauben:
«Wenn es dir lieber ist, besprechen wir es mit Si-Mokrane. Das wäre aber lächerlich, denn solche Dinge sollten unter Frauen bleiben.»
Endlich wandte Uarda sich Khadidja zu:
«Gut! Ab morgen wasche ich die Wäsche und koche, auf die Weise kannst du dich ausruhen. Ich warne dich», fügte sie mit einem kindlichen Lachen hinzu, «ich bin nicht so schnell wie du! Oh, weißt du, ich habe dich beobachtet. Du machst dich wie der Wind über das Ge-

schirr her, und im Handumdrehen ist alles sauber gespült und abgetrocknet. Und die Matratzen! Wie du die klopfst! Ehrlich, wenn ich dir zusehe, wird mir schwindlig. Deshalb habe ich meine Fenster verschlossen gelassen, bis du fertig warst. Ich sage dir das, weil meine Mutter mich immer wegen meiner Langsamkeit geneckt hat. Das liegt an meinen Rundungen.» Und wiederum brach sie in fröhliches Gelächter aus.
Khadidja betrachtete dieses frische, vor unbekümmerter Heiterkeit rosige Gesicht. Im gleichen leichten Ton sagte sie:
«Das ist mir egal! Laß dir soviel Zeit wie du willst, aber hilf mir, denn ich bin sehr matt.»
«Du bist wirklich zu mager, Lalla Khadidja!» (Das Wort Lalla drückte ihren Respekt für die erste Frau ihres Mannes aus.) «Mach dir nichts daraus, das ist Schicksal, und man kann nichts daran ändern!»
Khadidja schloß die Augen und murmelte:
«Ich war schon immer so. Ich habe nie ein Gramm Fett gehabt, aber ich bin widerstandsfähig. Ehrlich gesagt, ohne dich verletzen zu wollen: um nichts in der Welt möchte ich so sein wie du! Nimm ein paar Kilo ab und du wirst besser Luft bekommen.»
Ihre junge Rivalin preßte ihren kleinen Mund zusammen und antwortete nachdrücklich:
«Si-Mokrane sagt, daß ich schön bin!»
«Ach, die Männer, weißt du!» gab Khadidja zurück und zuckte die Achseln über Uardas entwaffnende Naivität.
Dieses Gespräch zwischen den beiden Frauen verlief ohne jeden Groll. Ruhig diskutierten sie miteinander, während der kleine Mouloud in ihrer Nähe spielte.
Allem Anschein nach verlief das Leben in diesem weißen Haus ruhig und glücklich. Einige Monate später war Uarda schwanger. Das war für alle, besonders für Mokrane, eine große Freude. Im Dorfcafé schmiedeten sein Schwiegervater und er Pläne.
Die Neuigkeit verbreitete sich in allen Nachbarhöfen. Jeder, jede riet zu dieser oder jener Hebamme. Denn alle erinnerten sich noch lebhaft an die Geschichte mit Khadidja, die sich von der Europäerin hatte entbinden lassen. Und es wurde getuschelt, daß dies die Ursache des ‹Fluches› sei, der auf Khadidja ruhte, nämlich, daß sie die heiligen Gesetze der Tradition gebrochen hatte. Von den Weibern angestachelt und aus Furcht vor dem verhängnisvollen Einfluß der un-

fruchtbaren Rivalin mit den revolutionären Ideen verließ die Mutter ihre Tochter nicht mehr. Wie es sich gehörte, hatte sie von vornherein die alte Garmia ausgesucht, die alle Sprößlinge der ‹guten› Familien im Dorf zur Welt brachte. Diese verkrüppelte Frau mit dem von tausend Falten zerfurchten Gesicht hatte ständig in Tränen schwimmende, wimpernlose Augen, die ihr das Aussehen einer mageren Bergziege gaben. Sie machte auch Amulette jeder Art. Man sagte ihr nach, sie habe die ‹Baraka›. Mit einigen Haaren der geliebten Person versehen, denen sie Pülverchen und gute Worte hinzufügte, garantierte sie die ewige Liebe. Oder mit Hilfe von Hühnereiern, die weniger als eine Stunde nach dem Legen aus dem Nest geholt wurden . . . Diese Eier, die sie mit geheimnisvollen, monotonen Litaneien besang, gewährleisteten den blinden Gehorsam der Ehegatten, der Geliebten oder aufsässiger Söhne. Oft schlich eine Frau oder ein Mann verstohlen zu ihr, um über wahrgesagten Abenteuern die fehlenden Abenteuer zu vergessen, und um sich mit Träumereien über den Alltag hinwegzutäuschen. Selbstverständlich war die alte Garmia eine ausgezeichnete Kartenleserin. Wehe dem, der ihren Zorn erregte, er war für immer verflucht! Bei allen Dorfbewohnern, ob reich oder arm, galt ihr Wort als Gesetz. Die alte Frau war zu allen Jahreszeiten in knallbunte Schals vermummt. Keiner konnte ihr Alter angeben; sie war so alt wie die Steine des Dorfes. Bei den Entbindungen ließ sie sich von zwei Frauen helfen, die unter ihren Befehlen zitterten. Man erzählte, sie besäße eine von den Behörden des Landes verliehene Urkunde als anerkannte Hebamme.

Garmia hatte Khadidja nie gemocht, und seit dem Auftritt der ‹Rumia› mochte sie sie noch weniger. Daher betrat sie Mokranes Haus als triumphierende Siegerin. Khadidja, die keinen Einfluß mehr auf die Ereignisse hatte, beschloß, die Alte ganz einfach zu ignorieren.

Unterdessen wurde Uarda schwächer und schwächer, je näher ihre Stunde kam. Sie hatte inzwischen einen derartigen Umfang angenommen, daß sie nicht einmal ihre Toilette allein machen konnte. Ihre Mutter und Khadidja halfen ihr bei allem. Man rechnete mit Zwillingen und mit einer schwierigen Entbindung. Aber schließlich war Mama Garmia da, um die Beunruhigten zu beschwichtigen. Khadidja machte sich Sorgen um ihre junge Rivalin. Unerfahren in Frauendingen, hatte sie Angst, und da sie spürte, daß Khadidja die einzig Hellsichtige in ihrer Umgebung war, suchte sie bei ihr ein wenig Trost.

Von einer seltsamen Eingebung getrieben flehte Khadidja ihren Mann an, Uarda im Hospital entbinden zu lassen. «Zu Hause, unter den Händen dieser Hebammen, wird deine Frau sterben», sagte sie ihm. Vor diesen Argumenten wurde der Mann schwankend. Aber die Mutter, die bei dem Wort ‹Hospital› entsetzt auffuhr, begann Khadidja als ‹Hexe mit dem Gesicht des Unglücks› zu beschimpfen. O ja! Sie hatte den ‹bösen Blick› auf ihre Tochter geworfen! Und jetzt wollte sie sie wie eine Waise ins Hospital stecken!
Khadidja, die in ihrem Leben so viele Demütigungen durchgemacht hatte, beschloß für ihre junge Rivalin zu beten, damit alles gutginge.
Uarda brachte Zwillinge zur Welt, einen Jungen und ein Mädchen. Aber sie lebten nicht. Die Kleinen waren schon tot, und ihre Mutter verlor stöhnend ihr Blut. Uarda entschlief inmitten der allgemeinen Kopflosigkeit.
Mama Garmia schrie überall herum, daß die arme Uarda verhext worden sei. Nur gut, daß sich die Familie in ihrem Kummer vom Geschrei der Alten nicht anfechten ließ. Ihr Sinn für das Schicksalhafte und für die Macht des ‹Mektoub› ließ die Angehörigen der Verstorbenen in traurige Resignation verfallen.
Mokrane wurde unwirscher denn je. Nun verließ er das Haus seines Schwiegervaters kaum noch und kehrte immer später nach Haus zurück.
Trotz Moulouds erstaunlicher Fortschritte in der Schule verging ein langes und schweres Jahr. Das Kind blieb schmächtig, und je älter es wurde, desto stärker wurde auch seine Vorliebe für die Einsamkeit. Den Vater machte dies traurig; angstvoll sah er auf das schmerzliche Los, das sich vor ihm abzeichnete: ohne andere Söhne, und seine Hoffnungen von einer geheimnisvollen Schranke versperrt.
Die Beziehungen zwischen den beiden Eheleuten wurden rein physischer Natur. Manchmal dürstete es Mokrane nach Khadidjas Körper. Dann vergaß er seine Einbildungen und begeisterte sich nur noch an diesem Körper. Der einzige, der den seinen so gut ergänzen konnte. Wenn seine Hände Khadidjas schlanke Beine hinabwanderten und wieder hinauf zu dem harten, flachen Leib, den keine Schwangerschaften deformiert hatten, vergaß er seine Ängste. Insgeheim zog er die Liebe mit ihr allem vor. Ein einziger Schatten: dieser geliebte Körper konnte ihm nie wieder Kinder schenken.
Mokrane erinnerte sich daran, wie erschöpft er nach den Umarmun-

gen Uardas (Friede ihrer Seele!) gewesen war; es gelang seinen beiden Armen nicht, sie eng zu umschlingen, wie er es gerne tat. Aber bei dem Gedanken an diesen jungen Bauch, der seinen Durst nach Erben stillen würde, war seine Begierde wieder erflammt. Er war zutiefst von der Überzeugung geprägt, daß es für einen Mann wichtig war, Kinder zu haben, vor allem männliche Kinder. Er war ein aufrechtes Geschöpf, herzensgut und geistig aufgeschlossen, aber innerlich fanatisch von den Traditionen und der unumstößlichen Macht des männlichen Geschlechts erfüllt. Ein Sohn konnte gewiß sein, sein Leben frei und ohne Einschränkungen zu führen. Mehrere zu haben, war der höchste Stolz auf Erden!
Si-El-Hadsch-El-Tajer war ein frommer, im ganzen Dorf geachteter Greis. Er war ein geschickter Bürger von Rang, dessen Schachzüge die Gegner verwirrten. Seine glorreiche Vergangenheit als Veteran im Krieg von 1914–1918, in dem er für seine Tapferkeit in den Reihen der nordafrikanischen Schützen dekoriert worden war, machte ihn zu einem gerissenen Politiker, der von den Kolonialbehörden des Landes respektiert und von den Bewohnern der Gegend gefürchtet wurde. Sein verbindliches und honigsüßes Wesen bezwang die Eigensinnigsten, und selbst Mokrane, bekannt für seine Verachtung der ‹Rumis› und ihrer Kollaborateure, verfiel dem berechnenden Charme des alten Mannes.
Augenblicklich fand El-Hadschi Geschmack an seiner Rolle als Brautwerber für Mokrane. Noch einmal riet er ihm, sich wiederzuverheiraten. Denn, fügte er hinzu:
«Es bricht mir das Herz, mein lieber Sohn, dich verlassen und traurig zu sehen. Meine Tochter ist tot! Allah hat es so gewollt! Aber du, du mußt für Nachkommenschaft sorgen!»
Dann schlug er ihm seine Nichte vor. Eine junge Waise, die seit dem Tod ihrer Eltern bei ihm lebte. Sie bekäme eine bescheidene Mitgift, um sich vor der Hochzeit eine anständige Aussteuer zuzulegen. Es war nicht nötig, einen protokollarischen Antrag zu machen, er betrachtete den Handel mit Mokranes Antwort als abgeschlossen. (Das konnte man wohl sagen! Ein schneller Handel, nach dem feierlichen Abendgebet auf den Matten der Moschee besiegelt . . .)
Und wiederum fand in Khadidjas Haus eine Hochzeit statt. Diesmal ging es schnell und diskret ab. Ohne Tamtam und ohne Ju! Ju! So kam es, daß Akila als Nachfolgerin ihrer Kusine in das grüne Zimmer Einzug hielt. Akila war zwanzig Jahre alt. Seit dem Tod ihres

Vaters, des Bruders von Si-El-Tajer, war sie das Aschenbrödel der Familie gewesen. Sie hatte im Schatten ihres reichen Onkels und seiner Frau gelebt. Das junge Mädchen machte sich keine Illusionen über seine Heirat mit dem bedeutenden Si-Mokrane. Ein Geschäft ihres Onkels! Er entledigte sich eines Mundes, den er füttern mußte, und band den gutgläubigen Mokrane an die Familie. Auf diese Weise konnte er sicher sein, daß sein Vieh immer ein offenes Gatter zu den Feldern des Nachbarn fand.
Khadidja und Akila schlossen sich zusammen wie zwei vom Leben verwundete Geschöpfe und vereinten ihre geheimen Leiden in freundlicher Zuneigung füreinander.

Aber die Sonne reicht nicht aus, um Freude zu schenken. Und in der Ruhe eines schönen Sommerabends rekapitulierte Khadidja ihr Leben.
Dreißig Jahre: ein Sohn von über zehn Jahren und die Gewißheit, keine anderen mehr zu bekommen. Dieses Heim, dieser Mann, die, wie sie geglaubt hatte, ihr allein gehörten: sie war dazu verurteilt, sie mit einer anderen Frau zu teilen, und wahrscheinlich mit noch weiteren! Denn sie wußte sehr wohl, daß das Gesetz vier Frauen gestattete. Solange Mokrane keine anderen Knaben hatte, die seine Linie stärkten, solange würde der Reigen der Hochzeiten nicht beendet sein.
Allein. Sie war allein, ohne andere feste Bindung als die zu ihrem Sohn. ‹Ah!› schwor sie sich. ‹Mein Sohn soll nicht hier leben, in diesem engen Dorf!› Für ihn erträumte sie sich weite Horizonte. Unbewußt suchte sie sich selbst durch diesen einzigen Sohn hindurch zu verwirklichen. Was für ein Glück, daß ihr Kind die Erde und sein Herz mit Wissen, mit neuen Gedanken, mit allen Kenntnissen der Welt anfüllen würde!
‹Möge er fortgehen!› wünschte ihre unbefriedigt nach fernen Abenteuern lechzende Seele. ‹Weit weg von diesem Dorf!› schrie ihr wundes Herz. ‹Ich will nicht, daß er ein bäurischer Kerl mit beschränktem Geist wird, der nur von seiner Manneskraft eingenommen ist, der sein Leben darauf beschränkt, so viele Kinder wie möglich zu machen, und nach jeder Ernte seine Pfennige zählt. Ich dulde nicht, daß sein Horizont von den grauen Wänden des Dorfcafés begrenzt wird, und seine Träume von den Erlebnissen der Nachbarn! Mein Sohn soll diese erstickend enge Existenz nicht kennen. Wie meine Freundin Marielle zu mir gesagt hat: Du mußt deinem Sohn erlauben, frei in der Sonne zu strampeln.›
Durch ihn würde Khadidjas leidenschaftlicher Blick die Welt entdekken. Die Unabhängigkeit ihres Sohnes würde immer neue Saiten in ihr zum Schwingen bringen.
Ja! Das alles wäre ihre ausgleichende Belohnung.

Ihre Lage als Frau erlaubte ihr keine andere Verteidigung als die Resignation. Es gab Regeln, die akzeptiert werden mußten, und Gesetze, denen man gehorchen mußte, um zumindest keine schlechte Rivalin zu sein. Um in dieser geschlossenen Frauenwelt nicht das Gesicht zu verlieren, mußte man seine Rolle bis zum Ende spielen. Eifersucht war ein unverzeihlicher Makel.

Der Dorftratsch schloß die Familien zusammen und brachte sie auseinander. Die Urangst vor dem Gerede der Leute zwängte die Menschen in einen starren Panzer der Heuchelei. Die Tabus töteten jede Spontaneität.

Zu jener Zeit der Kolonialherrschaft war das Land in drei Klassen unterteilt: die von den Europäern gebildete Kolonialmacht mit ihren Sitten, ihrer Religion und ihren Privilegien. Sie waren Fremde, die man nicht nachahmen durfte; sie lebten in einer anderen, mächtigen Welt voller Verachtung für die ‹kulturlosen› Eingeborenen. Die zweite Kategorie war aus dem ‹zivilisatorischen› Sendungsbewußtsein der Besatzer entstanden; das waren die algerischen Honoratioren: reiche Moslems, Kollaborateure, Freunde der Fremden. Diese kopierten ihre Chefs soweit es ging; sie schickten ihre Töchter zur Schule, ließen sie an der Hochschule studieren, erlaubten ihren Frauen, ohne Schleier auszugehen und machten sogar selbst Politik. Sie bildeten eine Art zivilisierte Eingeborenen-Aristokratie. Um auf bestimmte Posten in der Verwaltung zu kommen, mußte man sich zuerst als Franzosen naturalisieren lassen; trotz der sich daraus ergebenden Vergünstigungen verbargen es die Naturalisierten seltsamerweise vor ihren Religionsbrüdern. Sie schämten sich instinktiv.

Die anderen, die graue Masse der Moslem-Franzosen, das waren die bescheidenen kleinen Händler, Fellachen oder Arbeiter. In sich gekehrt lebten sie streng nach Brauch und Sitte und nach den Geboten des Korans. Das war ihre einzige Quelle der Kultur. Die Familie war die mächtige Zelle, in der sie frei waren. Ihre Kinder waren sichere Werte, die sie zu würdigen Männern machten. Um sich ihrer Identität zu vergewissern, die sie mit der Zeit zerbröckeln fühlten, verhärteten, deformierten sie die Gebote des Heiligen Buches, die doch in Wahrheit so schlicht und tolerant waren. Von den Besatzern wurden die Tabus und das Heiligenwesen wohlwollend unterstützt: waren die Fetische nicht das Opium der Völker? So kam es, daß manche vier Frauen nahmen. Die Frau wurde unter irgendeinem Vorwand

verstoßen oder zu ihren Eltern zurückgeschickt, und diejenige, die nur Mädchen gebar, wurde, wenn sie nicht geschützt war, verflucht.
Und so wurde die Frau in einem Zustand ewiger Abhängigkeit vom Mann gehalten.
Aber abgesehen von diesen traditionellen Schranken bildete die Frau auf Grund ihres natürlichen Gehorsams das sicherste Gut des Mannes. Dieses Bataillon ungenannter Frauen hütete und rechtfertigte die ursprünglichen Werte.
Warum war die Frau das sicherste Gut des Mannes? Zunächst einmal, weil sie seit der Kindheit dazu erzogen worden war, für ihren Herrn eine lohnende Investition zu sein. Mehr als die Städterin spielte die Landfrau eine wesentliche Rolle im sozialen und wirtschaftlichen Leben ihres Gemeinwesens.
War sie nicht sogar freier? Die Summe, die der Mann für seine zukünftige Ehefrau aufbrachte, war keineswegs eine verlorene Investition. Er bezahlte damit für die mühevollen Jahre, in denen die Familie dieses junge Mädchen herangebildet hatte. Man hatte sie gelehrt zu kochen, den Haushalt zu führen, zu sticken, zu nähen, zu spinnen, zu weben und so weiter.
Kann man sich die Summe der aufgebrachten Mühsal vorstellen, die nötig war, um die volkstümlichen Gegenstände auf den Basaren zu erzeugen: Körbe, Säcke aus Raphia, Decken, Kissen, Teppiche in schillernden Farben?
Und die Muße? Worin bestand die? Während die besitzlose Frau die Früchte ihrer Arbeit in den Basaren verkaufen und von dort sogar durch das Labyrinth der Gäßchen schlendern kann, um ihre Ware jenen anzubieten, die eingeschlossen in ihrem Hof leben, so vertrieben sich diese nach ihrer Hausarbeit mit Backen, Nähen und Klatsch nutzlos die Zeit.
Die Frauen besuchten sich gegenseitig im Hammam, wo sie oft in dem kühlen Raum, der an den heißen Saal angrenzte, ‹hofhielten›. Zwischen der Andacht und dem Auftragen von Henna erzählten sie sich ihre Sorgen und ihre Freuden, lobten oder kritisierten. Die größten Klatschbasen spezialisierten sich auf den Rufmord und erteilten Auskünfte, die auf geheimnisvolle Weise unweigerlich stimmten.
Wie die Männer verbrachten sie alles in allem wohlausgefüllte Tage.

Der Mann verbrachte seine freie Zeit nach der Arbeit im Café oder in der Moschee. Die Frau hatte auch immer zu tun: sie besuchte die Nachbarin, um ihr zu einer Geburt zu gratulieren oder sie bei einem Todesfall zu trösten. Dort, wo Freude herrschte, ging sie hin, um mitzulachen, dort, wo man Kummer hatte, weinte sie mit. So wurde die Abwesenheit des Mannes auf natürliche Weise durch die Findigkeit der Frau ausgeglichen.
Aber auf Grund der Gesetze, die ihr Geschlecht reglementierten, war sie schwach. Sie war gezwungen, das Ehebett mit einer legitimen Rivalin zu teilen, sie war verpflichtet, den Mann zu akzeptieren, den sie nicht gewählt hatte, egal ob er einäugig, hinkend, alt oder lasterhaft war. Was die Privilegierteren betraf, die aus sogenannten ehrbaren, weil vermögenden Familien stammten, so waren sie den ungerechten Vorschriften nicht weniger ausgesetzt. Nichtsdestoweniger konnte die Frau ab einem bestimmten Alter mit wirklicher Macht rechnen. Insbesondere, wenn sie Söhne hatte. Und an ihrem Lebensabend besaß sie das Vetorecht gegen die Entscheidungen der Männer. Ihre Autorität wurde ebenso respektiert wie die eines Stammespatriarchen.
Aber ein gemeinsamer Charakterzug verband sie alle, egal aus welchem Milieu sie stammten: das war die großartige Nachsicht, mit der sie menschliche Schwächen beurteilten.
Und der Blick der Frauen? Dieser merkwürdige, geheimnisvolle Zauber, der die Fremden beeindruckte, war keineswegs die Wirkung des Khol! Die legendäre Schönheit ihres Blicks beruhte auf tiefem Ernst, vermischt mit einer gewissen Traurigkeit, die sie seit dem Uranfang der Geschichte weiterzugeben schienen. Dieser verwirrende Ausdruck, dem man sogar im Blick der kleinen Mädchen begegnete. Rührte er daher, daß sie den Weg, den sie zurücklegen mußten, schon kannten? Oder war er der Abglanz eines aus Opfern bestehenden Schicksals, das nur um die Möglichkeit kreiste, eine fruchtbare Ehefrau und eine beherzte Mutter zu sein? Man wußte es nicht. Aber wer diesen Blick, selbst durch Tränen hindurch, hat wahrnehmen können, vergaß ihn nie.

Am ersten Freitag der schönen Jahreszeit kündigte sich der Frühling an. Mokrane ging zum Friedhof, um sich an den Gräbern seiner Eltern innerlich zu sammeln. Er sah nicht glücklich aus. Seine Gedanken wanderten im Rhythmus der glänzenden Kügelchen, die er durch seine Finger gleiten ließ. Voll Überdruß dachte er: ‹Jetzt bin ich schon lange mit Akila verheiratet! Wie lange? Vier Jahre?›
Nicht daß er sich beklagte. Im Gegenteil! Sie war hübsch, sanftmütig, zuverlässig; wirklich ein gutes Mädchen. Und dazu noch fleißig. Aber sie hatte nur Mädchen bekommen! Das älteste, Faiza, war eineinhalb Jahre alt. Das zweite, Malika, war ein Säugling von ein paar Monaten. Zwischen seinen beiden Ehefrauen herrschte gutes Einvernehmen. Khadidja hatte etwas von ihrem einst stürmischen Charakter verloren und auch von ihrem beißenden Spott. Eine Flamme lebte noch in ihr fort: die Liebe, von der ihr junger Körper nicht genug bekommen konnte.
Mokrane blieb ihr weiter verfallen; sie war seine Lieblingsfrau.
Er sah sie vor sich, wie sie geschäftig aber scheinbar gleichgültig den Tag verbrachte; nur wenn sie bei den Kindern war, lebte sie sichtbar auf. Wenn sie an der ‹Reihe› war, die Nächte mit ihm zu verbringen, kam sie sehr spät und streckte sich, in Schweigen gehüllt, neben ihm aus. Khadidja hatte nicht dieses zärtlich einschmeichelnde Verhalten der Frauen, sie war stolz wie ein Mann, dachte er. Unter seinem Bart errötend gestand Mokrane sich bereitwillig ein, daß er es war, der sich ihr näherte. Er bettelte mit Liebkosungen, dann entspannte sie sich allmählich, und ihr schöner Körper streckte sich ihm leidenschaftlich entgegen. Bei jeder ihrer Umarmungen überwältigte, überschwemmte sie ihn mit einer Flut von Ekstasen. Die Liebeskunst schien ihr angeboren zu sein. Eine Frau wie sie würde fähig sein, sich bis ans Ende ihres Lebens mit derselben Raserei, demselben Feuer hinzugeben. Mokrane konnte seine Ungeduld nicht unterdrücken, er zählte die Tage, bis Khadidja an die ‹Reihe› kam. Und was machte es schon, daß sie dann nach ihren Umarmungen wieder distanziert wurde und ihn mit stummem Vorwurf zu verachten

schien. Er wußte warum: Khadidja konnte nichts Halbes hinnehmen. Wenn sie auch wußte, daß dies eine normale, den Bräuchen entsprechende Situation war, begehrte ihre ganze Seele doch dagegen auf.
Sie mochte Akila gern. Mokrane amüsierte sich im stillen über die liebevolle Verschwörung, die die beiden Frauen verband. Ihre Art und Weise, sich gegenseitig mit gesuchten Höflichkeiten beizustehen, hätte den Eindruck erwecken können, daß sie ihre Freundschaft nicht zeigen wollten, aber er fiel nicht darauf herein. Seit dem Tag von Akilas Ankunft waren die Dinge normal verlaufen. Die Aufgaben der Frauen im Haus und in ihren ehelichen Beziehungen zu ihm wurden gerecht verteilt. In den ersten Monaten schlief Akila regelmäßig bei ihm; als sie schwanger war, wurden die Abstände zwischen ihren Besuchen größer, und die beiden Frauen kamen in siebentägigem Wechsel zu ihm. Wenn die eine unpäßlich war, wurde sie natürlich von der anderen auf dem ehelichen Lager ersetzt.
Nach Akilas Niederkunft hatte er Khadidja vierzig Nächte lang bei sich gehabt. Traditionsgemäß durfte eine Frau, die geboren hatte, länger als einen Monat keine sexuellen Beziehungen zu ihrem Mann haben.
Für den Tag des ‹Wiederfindens› gab es eine regelrechte Zeremonie. Die Frau unterzog sich im Hammam unter den Händen der Badefrau dem ‹Dschbir›, der in einer Reihe von Massagen bestand, besonders des Beckens und der Beine, die während der Schwangerschaft und der Entbindung stark belastet worden waren. Die für diese Tätigkeit ausgebildete Badefrau streckte, massierte, frottierte alle Glieder der Frau. Danach konnte sie endlich ihr normales Leben wieder aufnehmen. Vor Frische schimmernd, parfümiert und die Augen sorgfältig mit Khol umrandet, kam sie aus dem Bad.
Mokrane mochte Akila gern. Er empfand eine ruhige Zuneigung für ihre abgeklärte Fügsamkeit. Khadidjas eigenwilliges Temperament hatte sie nicht. Sie war zuvorkommend zu ihm, ging auf seine kleinsten Wünsche ein und nachts kam sie errötend, schüchtern, mit verschämt gesenkten Augen zu ihm. Wie eine Katze schmiegte sie sich an ihn und wartete. Ihre Umarmungen waren so ruhig und vernünftig wie die junge Frau selbst; sogar ihr Körper mit seinen weichen Konturen war ohne Aggressivität. Bei ihr hatte sein Blut nie in den Schläfen getost, hatten seine Hände beim Streicheln nie gezittert, hatte sein Herz nie verrückt gespielt wie bei Khadidja. Mußte er

sich nicht als glücklicher Mann betrachten? Mit zwei so verschiedenen Frauen und einem Heim ohne Konflikte.
Nein! Er brauchte einen weiteren Sohn! Bei dem Gedanken an eine derartige Ungerechtigkeit des Schicksals drehte sich ihm das Herz im Leibe um. Oh, warum? Warum?
Die Sonne strich über den Friedhof, der wie ein großer Garten dalag.
«O Vater! Ich bin immer ein liebender und respektvoller Sohn gewesen. Du hast mich in deinen Gebeten ohne Unterlaß gesegnet, Vater! Mutter! Kommt herbei und helft mir! Ich will einen Sohn! Einen weiteren Sohn, damit unser Name überlebt!»
In diesem Singsang, der seine Sehnsucht und seine Besessenheit ausdrückte, verharrte der Mann.
Traumverloren ging er dann vor dem Abendgebet nach Hause – denn niemand durfte nach ‹El Asr› die Toten besuchen oder bei ihnen verweilen. Mit diesem Schmerz, den er wie ein unheilbares Leiden in sich trug, ging er heim. Aus der Erinnerung stiegen die alten Sprichwörter und abergläubischen Volksweisheiten auf, die besagten: ‹Wen Gott nicht reich mit Söhnen gesegnet hat, die seine Sippe vermehren, auf dem ruht der Fluch des Allmächtigen! . . . Wer dergestalt zum Erlöschen seines Namens verdammt ist: dieser Mann oder seine Vorfahren haben gesündigt!›
Mokranes Erregung stieg. Diese blinden Mauern, zwischen denen sein Leben ohne Hoffnung verrann! Würde er einen starken Sohn bekommen, der wie er selbst mit der Erde verwurzelt war? Ach! Mouloud war so seltsam! Ein Kind von zarter Gesundheit, ein wegen seiner jetzt schon geheimnisvollen Persönlichkeit anziehendes Kind, das allem, was es umgab, fremd war. Ach! Wenn er einen anderen Sohn hätte. Mokrane spürte, daß er dann endlich in eine wunderbare Welt gelangen würde, in der er König wäre! In der seine Feinde voll Schrecken und Achtung zurückweichen würden, in der jene, die er liebte, für immer geschützt wären. In der die Liebe endlich der Liebe antworten würde! Eine Welt, ein Alter, in dem alle Geheimnisse gelüftet wären, dem er glücklich, ohne Angst entgegensehen würde. Er wäre stark! Was könnten ihn die Krankheiten, die Schicksalsschläge, der Tod dann noch kümmern!
Zur Zeit wies nichts auf einen solchen Umschwung hin. Er stärkte sich mit dem Gedanken an seine weitläufigen, fruchtbaren Felder. Dank seiner Ausdauer und seines Geschäftssinns hatte er, von einem

bescheidenen Kornfeld ausgehend, die Fläche seiner Ländereien verdreifacht. Glückliche Bauern arbeiteten mit ihm und achteten ihn, denn er war gerecht und gut. Seit seiner frühen Jugend bestellte Mokrane mit ihnen das Feld, säte er in den Schoß der Erde. Jetzt, wo er der Herr war, hatte sich nichts geändert. Er war eins mit seinen Männern; Besitzer und Fellachen waren vereint in dem gleichen Eifer für das Land.
Allah hatte seinen Besitz gesegnet, nicht aber den Leib seiner Frauen. Sein Durst nach Söhnen peinigte ihn. Mehr und mehr hatte er den Eindruck, daß die Leute ihn mitleidig ansahen. Vielleicht wegen seines Gesichts, in dem man etwas unbestimmbar Verwirrtes spürte. Man ahnte, daß er von der rasenden Gier, ein Wunder zu vollbringen, verzehrt wurde. Er war reicher an Geld, aber seine Schultern waren gebeugter und sein Blick wilder. Trotz der Langeweile, die er bei den Versammlungen in der Moschee empfand, zwang er sich zu emsigen Besuchen, als wollte er sich jetzt gerade vom Glauben in Allahs Gerechtigkeit kasteien lassen, den die alten Talebs besangen.
So ging das Leben dahin. Die Jahre verstrichen. In unwandelbarer Schönheit erhob sich das kleine, weiße Dorf stolz auf seinen Hügeln. Es schien von der Welt und ihren Wirren abgeschnitten, die Sorgen der Städte waren ihm fremd. Als strahlendes Licht beherrschte es das grünende Tal, das ihm wie eine ewig treue Geliebte zu Füßen lag.
Die Straße schlängelte sich in launigen Windungen, die aber unfehlbar ans Ziel führten. Wie eine widerspenstige Jungfrau bot sie dem Benutzer Widerstand: im Sommer war sie staubig, im Winter schlammig. Als wollte sie die Bewohner vor Eindringlingen und Neugierigen schützen. Nur den Söhnen des Dorfes war sie vertraut.
Und dort oben verlief das Leben wie immer: das Leben mit seinen Freuden, mit seinen Skandalen und Dramen, die im stillen glimmten, aufflackerten und vom Wind der öffentlichen Meinung zum Lodern gebracht wurden.
Die alte Garmia war gestorben. Eine andere Hebamme ersetzte sie.
Mokranes Brüder wurden reich. Der Hexer-Taleb war der Unsterbliche des Dorfes. Er wohnte in seiner Hütte neben dem Friedhofseingang; dort wachte der Uhu als satanischer Zeuge der menschlichen

Schwächen. Der alte Hadsch-El-Tajer hatte übrigens eine zweite Pilgerfahrt nach Mekka gemacht. Diesmal nahm er seine Frau mit. In ihre weiße Dschellaba gehüllt, würdevoll und von einem Lichtkranz frisch erworbener Heiligkeit umgeben, kam sie von ihrer frommen Reise zurück. Mehrere Tage lang wurde sie vom ganzen Dorf geehrt. Die Frauen kamen, berührten sie demütig und atmeten durch das Fluidum ihrer seidenen Kleider hindurch den Geruch des Heiligen Landes ein. Lalla-El-Hadscha ließ diese Respektsbezeugungen mit ungerührter Bescheidenheit über sich ergehen. Diese Frau, die vorher eine scharfe, durchdringende Stimme gehabt hatte, murmelte nun nur noch sanft und antwortete mit einer Milde, als laste ein unsichtbares Gewicht auf ihrer Brust. Die Heiligkeit hatte ihr eine manierierte Gelassenheit verliehen, was ihre Besucherinnen einschüchterte. Angesichts der in ihre religiösen Meditationen versunkenen Hadscha fühlten sich die armen Frauen voller Komplexe.
In Mokranes Haus wurde ein drittes Mädchen geboren. Wie unter der Last eines furchtbaren Geheimnisses sank Khadidja in sich zusammen. Jede Geburt verstärkte ihre Sorgen ein wenig. Das Ausbleiben von Söhnen ließ sie weitere Heiraten befürchten.

Aber auch die Unverwundbarkeit des Dorfes sollte unter einem neuen Wind zusammenbrechen. Man merkte den Leuten an, daß sie nicht mehr nur mit ihren eigenen Angelegenheiten beschäftigt waren; Ungewißheit und die Angst vor dem Morgen erfüllte die Gassen. Schon drei Jahre zuvor war die Revolution ausgebrochen. Bisher war sie nur ein fernes Grollen gewesen. Jetzt gewann sie an Boden und schüttelte das Dorf wie eine faule, frigide Ehefrau. Das Krankenhauspersonal war ausgewechselt worden; Soldaten in verschiedenen Uniformen erschienen und Panzerwagen wühlten die Gäßchen auf. Neue Männer, eine neue Angst ließen die Menschen und die Dinge erzittern.
Die Mehrheit der kräftigen jungen Männer war in den Untergrund gegangen, um an dem wunderbaren Abenteuer, der Befreiung des Landes, teilzunehmen. Die Alten raunten, dies sei ein heiliger Krieg, der dem Volk einen neuen Weg aufzeigen, eine neue Ordnung herbeiführen würde. Die Versammlungen in der Moschee wurden verboten, das einzige Café im Dorf war voller Soldaten und Denunzianten; Rachid, der Besitzer des Cafés, arbeitete aktiv mit den Fremden zusammen. Er machte sich nicht einmal die Mühe, es zu verbergen. Der Donner des Sturmes brachte das Gespenst der Folterungen, der willkürlichen Verhaftungen, der Erniedrigungen, des Todes mit sich. Der Mensch war zum wilden Tier geworden, und Allah existierte nicht mehr.
Auf der schattigen Straße, die zum Dorf führte, war das fröhliche Geschrei der Kinder und ihr närrisches Hin- und Herrennen von den unheilverkündenden Runden der Gendarmen verdrängt worden. Man sah die Umrisse ihrer Helme und diejenigen der S. A. S.* Ihr unzeitiges Erscheinen ließ die Kinder verwirrt zusammenzucken. Es waren nur noch Greise, Frauen und Jugendliche da. Einige junge Männer bestellten weiter das Land. Das Leben im Dorf erlosch schon vor der Abenddämmerung, nur seine Pulsschläge vibrierten durch

* Section administrative spéciale

die Mauern hindurch. Die Dorfbewohner hatten sich daran gewöhnt, nachts das abgerissene, dumpfe Feuer der brüderlichen Glaubenskämpfer von dem ununterbrochen knatternden der feindlichen Armee zu unterscheiden. Hier und da trugen die Gesichter frische Kratzspuren. Die Zeit stand still.

Mokrane hatte keinen Sohn im Untergrund. Seine Neffen und einer seiner Brüder waren dort; also blieb er zurück, um das Land zu bestellen und die Frauen seiner Familie zu schützen. Für den Augenblick schien er vor den Schikanen der Militärs sicher zu sein. Oder lag das vielleicht an seiner Verwandtschaft mit Si-El-Hadsch-El-Tajer? Dieser war sehr alt und hatte den Respekt vor der Besatzermacht behalten; wenn er ausging, trug er stets seine alten Orden: sie waren ein sicherer Schutz für sein Leben. Er kämpfte sozusagen an allen Fronten. Den einen zeigte er seine Orden und seinen Veteranenausweis, für die anderen trug er regelmäßige Geldspenden unter seinem Burnus, den Armen des Dorfes gab er auffällige Almosen. Wer seine Freundschaft genoß, war auf geheimnisvolle Weise immun gegen die Gefahren. Aber wie lange noch? In dieser unsicheren Zeit!

Mouloud wuchs heran. In seine Bücher versunken, schien er von der Realität abgeschnitten. Die Grundschule hatte er erfolgreich abgeschlossen. Sein Vater weigerte sich, ihn in der Stadt auf einer höheren Schule weiterlernen zu lassen. Da er ein intelligenter Schüler war, kümmerten sich seine Schulmeister um ihn, ein sympathisches, unbeugsames Lehrerehepaar, das sich von dem Klima des Aufruhrs nicht erschüttern ließ. Mouloud half bei der Unterrichtung der Kleinen. Im Austausch dafür förderten ihn seine Lehrer in den Fächern, die ihn fesselten, insbesondere Mathematik. Sie liehen ihm Bücher, die er las und mit ihnen durcharbeitete. Oft verbrachte er sonntags und donnerstags endlose Stunden in ihrer kleinen Schulwohnung. Indem sie die Dorfkinder nicht im Stich ließen, führten die Lehrer auf ihre Weise einen Kampf. Sie wurden von den Dorfbewohnern geschätzt; ein Beweis dafür waren an Markttagen frische Eier und Hühner, oder Gebäck in der Zeit der Moslemfeste. Die Soldaten aber machten sich über ihren Eifer lustig, ‹die Söhne der Fellachen› zu erziehen. Leider rückte der Zeitpunkt ihrer Pensionierung näher, und sie sprachen mit Mouloud darüber, wie ungern sie ihre kleine Schule und die Kinder verließen. Denn natürlich würde kein Mensch in diese verlassene Ecke des Landes kommen, noch dazu mitten im Krieg, um die Kinder zu unterrichten. Die Führung der S. A. S. hatte verlauten lassen, daß sie einen jungen Soldaten einsetzen würde, um den Schulbetrieb weiterzuführen; dies wäre auch das ideale Mittel, um ihre psychologische Kampagne durchzuführen, die seit einiger Zeit von den aufgeklärten Geistern des militärischen Oberkommandos geplant wurde. Um gegen die Zeit zu kämpfen, verschlang Mouloud die Bücher wie im Fieber mit verdoppeltem Eifer.

Der junge Mann war gleichzeitig der öffentliche Schreiber und der Vermittler zwischen den Leuten aus dem Dorf und dem Büro der S. A. S. Alle nannten ihn ehrerbietig den ‹Schulmeister›. Jeder hatte die Gewohnheit angenommen, an Mokranes Tür zu klopfen und den jungen Mann zu bitten, er möge mit einem alten Mann gehen und fragen, ob es Neues von dem am Vorabend von Soldaten verhafteten Sohn gäbe, oder aber er begleitete eine Frau, die ihren Mann unter den Gefangenen suchte. Er las und beantwortete die Briefe der Männer, die zum Arbeiten nach Europa gegangen waren.

Seine Nächte verbrachte er damit, aufmerksam die Zeitung zu lesen, die Nachrichten aller Radiosender abzuhören, die er empfangen konnte. Bei dem Gedanken an die vielen Brüder, die für ein neues Leben kämpften, geriet seine Seele ins Schwärmen. Seine Nächte waren von bangen, hoffnungsvollen Träumen erfüllt. Würde er es je erleben, daß sein Land frei war, eine algerische Flagge zu Gesicht bekommen, Leute, die algerisch dachten? Würden die Luft, der Himmel, die Polizisten, die Soldaten algerisch sein? Würde man algerisch essen, trinken, lieben? Oh! Eine große Tollheit, eine herrliche algerische Tollheit! Allein in seinem Zimmer, gab sich der Junge seinen Wunschträumen hin. Er wütete gegen die Natur, die ihn zart wie ein Mädchen gemacht hatte. Er war zu hoch aufgeschossen, zu mager. Diese übermäßige Schlankheit ließ ihn den Kopf zwischen die Schultern einziehen und verlieh ihm den Habitus eines kränklichen Intellektuellen. Nirgendwo schien er am richtigen Platz zu sein. Zu Hause lebte er wie ein Schatten. Unauffällig und unaufdringlich lebte er eingebettet in Akilas stumme Zuneigung und die Liebe seiner Mutter, die er in jeder ihrer Gesten verspürte; er spürte sie im Geräusch ihrer Schritte. Mit seinem Vater dagegen, den er zutiefst achtete, verband ihn wenig; ihre Beziehung beschränkte sich auf seltene gegenseitige Höflichkeitsbezeugungen. Von der körperlichen und psychologischen Entwicklung seines Sohnes enttäuscht,

schien Mokrane immer mehr das Interesse an ihm zu verlieren; mehr denn je war er von dem Wunsch nach einem weiteren Jungen besessen. Verdrossen wie er war, versuchte er überhaupt nicht, diesen seltsamen, von Khadidja geborenen Sohn zu verstehen.
Akila ging ganz in der Erziehung ihrer Töchterchen auf.
Khadidja erfreute sich am Wissen ihres Sohnes, verlor aber den geheimen Kummer ihres Mannes nicht aus den Augen.
Mouloud, der mit den brennenden Problemen seiner Pubertät kämpfte, stellte sich Fragen und fand niemanden, der sie ihm beantwortete.
Und das Gespenst der Apokalypse umtanzte das Haus . . .

Jetzt lief die Mutter schon fast eine Stunde im Hof umher und fuhr bei dem geringsten Geräusch auf. Khadidja war beunruhigt: beinahe sechs Uhr, und Mouloud war nicht zurück. Die Schule schloß um vier Uhr. Sonst kam der junge Mann jeden Tag auf direktem Weg heim. Ab fünf Uhr war kein Mensch mehr auf den Straßen; die Dorfbewohner verbarrikadierten sich in ihren Häusern.
Was war los? Wo war Mouloud? War er womöglich in eine Razzia geraten? Er wußte doch, daß schon vor sieben Uhr, der Zeit der Sperrstunde, jeder Mann, der sich auf der Straße herumtrieb, eine ideale Zielscheibe für die Soldaten war.
«Ya, Lalla Khadidja! Hör doch auf, hier im Kreis herumzulaufen! Mouloud ist bestimmt bei den Lehrern.»
«O nein, Akila! Ich weiß, daß in den Zeiten, die wir durchmachen, um diese Stunde niemand draußen sein darf. Und die Lehrer haben ihn noch nie so lange bei sich festgehalten. Ich fühle, daß ihm etwas passiert ist!»
Die Mutter blickte zum Zimmer ihres Mannes hinüber und zischte:
«Der liegt in aller Ruhe auf seinen Matratzen! Der fragt nicht danach, wo sein Sohn ist!»
Wie ein Echo auf diese Worte trat Mokrane im gleichen Moment auf die Schwelle seiner Tür:
«Frau! Glaubst du, daß ich mich nicht um meinen Sohn sorge? Mouloud hat sich nichts vorzuwerfen, er ist sanft wie ein Lamm! Hier im Dorf kennt ihn jeder. Wenn du an die Soldaten denkst, so sei beruhigt, sie werden ihm nichts Böses antun, sie wissen, daß er harmlos ist. Also, bei Allah, behalte die Ruhe!»

Khadidja sagte kein Wort mehr. Sie setzte sich auf den Brunnenrand, um den Eingang besser überwachen zu können. Zu ihren Füßen spielten Faiza und Malika. Faiza hob den Kopf und tuschelte:
«Sag, Ma! Glaubst du, daß Mouloud bei den Soldaten ist? Sag doch! Werden sie ihn dabehalten wie Onkel Salah?»
«Schweig, meine Tochter! Allah! Das Unglück bleibe uns fern! Dein Bruder wird bald zurückkommen, Inch'Allah.»
Faiza, die älteste von Akilas Töchtern, betete diesen großen Bruder an, der ihr das Lesen beigebracht hatte. Der so gut wundersame Geschichten erzählen konnte. Der zu ihr sprach, als sei sie ein richtig großes Mädchen. Ihm war es zu verdanken, daß sie das erste Mädchen war, das die Schule betrat! Die ganze Familie, außer ihren beiden Mamas, hatte sich dem anfangs widersetzt. Im Dorf war es nicht üblich, die Mädchen zu unterrichten; dieses Privileg war nur den Jungen vorbehalten. Moulouds Hartnäckigkeit hatte schließlich den Ausschlag gegeben. Jetzt war sie die beste Schülerin in ihrer Klasse, und die Lehrerin sagte von ihr: «Faiza ist eine würdige Nachfolgerin ihres Bruders. Aus ihr könnte etwas werden, wenn man sie weiterstudieren ließe.»
Das kleine Mädchen hatte die gleiche Vorliebe für Bücher wie sein Bruder. Malika dagegen, hübscher als ihre Schwester, weigerte sich energisch, in die Schule zu gehen; sie sang und spielte lieber und ahmte die Frauen nach.
Endlich wurde an das Tor geklopft. Mit einem Satz war Khadidja dort. Mouloud stand bleich vor seiner Mutter. Ohne etwas zu sagen, schlüpfte er schnell herein und ging auf sein Zimmer zu, nicht ohne im Vorbeigehen Faiza den Kopf zu streicheln. Sein Vater rief nach ihm. Der junge Mann drehte sich halb um; seine Mutter stand hinter ihm. Khadidja war stumm vor Erleichterung. Sie verschlang ihn mit den Augen und drückte manchmal seinen Arm, so als wollte sie sich vergewissern, daß er wirklich lebte und bei ihr war.
«Was ist passiert, daß du dich so verspätet hast? Deine Mutter war wahnsinnig vor Angst.»
Der Junge wandte sich seiner Mutter zu; er ergriff ihre Hände:
«Verzeih mir, Mutter! Ich wurde bei dem alten Rabah aufgehalten, er hat mich gebeten, seinem Sohn in Frankreich einen Brief zu schreiben. Es war dringend. Der arme Mann! Ein tuberkulosekranker Sohn in einem Krankenhaus im Ausland. Und der andere im Widerstand. Si-Rabah ist jetzt so allein und so alt! Wir haben von

Kamel gesprochen, er war mein bester Freund, der einzige, den ich hatte. Da habe ich gar nicht bemerkt, wie die Zeit verging.»
Khadidja rückte näher an ihren Sohn und blickte ihm tief in die Augen:
«Mein Sohn, du bist jetzt wie ein Reiter, und Herr über dein Reittier. Aber in diesen Zeiten, in denen der Tod an allen Orten unserer Erde lauert, mußt du auf meinen Rat hören: laß dich von deinem Pferd nie wieder irgendwohin tragen! Auf diese Weise wirst du dich nicht mehr verspäten.»
Die Frau hatte nicht die Angewohnheit, ihrem Sohn Reden zu halten. Dies war das erste Mal, daß sie so lange zu ihm sprach. Mouloud verstand die Botschaft seiner Mutter.
Als die Familie sich endlich beruhigt hatte, setzte man sich zum Abendessen nieder. Die Frauen bereiteten die Meidas vor: eine für Mokrane und seinen Sohn – die ältesten Söhne einer Familie hatten das Recht, die Mahlzeiten mit dem Vater einzunehmen, denn die Männer aßen allein, und die Frauen mit den Kindern. Seit kurzem saß Faiza während der Mahlzeiten bei den beiden Männern. Mit ihren Fragen, ihren Bemerkungen über alles und jeden heiterte sie die Stimmung auf. Ohne es zu wissen, unterbrach das kleine Mädchen auf diese Weise die Monotonie und das Schweigen, denn Vater und Sohn hatten sich nichts zu sagen. Auf der anderen Seite saßen die Frauen mit den Kleinen; sie redeten nicht, aber ihr Schweigen beruhte auf gegenseitigem Verständnis, auf wechselseitiger Sympathie. Akila, die tüchtige Fee, ging zwischen zwei Bissen hinaus, um die köstliche, nach frischer Minze duftende Chorba, die traditionelle Tomatensuppe, hereinzubringen; dann sammelte sie die Suppenschalen ein und trug die Teller mit Gemüse-Kuskus auf. Nach dem Abendessen zog Mouloud sich zurück, nicht ohne seinen Vater ehrerbietig auf die Stirn geküßt zu haben. Lachend hängten sich seine kleinen Schwestern an ihn. Wie jeden Abend verlangte Faiza von ihm eine Geschichte. Oft blieb sie lange mit ihrem Bruder wach und lauschte aufmerksam Moulouds magischen Worten. Si-Mokrane las jeden Abend vor dem Einschlafen einige Seiten im Koran; Khadidja meinte dazu: «Bei der langen Zeit, die er ihn liest, müßte er ihn auswendig können!»
Heute abend war Khadidja an der Reihe, bei ihrem Mann zu schlafen, aber sie fühlte sich zu aufgewühlt; sie wollte allein auf ihrem Lager nachdenken. Unter dem Vorwand einer plötzlichen Erschöpfung, die

wahrscheinlich auf die Aufregungen des Nachmittags zurückzuführen sei, bat sie Akila, an ihrer Stelle zu gehen. Sie entschuldigte sich bei Mokrane und ging schlafen, wobei sie an das Verhalten ihres Sohnes dachte. Sie spürte, daß irgend etwas Ungewöhnliches das Leben des Jungen aus dem Gleichgewicht gebracht hatte. Dieser Besuch bei Rabah: alle wußten, daß der alte Mann einer der Verbindungsmänner der Glaubenskämpfer war. Ganz sicher war man nicht, aber die Gerüchte! Diese Geschichte verhieß ihrem Mutterherzen nichts Gutes, und sie machte die ganze Nacht kein Auge zu.

Am folgenden Sonntag bekam Mokrane den Besuch von Si-El-Hadsch-El-Tajer mit seiner Frau und seinem Sohn Hocine, ‹dem Duckmäuser›, wie Khadidja ihn wegen seiner dunklen, tief im Kopf liegenden Augen mit dem verstohlenen Blick nannte. Hatte er nicht die Mutter seiner Kinder verstoßen, weil sie unheilbar krank war und eine Last für ihn wurde? ‹Der Duckmäuser› beeilte sich, die unverschämte Tochter des Imam zu heiraten. Diese Geschichte machte ihn in den Augen der Dorffrauen noch unsympathischer. Und war es nun nicht er, der Mokrane in eine neue Ehe trieb? Manche verloren trotz der Kriegszeiten nicht die Lust an Hochzeiten, und Khadidja, die dies alles wußte, verpaßte keine Gelegenheit, um dem Sohn des alten Hadschi ihre Verachtung zu zeigen.
Auf der Meida standen in Honig getränktes Mandelgebäck und mit Blumen aus Gold oder Emaille verzierte Teegläser. Die Männer plauderten in Mokranes schönem, grünem Zimmer. Die Frauen saßen im Hof auf Teppichen, die über die Matten gelegt waren. Es war schönes Wetter, und trotz Lalla-El-Hadschas selbstgefälligem Dünkel versprach der Nachmittag sehr angenehm zu werden. In gelehrtem Ton ließ sie ihren Klatsch vom Stapel, wobei sie einige boshafte Spitzen an die Adresse ihrer Zuhörerinnen einfließen ließ:
«Akila, weißt du, daß deine Kusine einen Jungen bekommen hat? Sie hat gestern entbunden. Ah, wenn du das schöne Armband gesehen hättest, das ihr Mann ihr geschenkt hat!» Mit zuckersüßer Stimme fügte sie hinzu: «Inch'Allah! Möge es deinen Arm schmükken, meine liebe Tochter! Ihr Mann ist ganz verrückt vor Freude und weiß nicht mehr, wie er seine Frau noch verwöhnen soll. Allah war dem armen Mädchen endlich gnädig.»
Mit falscher Zunge fuhr sie fort:
«Erinnerst du dich, wie sie zur Kuskusbereitung zu mir kam? Ihre

Macht unsre Bücher billiger! …

Kleider waren so abgetragen, daß ich ihr die von meiner armen Uarda gab.» («Friede ihrer Seele!» sagten die drei Frauen im Chor.) «Dein Onkel El-Hadschi hat dann veranlaßt, daß sie bei seiner Mutter lebt. Nun ja, das Gute, das er getan hat, wird ihm dort oben vergolten werden.»
Akila haßte sie von Herzen und ließ sich hinreißen zu antworten:
«Ihr wart so gut zu uns, den armen Waisenkindern! Möge Gott uns vor den Neidern bewahren!»
Khadidja warf ihr einen schalkhaften Blick zu. Aufrichtig fügte Akila hinzu:
«Ich bin froh für meine Kusine. Morgen werde ich gleich zu ihr gehen, um ihr zu gratulieren.»
«Dem Ehemann muß seine plötzliche Verschwendung ja leichtfallen», sagte Khadidja. «Wenn es anders gelaufen wäre, hätte er es wie die anderen gemacht!»
«Puh!» schnaubte die alte Frau, die sich über Khadidjas grimmiges Gesicht ärgerte. Insgeheim fürchtete sie die ‹Teufelin›, wie sie Mokranes erste Frau nannte. Verschämt verhüllte sie ihr Gesicht mit der Hand und flötete schließlich:
«So ist es nun einmal, meine Tochter! Unsere Männer sind es sich schuldig, die Sippe fortzupflanzen; eine Frau, die unfähig ist, Söhne zustande zu bringen, muß ihr Los hinnehmen. Es ist also vergeblich, sich aufzulehnen!»
Khadidja brach in ein brutales Lachen aus, ein Lachen, das aufreizend und beleidigend war. Die arme Hadscha fuhr auf, als hätte der Teufel sie gestochen, und wußte sich nicht anders zu verteidigen, als sich glucksend der Heiterkeit der Frauen anzuschließen. Gab es doch ein arabisches Sprichwort, das besagte: ‹Sie lachten über mich . . . während ich mit ihnen lachte.›
«Ohne dich beleidigen zu wollen, Lalla, und trotz deiner verehrungswürdigen Wallfahrt, möchte ich dich darauf hinweisen, daß du Gott lästerst! Weißt du denn nicht, daß niemand außer Allah vorausschauen kann! Er allein entscheidet, ob es ein Mädchen wird oder ein Junge. Ob Frau oder Mann, vor Ihm sind wir gleich. Letzten Endes zerfallen wir alle zu Staub.»
«Mach dich nur lustig, meine Tochter! Ich habe trotzdem recht, wenn ich sage, daß unsere Töchter sich da hineinschicken müssen. Ich spreche von den Töchtern aus gutem Hause, die nach den Geboten der Ehre erzogen worden sind . . . Die anderen! . . . Die enden

im Leben immer schlecht! . . . Wenn ich an meine Tochter denke! Im blühenden Alter gestorben! Nun, glücklicherweise habe ich meine liebe Akila. Dank dir bleibt mir die Illusion, daß ich in diesem Haus meine Tochter besuchen komme.»
Khadidja dachte: ‹Rede nur, alte Hexe. Du kommst hierher, um dich an ihrer Unfähigkeit zu weiden, den Herzenswunsch ihres Mannes zu erfüllen. Ich kenne dich und deinesgleichen. Ich kenne den bösen Geist der alten Weiber!›
Die Männer, die das Lachen der Frauen hörten, schüttelten bedenklich den Kopf, wie über den Schabernack eines Kindes.
El-Hadsch seufzte:
«Die Frauen sind fröhlich! Möge Allah ihnen ihre Sorglosigkeit erhalten!»
Mokrane fuhr leise fort:
«Die Zeiten sind hart. Erst gestern haben sie den armen Ali und seinen Sohn verhaftet. Das ist sicher ein Streich von Rachid! Er läßt alle einlochen, die ihn früher verachtet haben. Mit seiner vergänglichen Überlegenheit rächt er sich grausam.»
Hocine kniff den Mund zusammen und brüstete sich:
«Ich! Ich war distanziert aber höflich zu ihm; ich ahnte wohl, daß er eine Schlange ist. Wenn er zu mir kam, erwies ich ihm kleine Dienste, mehr nicht.»
Zwischen den Zeilen verstanden die anderen, daß sein von Grund auf berechnender Geist und alle seine Handlungen immer in Einklang mit dem standen, was ihm irgendwelchen Nutzen bringen konnte.
Si-El-Hadschi gab pessimistische Äußerungen über die Zukunft ab und philosophierte allein vor sich hin. Mokrane schenkte dem, was der alte Mann sagte, keine Aufmerksamkeit. Er kannte ihn: in Gedanken und Worten hatte sein Freund die schwärzesten Ansichten über das Leben; er lebte und handelte aber wie ein Optimist. Jeden Morgen erhob er sich mit freudigem Herzen, glücklich, Geld und Gut zu haben und diesen Tag noch zu erleben. Er trieb das Unheil mit Wörtern aus.
Plötzlich fragte Hocine im erstaunten Ton dessen, der gerade erst gewahr wird, daß etwas fehlt:
«Und Mouloud? Wo ist er? Wieso ist er nicht bei uns?»
Bei der Erwähnung dieses Namens zeichnete sich auf Mokranes Zügen ein Ausdruck von Überdruß ab. Traurig antwortete er:

«Er ist den ganzen Tag nicht herausgekommen. Wahrscheinlich hat er nicht einmal eure Anwesenheit bemerkt. Ya Allah! Das ist ein merkwürdiger Sohn, den ich da habe! Nicht etwa, daß er böse wäre . . . Nein! Aber ich würde den Himmel segnen, wenn dieses Kind ein bißchen Temperament hätte; wenn er aufbrausend, ungeduldig, stark wäre, eben wie ein Mann bei uns sein soll. Er ist ruhig und sinnt unentwegt über etwas brennend Wichtiges nach, das ihn verzehrt. Er ist eigenartig, als ob er ständig eine große Wut in sich verdrängen würde. Nur die Bücher zählen für ihn! Immer die Bücher! Ich verstehe ihn nicht mehr.»
Seine Freunde erinnerten ihn daran, daß seine Schwäche Khadidja gegenüber schuld an dieser Lage der Dinge sei. Er hatte ihr erlaubt, ihren Sohn auf ihre Weise zu erziehen, und jene Fremde hatte ihr komische Ideen in den Kopf gesetzt. Sie hielt ihn von den anderen Kindern des Dorfes fern. Sie förderte seine Vorliebe für das Lesen. Und was nun? Dieser Junge würde eines Tages weggehen und nicht mehr hierher zurückkehren. Mokrane pflichtete ihnen bei und dachte, daß dieser Sohn weder für ihn, für sein Alter, noch für sein Land da sein würde. Er war für ein anderes Geschick geboren, das sich von dem seiner Vorfahren unterschied. So verging die Zeit mit düsteren Vorahnungen und Voraussagen über die Zukunft.

Das Leben rinnt dahin, schlägt zu, nutzt ab. Die Kinder wachsen heran, die Alten sterben, die Welt und der Charakter der Geschöpfe ändern sich.

Jeder schien das Leben auf Armeslänge von sich zu halten, nahm es schließlich in Angriff und erfüllte seine Pflicht. Ja, die Zeiten waren nicht mehr dieselben! Selbst das öffentliche Gerede, das das Leben im Dorf verschönt hatte, war weniger, war seltener geworden. Die vergnügten Versammlungen der Frauen waren eingeschränkt worden. Die in den Hügeln herumtollenden, in den Gäßchen schreienden Kinder hatten sich zerstreut.
Die Magie des alten Taleb wirkte nicht mehr. Seine Wissenschaft, den ‹bösen Blick› auszutreiben, funktionierte nicht mehr. Der ‹böse Blick› der Teufel war überall im Land.
Und eines Abends kehrte Mouloud nicht mehr nach Haus zurück. Der gewohnte Schulweg war zum Weg in die Schule des Lebens geworden.

Wochen vergingen ohne Nachrichten von ihm. Er schien sich in Luft aufgelöst zu haben. So lautlos wie sein Leben im Haus gewesen war, so lautlos war er fortgegangen. War er tot? War er als Gefangener bei den Fallschirmjägern? Nein, denn es gab endlose Befragungen von seiten der Militärs und das Spießrutenlaufen mit Ohrfeigen und Demütigungen aller Art. Mokrane wurde zwischen Beschimpfungen und Mißhandlungen hin- und hergestoßen. Sein Leidensweg endete nur dank der Intervention der Lehrer und vor allem dank der Orden des alten Hadschi. Kampfesmüde zogen die Militärbehörden endlich ihre Aufmerksamkeit von Mokranes Haus ab.
Nun war die Gewißheit unumstößlich: Mouloud hatte sich dem Widerstand angeschlossen. Die allgemeine Verblüffung darüber brachte ein wenig Leben in die Hammams und in die Häuser. Nicht daß Mouloud der erste Mann aus der Gegend gewesen wäre, der in die Berge ging; aber wer hätte gedacht, daß dieser zarte Junge, der mit den Mauern der Schule verwachsen zu sein schien, tatsächlich fähig sein würde, dem Tod entgegenzutreten?
Si-Mokranes Haus wurde wieder einmal zum Hauptthema aller Klatschbasen.
Wie immer überraschte Khadidja die anderen durch ihre Haltung. Sie reagierte seltsam, ganz verschieden von der Reaktion der Frauen unter ähnlichen Umständen. Sie wirkte gleichgültig, und zwar war es nicht diese aus Resignation herrührende, sondern eher in einer Art selbstbewußtem Stolz begründete Gleichgültigkeit. Die Mütter oder Ehefrauen, deren Söhne ebenfalls ausgezogen waren, weinten leise, empfingen dankbar den Trost der Leute oder versenkten sich in Gebete für das Heil der Kämpfenden. Sie dagegen war plötzlich wieder die trotzige Khadidja von einst. Für diesen angebeteten Sohn wurde sie wieder ironisch und antwortete allen, die sie trösten wollten, wie ein General nach der Schlacht:
«Mein Sohn ist ein Mann! Wer hat ihn für ein sanftes Lamm gehalten? Er hat den Weg der Würde eingeschlagen. Selbst wenn er sterben sollte, wird mein Herz keinen Kummer empfinden, weil er für die Freiheit gekämpft hat! Ich bin nicht zu bedauern, sondern zu beneiden! Auf, ihr Frauen! Trocknet eure Tränen. Eßt diese Kuchen, die meine Hände zubereitet haben.»
Insgeheim waren die Frauen davon schockiert. Sie spürten in diesem Stolz etwas Satanisches. Diese Frau würde wahrhaftig immer allen ein Rätsel bleiben!

Trotz der Schwierigkeiten, die das Verschwinden seines Sohnes für ihn mit sich brachte, trotz der Schläge der Soldaten war Mokrane stolz – er, der nie in seinem Leben geschlagen worden war. Er fühlte sich wie neugeboren, er vergaß darüber seine Besessenheit. ‹Dieser Junge, der für mich untergegangen war, von der Flut der Bücher davongetragen, dieser Junge hatte also doch den echten, körperlichen Mut eines Mannes unserer Sippe›, dachte er. Voller Genugtuung dachte der Vater an den Tag der Rückkehr seines Sohnes aus den Bergen. Den bloßen Gedanken an den Tod verbannte er aus seinem Kopf. Dann würde sein Kind ein echter Mann sein. Dort draußen im Kampf, bei Hunger und Angst würde er die Bücher und ihre Scheinwelt vergessen. Mit den Realitäten eines Krieges konfrontiert, würde das Leben einen neuen Wert für ihn bekommen. ‹Und wenn dies eine Botschaft Allahs wäre, um mir das Kind zu ersetzen, von dem ich immer geträumt habe?›

Weitere Jahre vergingen in wachsender Resignation. Die Gewöhnung an die Angst deckte das Dorf und das ganze Land wie ein zweiter Mantel zu. Das Gewehrfeuer, die fremden Stimmen vermischten sich mit den Stimmen der Vögel. Die Fellachen arbeiteten nicht mehr mit dem gleichen Eifer. Überall von Mißtrauen und Tod umgeben, schienen sie nichts mehr auf diesem Boden zu tun zu haben, der zum umkämpften Preis für Blut und Haß geworden war. Einige bemühten sich, die Ernten einzubringen, die ihrerseits Schwierigkeiten bereiteten, so als wollten sie sich der Revolte ihrer Söhne anschließen. Gerste und Weizen wurden nicht mehr wie früher bearbeitet, als man sie liebevoll geerntet, befühlt und respektvoll in unterirdischen Silos gespeichert hatte; das hatte den Fladen der Frauen diesen starken, köstlichen Geschmack verliehen. Jetzt waren die meisten Felder abgebrannt, manche Bauern hatten sie in Gemüsegärten umgewandelt, und andere bauten nur die für die unmittelbaren Bedürfnisse der Dorfbewohner benötigte Menge an. Die ganze Landschaft schien erstarrt zu sein und begierig einer Veränderung entgegenzuwarten. Aber für den Moment geschah nichts, was sie von ihrem Alptraum erlöste. Nichts kam als diese rohen, waffenklirrenden, unverschämten Männer.
Die Alten aus dem Dorf gingen sich die Felder ansehen, hoben die Augen zum Himmel, seufzten und kehrten noch ein bißchen gebeugter zurück. Mit traurigen Blicken betrachteten sie die Kinder. Diese harten, strengen Dörfler kannten keinen anderen Gedanken, kein anderes Ziel mehr, als das Warten auf den Tag des Triumphes, den Tag der Wahrheit. In diesem Warten vereinigte sich ihre Vergangenheit und die Zukunft.
An einem Morgen, der nicht anders begann als die übrigen, wurde Rachid, der Cafébesitzer, getötet. Dies war das erste Attentat im Dorf. Das Café wurde geschlossen, der Täter löste sich in Luft auf. Niemand hatte etwas gehört noch gesehen. Alle Häuser wurden durchsucht, die Männer endlos verhört; die klassische Schreckenskohorte war am Werk.

Im Krankenhaus arbeitete seit kurzem ein neuer Militärarzt, der die Bewohner verwirrte. Er zeigte ein freundliches Interesse für die Dorfbewohner. Ansonsten in Angst vor Uniformen, hatten sie den Namen dieses Mannes, der sich für sie einsetzte, sehr schnell verbreitet. Als erstes hatte der Arzt die Verpflegung der Kranken ändern lassen. Von nun an blieben die Kranken bis zu ihrer vollständigen Genesung im Hospital, anstatt nach Hause geschickt zu werden, sobald das Fieber gefallen war. Die kleine Revolution des Arztes hatte ihm zwar die Sympathie der Bevölkerung verschafft, zog ihm aber die Feindschaft seiner Militärkollegen zu. Im ganzen Lager wurde er nur noch der ‹Priester› genannt.
Die gesamte Person dieses Mannes strahlte große Güte aus. Alles an ihm wirkte rund und beruhigend, ohne aggressive Kanten. So war sein Gesicht von unwiderstehlichen Lachgrübchen übersät, sein runder, immer rosiger Kahlkopf und seine kleinen blauen Augen funkelten vor sanfter Heiterkeit. Die Bevölkerung nannte ihn liebevoll ‹Rouget›, in Abwandlung seines Namens Roger und zweifellos wegen seiner hellen Gesichtshaut, die bei Anstrengungen und Hitze rot wurde. Wenn jemand Ärger hatte, suchte er selbstverständlich ‹Rouget› auf; dieser setzte seine ganze energische Hartnäckigkeit ein, um ihm zu helfen. Allen Unglücklichen schenkte er mitfühlend Gehör. Sogar Mokranes Familie, der es eigentlich widerstrebte, die Fremden um ärztliche Hilfe anzurufen, nahm den Doktor in Anspruch. Auch in bezug auf diese Sitten hatten sich die Zeiten geändert. Das Schicksal schaffte es, die unumstößlichsten Prinzipien durcheinanderzubringen.
Faiza, Mokranes älteste Tochter, brach sich ein Bein, als sie im Schulhof auf den Baum kletterte. Ihre Kameraden hatten sie gehänselt und sie herausgefordert, wie die Jungen zu klettern. Impulsiv wie sie war, nahm das Mädchen die Herausforderung an. In der Erregung über ihren Sieg rutschte sie beim Herabsteigen ab. Die Lehrerin ließ sie sofort ins Krankenhaus bringen, wo sie Doktor Rogers Behandlung anvertraut wurde.
Der von den Nachbarn unterrichtete Vater schien über die Vorstellung, seine Tochter an diesem verfluchten Ort zu wissen, entsetzter zu sein, als über den Unfall selbst. Khadidja und Akila jammerten. Fest entschlossen, seine Tochter nach Hause zu holen, lief der Vater dorthin.
Das blasse kleine Mädchen war von all diesen weißgekleideten Per-

sonen rund um sein Bett verängstigt. Sein Vater konnte sich angesichts dieser ungeheuerlichen Sache, dem eingegipsten Bein seiner Tochter, einem Gefühl der Ohnmacht nicht erwehren. Er wandte sich an Fatima, die seit dem Weggang ihrer ehemaligen Herrin als Krankenschwester arbeitete:

«Fatima, ist es schlimm?» fragte er. Sein ganzer Hochmut war verflogen, er war nur noch ein besorgter Vater.

«Nein, aber sie muß den Gips mindestens einen Monat behalten.»

«Was? Einen Monat? Meine Tochter hier? Ich lasse sie nicht eine Nacht länger an diesem Ort!»

Von einem heiligen Zorn überwältigt, drückte der Mann seine Tochter an sich, als wollte er sie vor irgendeiner Behexung retten. Fatima flehte ihn an, er solle sich beruhigen. Er aber heulte:

«Keine Stunde länger! Wir werden sie zu Hause pflegen. Und du, Fatima, sei still! Dies ist meine Tochter . . .»

Endlich unterbrach eine joviale Stimme den Aufruhr im Saal. In ihren Betten hatten sich die Kranken still und verängstigt unter ihre Decken verzogen. Beim Anblick des Doktors rückte Mokrane seinen Turban zurecht, zerrte nervös an seinem Burnus, setzte eine würdige Miene auf und versuchte, ruhig zu bleiben:

«Ich komme meine Tochter abholen», sagte er in korrektem Französisch mit starkem arabischen Akzent. Der Doktor reichte ihm die Hand, die Mokrane linkisch ergriff. Er schien jetzt von der Ruhe und Freundlichkeit des Arztes entwaffnet zu sein. Neugierig beobachtete Mokrane diesen Mann, den er für eine Art Hexer hielt. Anders als die ‹anderen›, mit offensichtlicher Achtung für seine Person, stand der Doktor vor ihm.

«Es steht Ihnen selbstverständlich frei, mein Herr, Ihr Kind sofort mitzunehmen, aber ich muß Sie darauf hinweisen, daß ihr Fuß gebrochen ist. Sie braucht Behandlung, die man ihr nur im Krankenhaus geben kann. Andernfalls besteht die Gefahr, daß sie hinken oder an einer Infektion sterben wird.»

Der Doktor hatte einfache Wörter gebraucht, um dem Vater die Gefahr verständlich zu machen, der er seine Tochter aussetzen wollte. Mokrane senkte den Kopf; das Wort sterben machte ihm angst. Er betrachtete das unschuldige Gesicht seiner Tochter und fragte:

«Kann ich sie jeden Tag besuchen?»

«Selbstverständlich! Grundsätzlich ist es eigentlich verboten, aber kommen Sie nach Ihrem Besuch mit Fatima in mein Büro, dann unterschreibe ich Ihnen eine Genehmigung.»

Faiza bekam jeden Tag Besuch von den Ihren. Endlich erfuhr sie, daß sie bald aus dem Krankenhaus entlassen wurde. Sie würde den Gips noch einen Monat tragen müssen und dann zurückkommen, um ihn sich abnehmen zu lassen. Sie hatte sich besonders mit Fatima angefreundet, die sie gern mochte und sogar außerhalb der Dienststunden an das Bett des kleinen Mädchens kam. Die junge Frau schien ihre ganze Zeit im Krankenhaus zu verbringen, so intensiv widmete sie sich den Kranken. Augenblicklich amüsierte sie sich über Faizas neugierige Fragen:
«Fatima, du kannst doch kaum lesen, wie schaffst du es, diese ganze Arbeit zu machen?»
«Das ist ganz einfach! Ich mache das seit fünfzehn Jahren! Früher kam ich immer mit meiner Herrin hierher. Du hast sie nicht gekannt, du warst damals noch nicht einmal geboren. Sie war es, die Khadidja half, Mouloud zur Welt zu bringen.»
Fatima wirkte gerührt bei der Erinnerung an das Bild der sanften Marielle.
«Ja, ich kenne die Geschichte. Ma Khadidja hat sie mir oft erzählt. Wie du, hat auch sie immer Tränen in den Augen, wenn sie von der Dame spricht. Sie war hübsch, nicht wahr?»
«Mehr als hübsch! Ein unglaublicher Charme und eine unendliche Güte strahlten von ihrer Person aus. Sie war so klein! Ja, so groß wie du», sagte Fatima lächelnd, «aber ihre Zerbrechlichkeit war nur scheinbar. Jedenfalls», seufzte die junge Frau, «verdanke ich ihr meinen Beruf! Am Anfang habe ich bei ihr im Haus geholfen; ich war vierzehn Jahre alt. Dann hat sie mir ein bißchen Lesen beigebracht und Spritzen zu geben. Sie sagte, sie wolle nicht, daß ich als Hausgehilfin arbeite, sondern mich ausbilden, bevor sie wegginge.»
Und ihr sei es zu verdanken, schloß Fatima, wobei sie dem kleinen Mädchen über das Haar streichelte: «. . . daß ich meinen Lebensunterhalt verdiene und meine arme Mutter sich endlich ausruhen kann.»
«Und warum bist du nicht verheiratet, wie die anderen Frauen?» fragte Faiza weiter.
Die Augen der Frau verschleierten sich traurig. Sie war ein großes,

dunkelhäutiges Mädchen und nicht schön anzusehen; schön war nur ihre Seele. Was sollte sie dem Kind antworten? Sollte sie ihm sagen, daß keine Alte im Dorf sie zur Schwiegertochter haben wollte, da sie die Tochter einer Witwe ohne Vermögen war? Und die Männer beachteten sie nicht, weil sie arbeitete, ohne Schleier ausging . . . und obendrein nicht einmal anziehend war. Gewiß mochten alle Dorfbewohner sie gern, aber wie einen vertrauten und beruhigenden Gegenstand, der zur Umgebung gehörte. Die Leute baten spontan um ihre Hilfe. Die Männer grüßten sie höflich, respektierten sie. Um von ihr Neues über ihren kranken Sohn zu erfahren, sprachen sie sie sogar auf der Straße an, so wie sie es bei einem Freund gemacht hätten. Das war alles. Und außerdem: Fatima war nicht mehr zwanzig!

Obwohl jeder sich bemüht, den Schein zu wahren, kommt die Wahrheit manchmal ans Licht, und sei es durch einen Blick, durch Gesten. Und unter der beständigen Hingabe für ihre Kranken verbarg Fatima ihre Sehnsucht, geliebt zu werden. Was waren ihre Träume? Ihre Hoffnungen? Sie ging jeden Tag denselben Weg. Die brutale, naive Frage eines Kindes hatte genügt, daß ihre Einsamkeit als das offenbar wurde, was sie war: ein unfruchtbarer, unwandelbarer Weg. Aber eines Tages änderte er sich vielleicht! Hieß es nicht, jeder von uns werde mit seinem Anteil am Glück auf Erden geboren?

Jetzt war es Akila, die sich hin- und herwälzte, bis die Nacht wich. Es gelang ihr nicht mehr, im Schlaf Vergessen zu finden. Nach dem, was Mokrane ihr anvertraut hatte, spürte sie, daß das Leben ihr entglitt. Die Welt nahm wieder ihr wahres Gesicht an, und sie lernte es kennen. Wenn sie an Khadidja dachte, erlebte sie deren Qualen, deren geheime Demütigungen von neuem. Jetzt war sie es, die unter der Wunde des Pfeiles erzitterte, den Mokrane aus seinem Mund geschleudert hatte. O Gott! Die zweite Frau zu sein. Drei Kinder zu haben. Und zu ertragen, daß noch eine Frau sich im wohligen Schoß der Familie einnistete.
Und Khadidja? Wie würde sie reagieren? Bei ihr wußte man es nie! Akila resignierte von vornherein, denn so war nun einmal ihr Los: sie hatte gelernt, sich den Entscheidungen des Mannes zu beugen. Die junge Frau rief sich die Worte ihres Ehemannes ins Gedächtnis zurück:
«Liebe, sanfte Akila! Du fragst dich, was mich bekümmert und schmerzt. Du ahnst, daß es mit dem Weggang meines einzigen Sohnes zusammenhängt. Ich werde unentwegt von dem schrecklichen Gedanken verfolgt, daß er vielleicht nicht wiederkommt! Anfangs war ich von einem Gefühl des Stolzes über seine Entscheidung als freier Mann beseelt. Ich war begeistert, weil mir das Schicksal durch Allahs Willen einen abgehärteten, starken Sohn zurückgeben würde, wie ich ihn mir immer gewünscht hatte. Aber siehst du, ich habe Angst, je mehr Zeit vergeht. Die Söhne meiner Brüder sind fortgegangen, aber sie haben noch weitere. Und ich habe euch: meine geliebten Frauen, meine Töchter. Ah! Wenn mir etwas zustoßen sollte! . . . Doch, doch! Sag nichts, Akila, hör mir schweigend zu. Wer wird euch schützen? Mein Hab und Gut wird unter den Brüdern und Cousins aufgeteilt werden. Ihr Frauen werdet fast nichts haben! Du glaubst daran, daß die Güte der Familie euch schützen wird? Oh, ich weiß, wie das läuft: ich habe es leider mit angesehen, wie die Mitglieder einer Familie sich plötzlich veränderten, wie sie jeden Sinn für Großzügigkeit verloren, wenn es um Geld, um eine Erbschaft

ging. Ein Sohn im Haus wird euch schützen, wird die Garantie für euren Schutz sein. Ich weiß nicht mehr, wie ich es dir erklären soll. Aber jetzt bist du seit vier Jahren nicht mehr schwanger geworden. Wir haben alles getan. Bei Allah! Noch einmal wütet das Schicksal gegen mich. Nun, ich habe dich ausgesucht, um es dir zuerst zu sagen. Ja! Ich hätte mit Khadidja darüber reden müssen. Sie ist die ältere. Aber du weißt, wie heftig sie manchmal ist; du wirst es ihr sagen. Von dir wird sie es besser aufnehmen. Alle weisen Alten raten mir zu dieser Heirat. Du kennst doch Zina, die Schwägerin deines Cousins Hocine; ihr Mann wurde ein paar Tage nach ihrer Hochzeit getötet. Heutzutage ist es normal, daß die Männer die Witwen dieses Krieges schützen. Vielleicht wird Allah mir verzeihen! Auf jeden Fall, Akila, ich schwöre dir, daß dies wirklich die letzte Frau ist, die in dieses Haus kommen wird . . . Du sagst nichts? Ich fühle, daß du mir zustimmst, genau das habe ich von dir erwartet.»
Akila war sich nur ihrer Schwäche als Frau bewußt. Die Tragweite all dieser Worte ließ sie sämtliche Feinheiten der Überredungskunst erahnen, die ihr Onkel, der alte Hadschi und sein Sohn der ‹Duckmäuser› gebraucht hatten. Da hatten sie gute Arbeit geleistet! Sie wurden Hocines Schwägerin los und begingen gleichzeitig eine ‹gute Tat›, indem sie die Witwe eines Helden unter die Haube brachten. Sie nutzten die Schwäche aus, die sich in Mokranes Herz eingenistet hatte: sein verrückter Wunsch, Söhne zu bekommen.
Morgen wäre ein neuer Tag. Der großartige, schöne und reiche Mokrane war im Grunde genommen nur ein kleiner Junge, der von einem unerreichbaren Stern träumte.
Am nächsten Morgen wachte Akila mit einem Gefühl auf, als laste ein Gewicht auf ihrem Kopf, eine Kappe aus Blei.

Mit dem eingeschlummerten Kind im Arm tauchte Khadidja jetzt aus den grauen Ruinen ihrer Erinnerungen auf. Sie hob ihr schönes, vorzeitig gealtertes Gesicht zum Himmel und rief mit einer Stimme, die vor Haß bebte:
«Ich verfluche Gott!»
Dieser Wutausbruch brachte Akila aus der Fassung. Sie war fasziniert von dem blitzenden Gewitter, das sie in Khadidja aufsteigen fühlte. Diese Frau, die seit dem Weggang ihres Sohnes gleichgültig wirkte und einem seltsamen Traum ins Unendliche zu folgen schien, wie jung wirkte sie plötzlich! Eine unbändige Kraft sprühte Feuer

aus ihren bebenden Nasenflügeln. Sie, die Mokranes andere Heiraten ohne Geschrei hingenommen hatte, bäumte sich jetzt auf. Dabei war sie doch seit dem Weggang ihres Sohnes, der zu diesem Zeitpunkt vielleicht tot war, viel verwundbarer. Sie war wirklich allein. Ohne den Rückhalt der Jugend, ohne eigene Kinder. Khadidja bereitete sich auf den Kampf vor. Sie übernahm die Wut Akilas, Faizas, Malikas und Hanias. Die Wut aller Frauen. Sie brüllte. Sie wurde tausend Frauen in einer.
«Nie wieder. Und wenn ich deshalb sterben müßte! Und wenn das ganze Dorf über meine Leiche geht! Keine andere Frau wird mehr den Fuß in dieses Haus setzen.»
Akila versuchte sie zu beruhigen:
«Lalla, sei vernünftig! Sie werden es diesmal so weit treiben, daß sie dich verstoßen. Wo wirst du hingehen? Es ist Krieg! Du mußt es hinnehmen, was schert dich Mokrane! Oder Zina! Ich meinerseits verzichte auf gewisse Pflichten als Ehefrau, ich überlasse sie ihr mit Freuden!»
Schmeichelnd legte Akila ihren Arm um Khadidjas Schultern und zwang sich zur Heiterkeit:
«Du wirst sehen, wir werden uns ein nettes kleines Leben organisieren: wir beide schlafen mit den kleinen Mädchen. Faiza wohnt in Moulouds Zimmer. Und wir haben alles, alles was wir brauchen. So wird es immer sein, Inch'Allah! Ich gestehe dir, daß ich im Grunde genommen ruhiger sein werde, ich werde mich nicht mehr darum kümmern müssen, Kinder zu machen.»
Khadidja schüttelte den Kopf, wies mit einem rächenden Finger auf Akila und stieß zwischen den Zähnen hervor:
«Du wirst noch mehr Kinder bekommen! Du bist jung, und ich schwöre dir bei diesen Haaren», mit einer verzweifelten theatralischen Geste warf sie ihr Kopftuch auf den Boden und schüttelte ihr Haar wie eine Trophäe, «bei diesen grauen Haaren . . .!» Und an der Haut ihrer Wangen ziehend, schluchzte sie: «Im Namen dieser Falten! Si-Mokrane verheiratet sich nicht noch einmal, oder ich will nicht mehr Khadidja heißen!»
Sie glich einer aus grauer Vorzeit entsprungenen Hexe von wilder Schönheit; die Wut verlieh ihr eine eigentümliche Sinnlichkeit.
Einige Tage danach ging Mokrane zur Stunde des Mittagessens aus dem Haus. Es war ein Freitag. Nach dem Gebet kam er in Begleitung Si-El-Hadsch-El-Tajers zurück, den er eingeladen hatte, mit ihm zu

essen. Man hätte meinen können, daß Mokrane unbewußt einer möglichen Auseinandersetzung mit Khadidja aus dem Wege zu gehen suchte. Wenn er die Stimme seiner ersten Frau hörte, drängte ihn ein geheimes Schuldgefühl, sich unter seinem Burnus zu verkriechen.

Die beiden Männer setzten sich auf die Polster, aber an Stelle der Meida, die sie zum Essen erwarteten, baute sich Khadidja in der Zimmertür auf. Aufrecht, vom Tageslicht hinter ihrem Rücken angestrahlt, wirkte Khadidja wie eine gespenstische Erscheinung, von der die Funken der Gerechtigkeit ausstrahlten. Den beiden Männern erschien sie bedrohlich.

Hinzu kam, daß ihre sitzende Haltung nicht gerade vorteilhaft war. Die Hände in die Hüften gestützt, sprach Khadidja mit bebender, mühsam beherrschter Stimme:

«Si-Mokrane! Und du, Si-El-Hadsch! Ich bin gekommen, um euch zu sagen, daß eure Heiratspläne in diesem Haus nicht mehr laufen! Solange ich lebe, wird keine andere Frau einen Fuß hier hereinsetzen!»

Bei dieser Beleidigung, die ihm vor einem der ehrwürdigsten Männer des Dorfes angetan wurde, erbleichte Mokrane. In barschem Ton antwortete er:

«Du bist verrückt! Geh sofort hinaus!»

Der alte Mann betrachtete diese Furie mit seinen kleinen, zusammengekniffenen Augen und stimmte einen Singsang an, der den Teufel bannen sollte: «Bism Illah Errahman El Rahim!»

«Ich gehe nicht! Denn es geht darum, euch feierlich zu warnen, daß ich zu allem bereit bin! Sogar zu töten!» fügte sie in aller Ruhe hinzu. «Und ich werde meinem Sohn folgen. Man wird es mir verzeihen, daß ich herzlose Männer getötet habe.»

Daraufhin vergaß der alte Hadschi den Satan und antwortete der Unverschämten:

«Oh! Du treibst es zu weit, meine Tochter! Vergißt du, zu wem du sprichst? Du hast kein Recht, das Wort zu ergreifen! Die Frauen aus guter Familie schweigen und fügen sich. Dieser Mann will einen Sohn, den ihr ihm nicht geben könnt. Das Gesetz gestattet ihm, sogar vier Frauen zu nehmen! Und dann das Töten! Es wäre besser für dich zu schweigen. Wir wissen, wie man Gottlose wie dich behandeln muß!»

Unter dem spöttischen Blick der Frau erregte sich der alte Mann im-

mer mehr. Mokrane berührte seinen Arm. Eine seltsame Ruhe umfing Khadidjas Mann. Die seltenen Ausbrüche seiner Frau hatten stets diese betäubende Wirkung auf ihn. Man konnte diesen Zustand weder verstehen noch sich erklären, woher die geheimnisvolle Macht rührte, die sie über ihn besaß. Es war keine Angst. Vielmehr wurde irgend etwas in ihm gelähmt, wenn sie diese wilde Entschlossenheit zeigte. Er wußte in diesem Augenblick, daß Khadidja nicht log. Er war davon überzeugt, daß sie zu allen Exzessen bereit war. Obgleich er sich schämte, den Kopf zu heben, blickte er seine Frau an:
«Setz dich doch hin! Statt unseren Gast zu beschimpfen. Hast du denn jeden Sinn für Gastfreundschaft verloren?»
Khadidja setzte sich ihnen gegenüber, blieb aber weiterhin auf der Türschwelle. Ihre Gandura fiel in Falten um ihre gekreuzten Beine und knisterte von der Hitze ihres Körpers.
«Ich bin die Tochter eines der ältesten und wildesten Stämme im Süden des Landes. Ich wurde von einem Mann aufgezogen, der für seinen Anstand und sein gutes Herz bekannt war. Mein Vater war ein wahrer Herr. Ich kenne die Regeln der unbeschränkten Gastfreundschaft unserer Sippe, aber heute bin ich mir nur der Feinde in meinem Heim bewußt! Und um es zu schützen, bin ich bereit, zu kratzen und zu beißen. Alles habe ich bisher hingenommen! Ich bin selbst hingegangen und habe die Heiratsanträge gemacht. Und zwar, weil ich wußte, daß dies meine Pflicht als treue Gattin war, und weil ich den Wunsch meines Mannes verstand, weitere Kinder zu bekommen, die ich ihm nie hätte schenken können.
Und du, Si-El-Hadsch! Deine Tochter Uarda habe ich mit Hingabe gepflegt. Auf Grund eurer Unwissenheit ist sie gestorben, obwohl sie hätte gerettet werden können. Und nun zu Akila! Ich habe sie vor neidischen Bosheiten geschützt und werde dies weiterhin tun! Denn nicht für mich bin ich entschlossen zu kämpfen, sondern für sie und die Kleinen.»
Sie ignorierte den alten Mann, der sie unterbrechen wollte, und wandte sich an Mokrane. Um seine Verwünschungen zu ersticken, hob sie die Stimme:
«Akila ist jung, sie wird noch mehr Kinder bekommen! Und selbst wenn es noch mehr Töchter würden! Du mußt dich endlich dreinfügen und hinnehmen, was Gott dir gibt!»
Ihr Mann wandte den Blick ab und fingerte heftig an der Perlen-

schnur in seiner Hand. Si-El-Tajer knurrte, und seine Perlenschnur mußte alle Mißhandlungen ertragen, die er zweifellos Khadidja anzutun wünschte: erbarmungslos drückte, zerrte, zauste er daran herum, der Faden schien so zum Zerreißen gespannt, daß die Perlen herauszukullern drohten. Die Frau setzte ihre leidenschaftliche Schmährede fort:
«Hast du dich nicht manchmal gefragt, warum dein Herzenswunsch nicht erhört wird? Du verlangst zuviel von Allahs Güte! Hast du daran bei euren Versammlungen in der Moschee je gedacht? Wenn ihr euch in die Worte des Propheten versenkt? Nein! Weil es unter euch nämlich welche gibt, die seine Worte mißbrauchen, um mit ihren Lügen gegen die Frauen zu intrigieren! Sie verleiten euch dazu, die heiligen Gebote des Koran nach ihrem Gutdünken zu verdrehen. Ist das eure große Weisheit? Habt ihr die Botschaft dieses Krieges, den wir durchmachen, nicht verstanden? Eure Söhne, eure Frauen sind in den Tod gegangen. Und diese Schmach, diese Erniedrigungen durch die Soldaten: das ist die Strafe des Allerhöchsten, um euch von euren Sünden reinzuwaschen. Um euch die Augen zu öffnen! Und ihr? Ihr denkt nur daran, die Jungfrauen und die Witwen zu ‹schützen›.»
Diese letzten Worte richtete sie säuselnd in ironischem Ton an den alten Hadschi. Mokrane dagegen schien überwältigt zu sein. ‹Diese Frau lebt seit dreiundzwanzig Jahren bei mir, und erst heute entdecke ich, daß sie zu sprechen versteht wie ein Mann. Wie ein gelehrter Mann, mit den Worten, die am Platze sind, mit treffenden Worten. Unversöhnlich, zynisch und großmütig zugleich!›
Si-El-Tajer bebte vor Ärger. Wie konnte diese verfluchte Frau es wagen, so vor Männern zu sprechen! Vor ihm, dessen Ansichten alle Mitglieder der Moschee erzittern ließen. Er suchte nach seinem Stock. Er wollte gehen. Aber würdevoll! Jawohl! Nur nicht vor dieser Teufelin das Gesicht verlieren. «Bism Illah El Rahman El Rahim!» Und dieser Ehemann, stumm wie eine Statue! Und obendrein: verschlang er sie nicht geradezu mit den Augen? Und mit welch glückseliger Bewunderung in den Augen! Oh! Sie hatte ihn bestimmt behext! Wie sonst . . . Stürmische Gedanken überschlugen sich im Kopf des alten Mannes. Sein von den goldbestickten Bahnen des Turbans beschattetes Gesicht war vor verhaltener Wut feuerrot:
«In deinem Wahnsinn weißt du wohl nicht, Frau, daß du vom Ge-

setz dazu verurteilt bist, nur mit deiner Gandura bekleidet, die Hände über dem Kopf, hinauszugehen!»
Verächtlich sah sie ihn von oben bis unten an:
«Ich werde mit euren Herzen zwischen meinen Zähnen und mit eurem Fleisch unter meinen Fingernägeln hinausgehen! Ich schwöre, daß sich alle kommenden Generationen daran erinnern werden! Das kannst du allen sagen und besonders dem ‹Duckmäuser›!»
Oh, oh, nein! Das war wirklich zuviel. Er konnte nicht länger bleiben, diese schamlose Frau hatte ihn aufs schwerste beleidigt. Er wandte sich an Mokrane, als suche er bei dieser Statue von Mann eine letzte Hilfe.
«Sprich, mein Sohn! Schick diese Frau fort, die uns beschimpft. Bei Allah! Züchtige sie, oder ich gehe sofort!»
Mokrane tauchte endlich aus seiner seltsamen Versunkenheit auf und wurde lebendig. Statt seinem alten Freund zu antworten, erhob er sich, strich seinen Burnus glatt, rückte gemächlich seinen Turban zurecht. Khadidja kannte diesen Trick ihres Mannes, der bei ihm ein Zeichen reiflicher, wichtiger Überlegungen war.
«Komm, mein Freund! Ich begleite dich nach Hause!»
Lange hielt Khadidja dem Blick ihres Mannes stand. In diesem Augenblick existierten nur zwei für das ganze Leben miteinander verbundene Geschöpfe, nichts sonst. Ein Mann, der endlich die Nichtigkeit seiner Wünsche eingesehen hat. Eine Frau, die gerade über jahrhundertealte Mißverständnisse triumphiert hat.
Sie ging in den Hof hinaus und rief freudig, mit herausfordernd erhobener Stimme:
«Akila! Decke die Meida für den Vater deiner Kinder! Und ich werde Hirsekuchen zubereiten, denn es ist ein Festtag!»
Sie wußte, daß ihr Mann zum Essen nach Hause zurückkehren würde, nachdem er den alten Hadschi in sein Heim gebracht hatte.
In allen Häusern war nur noch von Khadidjas abenteuerlichem Vorgehen die Rede. Diesmal leuchtete ihr Stern tausendfach.
Zuerst einmal hatte man an die moralischen und sozialen Regeln erinnert, die bestimmten, was im Lande erlaubt war und was nicht.
Eine Frau hatte allein gehandelt! Wie ein mächtiger Vater, ein Bruder oder ein Sohn – um wen zu schützen? Ihre Rivalin!
Die Klatschbasen ergötzten sich bei der Vorstellung an das Gesicht des schrecklichen Hadschi. Denn natürlich war alles bis in die klein-

ste Einzelheit bekannt. Man wußte nie, wie es geschah, daß sich die geheimsten Dinge bis in die letzten Winkel verbreiteten. Die Frauen hatten bestimmt besondere Antennen, die ihnen die außergewöhnlichen Ereignisse anzeigten.
Zugunsten derer, die nicht mehr bloß Lalla Khadidja war, wurde die Geschichte immer breiter und schöner ausgesponnen. Ihr Wagemut hatte die Frauen befreit, sie war zur Wegbereiterin geworden.
Das Glück glättete nach und nach alle Falten. . . . Und auch dieses Mal griff Khadidja wieder auf die Zauberkünste des Krankenhauses zurück, um Akila zu ‹heilen›. Vor den Augen des ganzen Dorfes gingen sie dorthin: erstaunt beobachteten die Dorfbewohner, wie die Frauen eines Tages aus dem Hammam kamen und auf das weiße Gebäude des Krankenhauses zugingen. Wiederum war es Fatima, die für Khadidja dolmetschte. Der Doktor Roger empfing sie diskret im Verbandssaal. Es amüsierte ihn, von Khadidja die Antworten auf die Fragen zu bekommen, die er Akila gestellt hatte. Dieses verbale Bäumchen-wechsle-dich-Spiel faszinierte ihn. Zunächst untersuchte er Akila, dann machte er eine vorläufige Befragung über den Zustand seiner neuen Patientin, wobei Fatima vermittelte. Anfangs brauchte er viel Geduld, um die Antworten aus der errötenden Akila herauszuholen.
«Frage sie, ob sie normale Blutungen hat und wie der Zyklus ist.»
Nach einer langen Absprache zwischen den drei Frauen antwortete Fatima:
«Sie hat normale Blutungen, kann aber nichts Genaues über den Zyklus sagen. Nach Aussage der ersten Frau dauert er ungefähr dreißig Tage.»
Diese Erklärungen waren für den Doktor ungenügend, aber er war die vagen Antworten der Frauen gewohnt. Oft waren sie nicht in der Lage, ihr Alter anzugeben, und mußten ihren Mann fragen. Nur dieser kannte das Alter der Ehefrau und sogar die Dauer ihrer Menstruation. Von Khadidja und Fatima gedrängt, antwortete Akila schließlich stotternd auf die heikleren Fragen über den Termin des sexuellen Verkehrs bezogen auf die Zeit ihrer Regeln.
«Gleich danach gehe ich in den Hammam, und eine Woche lang . . .» In höchster Pein stolperte die Frau über die Wörter.
Der Doktor hörte sich Fatimas lange Erklärungen ungerührt an. Aber Khadidja unterbrach ihren Dialog, um umfangreichere Informationen zu liefern:

«Seit Hanias Geburt», sagte sie, «war Akila immer müde. Deshalb wollte sie nicht mehr. Und dann ist sie sehr abgemagert und wurde immer . . .»
Der Doktor überlegte lange, dann verschrieb er der jungen Frau eine lange Liste von Medikamenten.
Aber nachdem die Frauen gegangen waren, versank er in Nachdenken über das ungetrübte Einverständnis dieser beiden Frauen, die mit ein und demselben Mann verheiratet waren. Zwischen ihnen gab es keinerlei Rivalität. Die ältere war nur um die Gesundheit der anderen besorgt, die jüngere stellte sich vertrauensvoll unter den Schutz der älteren. ‹Wir sind von Geburt an von so vielen Normen festgelegt›, dachte er. ‹Was wir in aller Heimlichkeit tun, tun die Männer hier mit Anstand in aller Öffentlichkeit. Wir halten die Logik für eine Tugend, weil sie langweilig ist. Sie sind freier als wir. Und die Frauen sind in ihrer natürlichen Beachtung dieser Gesetze großzügiger.› Doktor Roger begann über eine für ihn neue Welt nachzudenken. Er nahm sich vor, das Heilige Buch der Menschen dieser Gegend in der Übersetzung zu lesen.
Die beständige Pflege des Doktors trug Früchte. Akilas Fall war leicht. Die junge Frau kam zu Kräften, und die Freude lebte wieder auf. Für einen Augenblick gerieten die Furcht vor dem Krieg und die Angst der nächtlichen Sperrstunde in Vergessenheit.
Eine neue Hoffnung ließ Mokrane erbeben. Allah würde seinen Wunsch erhören . . . Aber was waren das wieder für Gedanken? War das nicht wiederum Gotteslästerung? Hatte er sich nicht geschworen, nicht mehr an das Geschlecht des Kindes zu denken, das Akila in ihrem Schoß trug? Nein! Gott sei für diese bald bevorstehende Geburt in seinem Haus bedankt! Er zwang sich, seine Nervosität zu beherrschen. Um den gegenwärtigen Augenblick zu vergessen, in dem sich etwas Geheimnisvolles in seinem Haus abspielte, dachte er an den Arzt, der seine Frau über ein Jahr behandelt hatte.
Wo mochte er sein, der sympathische ‹Rouget›? Er war nämlich leider nicht mehr im Dorf. Man hatte ihn versetzt; niemand wußte wohin. Der Grund hierfür war sicher seine ständig wachsende Beliebtheit bei den Bewohnern der Gegend. Zweifellos verziehen ihm seine Vorgesetzten sein übermäßiges Interesse an den Eingeborenen nicht. Während der Behandlung seiner Frau hatte Mokrane den Doktor besser kennen- und schätzengelernt. Er überlegte, daß es ihn

nicht wundern würde zu hören, ‹Rouget› habe sich dem Widerstand angeschlossen. Das war keineswegs ein überspannter Gedanke von Mokrane. Es war das Gerücht umgelaufen, der Arzt lese den Koran und lasse den Patrioten durch jemanden aus dem Dorf Medikamente zukommen. Man wußte nichts Genaues. Aber sein wütendes Eintreten dafür, die gefolterten Gefangenen, die die Soldaten anbrachten, im Krankenhaus zu behalten, hatte die Phantasie der Leute in Schwung gebracht. Und plötzlich hörte man nichts mehr von ihm. Ein anderer Arzt übernahm seine Stelle. Laut Fatima sollte der Doktor Roger in eine der heikelsten Gegenden des Landes zu einem Kontingent aus verschiedenen Waffengattungen verschickt worden sein. Er hätte ihr aber anvertraut, daß er nicht lange dort bleiben werde. Was wollte er damit andeuten? Daß seine Chefs ihn bis zur Erschöpfung arbeiten lassen würden? Oder daß er zu den Freiheitskämpfern überlaufen würde? Niemand konnte es wissen. Im Verlauf dieses Krieges hatten Leute wie er durch ihre Handlungen Licht in diese Zeit der Angst gebracht, dann waren sie verschwunden.

Mokrane dachte an jenen Fremden, der ihn mit den anderen versöhnt hatte. Auch bei den Fremden gab es Böse und Gute, aber diese schlichte kindliche Überlegung ließ man oft außer acht.

Jetzt wartete Mokrane. Etwas Mysteriöses beeinflußte sein Leben: Mouloud . . . Und Marielle. Jenes Kind, das an diesem Abend geboren werden sollte. Und ‹Rouget›. Alle waren sie fern.

Unterdessen wurde das Ereignis traditionsgemäß vorbereitet. Gemeinsam mit anderen Frauen hantierte die alte Hebamme in Akilas Zimmer. Khadidja, schweigsam und tüchtig, brachte die Schüssel mit heißem Wasser und kühlte Akilas glühende Schläfen. Auch Fatima war anwesend. Sie ergriff die Initiativen, ohne sich allzusehr auf die ‹Spezialistinnen› zu verlassen; sie war besonders darauf bedacht, die Schere auszukochen, mit der die Nabelschnur durchtrennt werden sollte, und saubere Wäsche für das Baby bereitzuhalten.

Mokrane wanderte im Hof auf und ab, wobei er nervös seine Dschellaba glattstrich und seinen Turban zurechtrückte. Das Ballett seiner fieberhaft unruhigen Hände schien nicht aufhören zu wollen. Sein Bruder und seine Schwäger saßen rauchend und schwatzend auf der Matte. Alle lauschten angespannt auf die Geräusche aus dem Zimmer der Frauen. Die Kinder spürten die Feierlichkeit des Augenblicks, die Kleinsten drückten sich an Faiza. Sie wußte, was vor sich

ging, sie hatte die Frauen öfters miteinander darüber reden hören. Mit dem ganzen Glauben ihrer Unschuld betete sie inbrünstig: «Allah, Allah! Mach, daß es ein Junge wird! Für meine arme Mutter! Für Ma Khadidja! Für meinen Vater! Für meine kleinen Schwestern! Ein Sohn für dieses Haus, das leer steht, seit Mouloud weg ist. Und ich verspreche, daß ich in jedem neuen Jahr als Zeichen der Dankbarkeit für diese Gnade fasten werde. O Allah!»
In der wunderbaren, vergänglichen Reinheit ihrer dreizehn Jahre ahnte Faiza nicht, daß sie gerade den ewigen Pakt der Erwachsenen mitunterzeichnet hatte: Versprechungen, Liebe, Opfer und deren Rattenschwanz unerwarteter Umstände, die Menschen dazu bringen, zu betrügen und zu lügen.
Um das Unheil zu bannen und die Schmerzen der Niederkunft zu lindern, sagten die Frauen Litaneien auf. Akila krümmte sich, wobei sie mitunter wie ein Leitmotiv stöhnte: «Ya Rabi! Ya Mohammed!» Sie rief Gott und den Propheten an wie es jede gute Mohammedanerin während der Entbindung tut.
Und plötzlich ein Aufheulen. Die Wehen überstürzten sich, bedrängten Akila und ließen sie nicht mehr zur Ruhe kommen. Alle Frauen im Zimmer verstummten, die Zeit stand still, als ob in dieser schönen Sommernacht die Natur, die Menschen und die Tiere vereint wären, um diesem ersten Atemzug des Lebens zu lauschen. Liebende Arme streckten sich aus, um ein neues Geschöpf Gottes auf der Erde zu empfangen.
Und dann ein letzter kurzer Schrei, gefolgt von einer eigenartigen, erstaunten Stille, wie das ungläubige Verstummen eines Kindes, das mitten im Weinen durch ein unerwartetes Bonbon getröstet wird. Ein Plärren, ein wütender Protestschrei erhob sich im Haus. Mokrane erzitterte.
Seine Sinne hatten seit langem gelernt, die Botschaft dieser Säuglingschreie zu verstehen. Diesmal begriff er sofort.
Ja! Es war ein Junge! Er zweifelte nicht mehr daran.
Ohne abzuwarten, daß die Frauen herauskamen und ihm das Geschlecht des Kindes mitteilten, hob er die Augen zum Himmel. Er kniete nieder und sprach ein inbrünstiges Gebet. Er warf sich auf den Boden und küßte ihn, seine geöffneten Hände streckten sich Allah entgegen. Nach einer langen Reise war sein Durst gestillt worden.
Faiza löste sich von ihren kleinen Schwestern und ging unter den

erstaunten Blicken ihrer Onkel zu ihrem Vater, um an seiner Seite zu beten.
Nach einem Aberglauben, der dem Säugling ein langes Leben verhieß, wurde das Neugeborene in saubere, aber gebrauchte Tücher gehüllt, damit es, gleich den Windeln, die das Waschen überdauert hatten, von Krankheit verschont bleibe. Es wurde am ganzen Körper mit Olivenöl gesalbt, und in seine Augen wurde ein Tropfen Zitronensaft geträufelt, um sein Leben zu erhellen; in den Mund bekam es einige Tropfen Honig, damit ihm im Leben nur Süßes widerfahre.
Mit geschlossenen Augen und friedlichem Gesicht, durch ihr Glück ihrer ganzen Umgebung enthoben, ruhte seine Mutter auf dem Lager.
Unter dem sechsmaligen ‹Ju! Ju!›, das den Nachbarn das männliche Geschlecht des Kindes anzeigte, trat Khadidja mit dem Baby im Arm aus dem Haus. Bei einem Mädchen wird dreimal ‹Ju! Ju!› gerufen.
Bei dem ergreifenden Schauspiel, das sich ihren Augen bot, verstummten die Frauen jedoch abrupt: ein Mann und ein kleines Mädchen, die Seite an Seite auf dem Steinboden beteten. Khadidja fühlte die Tränen ihre Wange hinabrinnen; einige Tropfen fielen auf die Stirn des Säuglings, der in lautes, durchdringendes Protestgeschrei ausbrach.
«O ihr Frauen!» rief ihnen Mokrane mit vor Glück bebender Stimme zu. «Hört auf mit eurem Ju! Ju! Laßt uns diese Freude in unseren Herzen bewahren. Laßt sie uns für die Rückkehr unserer Söhne aus dem Gebirge aufheben!»
Langsam ging er auf Khadidja zu, nahm behutsam seinen Sohn in die Arme und sagte mit einem schelmischen Aufblitzen seiner grünen Augen:
«Welchen Namen willst du ihm geben, Khadidja?»
«Du bist der Vater», sagte sie, «du mußt ihn aussuchen.»
«Gehorche ein einziges Mal! Unbändige Frau! Ich warte auf den Vornamen, den du ihm gerne geben würdest.»
Mit dem wunderbaren Gefühl, daß auch sie seine Mutter war, betrachtete sie das Kind. Wie sehr hatte sie ihn sich gewünscht! Sie flüsterte:
«Adil! Der Gerechte! Weil er für uns die Gerechtigkeit Allahs verkörpert, der unsere Geduld belohnt, und auch weil er zu einer Zeit geboren wird, die die wahre Gerechtigkeit auf unserer Erde einleitet!»

«Gut! Ich werde Adil jetzt in die Arme seiner Mutter legen.» Er schob die Frauen beiseite und ging zu Akila. Er kniete neben ihr nieder. Khadidja schickte alle aus dem Zimmer und schloß sachte die Tür. Die einen machten sich daran, den bei Geburten üblichen Hirsekuchen zuzubereiten, die anderen den Kaffee und den Tee. Faiza ergriff Khadidjas Hand; in ihren Augen leuchtete das gleiche Feuer, die gleiche Freude.

1961. Überall Gerüchte über eine baldige Befreiung des Landes. Trotz der Moslem-Massaker der O. A. S. wurde die Hoffnung konkret, die Schraubzwinge der Fremdherrschaft gab nach, war kurz vor dem Abfallen, und das Volk stürmte zum letzten Angriff.
In den Städten herrschten Angst und Schrecken, verbreitet von Soldaten und einigen europäischen Zivilisten. Aber jeder spürte, daß dies das letzte Aufflackern einer langen Krankheit war.
Das Dorf überstand alle Unbilden der Zeit. Der Onkel Salah, Mokranes älterer Bruder, war verhaftet worden, über sein Schicksal sickerte nichts durch. Die meisten Söhne waren weggegangen. Im Warten versteinert, bebte das Dorf voll Ungeduld ihrer Rückkehr entgegen.
Faiza hatte die Abschlußprüfung der Grundschule bestanden und als erstes Mädchen im Dorf diesen Erfolg erzielt. Die Schulmeister waren fortgezogen. Sie waren sehr alt geworden; sogar nach ihrer Pensionierung hatten sie darauf bestanden, in ihrer Stellung zu bleiben, aber die Last des Alters hatte über ihre Hingabe gesiegt. Sie versprachen Faiza, ihr zu schreiben und ihr Bücher zu schicken. Die Schule wurde geschlossen und in ein S. A. S.-Büro umgewandelt.
Mit vierzehn Jahren war Faiza in ihren Studien so fortgeschritten, so gebildet, daß sie die schwierigen Bücher ihres Bruders lesen konnte. Wie er hatte sie Durst nach Wissen und nach Informationen. Daher hatte sie das kleine Transistorradio des Hauses immer bei sich. Sie war es, die der Familie über den Ablauf der kriegerischen und politischen Ereignisse des Landes berichtete. Ihr Vater war im stillen über das Betragen seiner Tochter verärgert. Überall, bei jeder Gelegenheit hatte sie ein offenes Buch in der Hand oder ein geschlossenes unter dem Arm.
«Ein Bücher-Leser, das geht ja noch an. Aber eine Leserin in der Familie, das ist die Höhe!» brummte er in seinen Bart.
Bis spät in die Nacht saß sie regungslos über den Seiten ihres Buches, ohne ihre Schwester oder die nähenden oder stickenden Frauen zu beachten. Khadidja war sehr stolz auf das Mädchen; sie griff ein und übernahm bestimmte Arbeiten für sie, oder sie lenkte Mo-

kranes Aufmerksamkeit ab, wenn er sich über die Manie seiner Tochter aufregte. Akila war in ihrer naiven Logik davon überzeugt, daß das junge Mädchen sich den Geist vergiftete mit den geschwärzten Albernheiten auf den Seiten, die Faiza eine nach der anderen umblätterte und über denen sie Essen und Trinken vergaß. Ihre Mutter hatte Angst vor der Magie der Bücher, sie erriet deren Macht. Sie träumte lediglich davon, ihre älteste Tochter mit einem anständigen Jungen der Gegend zu verheiraten. Gott sei Dank! War sie nicht aus guter Familie? Ihr Vater war bekannt und geachtet, sie hatte Brüder, und alle alten Weiber des Dorfes würden einen Fußfall tun, um in Scheik-Moulouds Familie aufgenommen zu werden. Und spielte Faiza nun nicht die Europäerin? Akila sagte sich, daß dieses Mädchen die Dorfjungen am Ende ihr unterlegen finden würde, weil sie nicht soviel wußten wie ihre Bücher! Was wollte sie denn mit diesen Geschichten anfangen, mit denen sie sich den Kopf vollstopfte? Anstatt zu lernen, wie man einen anständigen Kuskus zubereitet, wie man Teig knetet und Wolle spinnt . . . Akila seufzte: in Faizas Alter hatte sie schon allein einen ganzen Haushalt geführt! Sie hatte den Bazillus von Mouloud geerbt. Ach, daß sie es nicht verstanden hatte, sie seinem Einfluß zu entziehen. Allerdings war sie durch die vielen Geburten beschäftigt gewesen. Und was für Sorgen hatte sie gehabt! Und nun billigte Lalla Khadidja diese Verrücktheit mit den Büchern auch noch. Akila wußte nicht, was sie tun sollte, sie hoffte auf die Autorität Si-Mokranes, mit dem sie in diesem Punkt übereinstimmte.
Khadidja dagegen, ungebildet, aber beseelt von dem Bedauern, zu früh geboren zu sein, spürte, daß Faizas Heil gerade in den Büchern lag. Eine Frau, die lesen und schreiben kann, sagte sie immer, würde besser mit den Schwierigkeiten des Lebens fertig werden.
Insgeheim hatte sie unter der Überlegenheit des Mannes gelitten. Konnte sie etwa wünschen, daß Faiza oder die anderen Mädchen später in die Hände eines brutalen Despoten fielen, der seine Frau im Haus einsperren und sie nur zu Hochzeiten oder Beerdigungen ausgehen lassen würde? Dies alles legte Khadidja Akila auseinander, wenn diese über ihre seltsame Tochter jammerte. Und, fügte Khadidja hinzu: «. . . verstoßen zu werden, wenn sie krank oder unfruchtbar ist, oder wenn sie vergessen hat, ihrer Schwiegermutter die Hände zu küssen.» Akila schüttelte bei diesen grausamen Worten heftig den Kopf. Und die andere fuhr fort:

«Nein! Sie wird einen Mann heiraten, der gebildet ist wie sie, der sie ohne Furcht vor dem Gerede der Leute liebt und keine Komplexe vor seiner Familie hat, weil er es ‹wagt›, seine Frau zu verwöhnen.»
Faiza sollte nicht wie eine vergessene Frucht auf den Zweigen der Unwissenheit verfaulen.
Oft erzählte das junge Mädchen Ma Khadidja phantastische Geschichten aus den Büchern. Die Alte lauschte aufmerksam. Sie wurde wieder zum Kind, und die Jüngere, deren Züge von der Freude am Lesen belebt waren, verwandelte sich in eine ernste Frau. Sie blätterte die Seiten um und sprach mit Khadidja über die erstaunlichen Heldinnen der Erzählungen. Sie berichtete von einer an Schwindsucht erkrankten Frau (ein Leiden, das man im Dorf als Schmach ansah) – und doch überwand ein junger Mann alle Hindernisse, verließ seine Familie, um seine Geliebte uneingeschränkt zu lieben. Marguerite . . . Faiza sagte, das sei ein Blumenname. Und er hieß Armand. Khadidja wollte Genaueres wissen, stellte Fragen und sann anschließend über das Schicksal dieser ‹Kameliendame› nach. Ah! Diese Geschichten waren Khadidjas schönste Wonne.
In Si-Mokranes Hof stand die Welt auf dem Kopf! Die Jungen erzählten den Alten Legenden! Zauberhafte Dinge, die nur die zarten Münder der kleinen Mädchen erzählen konnten . . .
Trunken von Ma Khadidjas stillvergnügter Bewunderung verschlang Faiza Moulouds sämtliche Bücher. Sie verstand oft selbst nicht, was sie las. Dann schlug sie mit größter Sorgfalt in den Wörterbüchern nach. Wer hätte sich vorstellen können, daß in einem kleinen, weißen Dorf, das noch unter archaischen Bedingungen lebte, ein vierzehnjähriges Mädchen zu einer verwegenen alten Frau mit einem tätowierten Daumen von Sternen, Planeten, vom Universum sprach?
Und doch war es so; Faiza las die griechische Mythologie, und Khadidjas Phantasie entflammte sich für jenen Sohn von Zeus und Antiope, der die Mauer von Theben errichtet hatte, für Amphion, der auf der Leier spielte, bei deren Klang die Steine sich von selbst aufeinanderschichteten. Für Antigone, die Tochter des Ödipus, eine ungestüme Verfechterin der Gerechtigkeit, die starb, weil sie die Gesetze gebrochen hatte, als sie ihren Bruder Polyneikos begrub. «Sogar früher», sagte die alte Ma, «haben sich die Frauen gegen den Wahnsinn der Männer erhoben?» Khadidja verlangte immer Legenden, in denen Frauen die Heldinnen waren. Und Faiza flog durch die Jahr-

hunderte, um vor den Augen ihrer geblendeten Freundin Träume Wirklichkeit werden zu lassen. In Khadidjas Kopf vermischten sich all diese fremden Namen: «Jane Eyre», «Sturmhöhen» . . . Die Schwestern Brontë trugen mit ihren Romanen bei Khadidja den Sieg davon. Sie ließen ihr Herz schneller schlagen, ließen sie weinen, lachen und über die geheimnisvollen Kräfte der Liebe und des Hasses nachdenken.

Zu ihrer Überraschung entdeckte sie, daß das im Dorf hochgeschätzte ‹Ehrgefühl› ebenso wie die Macht der Großfamilien und der männliche Stolz auch in anderen Landstrichen existierten. Sie war stumm vor Verblüffung, als sie die Geschichte von «Colomba» hörte. Die dramatische Erzählung ließ sie erschaudern, brachte sie aber dazu, philosophischer über die Landesgesetze zu urteilen, die alles in allem nicht so rauh und blutrünstig waren wie die anderswo herrschende Tradition der Blutrache.

Natürlich gab es zwischen den beiden hitzigen Frauen mitunter Meinungsverschiedenheiten.

Auch Malika, die jüngere Schwester, nahm an diesen Abendunterhaltungen teil. Sie lachte über Khadidjas Wutanfall, als Faiza sagte, daß die Erde sich drehe. «Wie? Wir leben auf einer einfachen, sich drehenden Kugel? Und auf anderen Planeten gibt es vielleicht andere Lebewesen? Da oben, im Himmel? O jeh! Bei Allah, diese Göre lästert Gott! In Wirklichkeit haben ihr die beiden alten Lehrer den Kopf mit Sand vollgestopft!»

Dann beruhigte sich Khadidja allmählich, denn in ihrem Inneren hatte sie Vertrauen in die Wissenschaft der Männer. Aber sie blieb skeptisch.

Nichts hatte sich im Haus geändert, außer Faizas neuen Einsichten, die vom Kriegsklima im Land verschärft wurden. Für diese Generation algerischer Kinder existierten die natürliche Sorglosigkeit und der Zauber der Kindheit nicht. Die Angst und der Tod beschatteten ihre Jugend. Ein frühreifer Ernst machte ihren Blick starr. Und Mouloud hatte mit seinen Ängsten auch dazu beigetragen, Faizas Reifung zu beschleunigen. In seinem Zimmer waren Bücher jeglicher Art reichlich vorhanden. Wie üppige Ströme hatten sie den jungen Mann getränkt, der gierig aus jeder Quelle trank, wenn sie nur seinen Durst löschte. Und jetzt kannte auch Faiza die Wüste und den sandigen Wind, die den Hals austrocknen. Hieß es nicht: ‹Lebe mit dem Sänger und du wirst singen, lebe mit dem, der betet, und du

wirst beten›? So kam es, daß in Faizas Kopf ein wirres Durcheinander von Ideen entstand.
Als sie eines Tages die Bücher ihres Bruders ordnete, stieß sie auf ein merkwürdiges Buch. Zuerst dachte sie, es sei ein Roman. Neugierig blätterte sie die Seiten um und vertiefte sich allmählich in die für sie unverständlichen Gedankengänge des «Kapitals» von Karl Marx. In komplizierten Wörtern wurde das Manifest von 1848, die Gründung der Ersten Internationale und eine Doktrin beschrieben, die auf einer materialistischen Erklärung der ökonomischen und historischen Tatsachen beruhte. Mit einem unbestimmten Gefühl der Angst setzte sie ihre Lektüre fort. Sie hatte den Eindruck, einen verbotenen Gegenstand zu berühren. Mit krauser Stirn suchte sie nach der Bedeutung der Sätze: «Das Privateigentum des Arbeiters an seinen Produktionsmitteln ist die Grundlage des Kleinbetriebs, der Kleinbetrieb notwendige Bedingung für die Entwicklung der gesellschaftlichen Produktion und der freien Individualität des Arbeiters selbst. Allerdings existiert diese Produktionsweise auch innerhalb der Sklaverei, Leibeigenschaft und anderer Abhängigkeitsverhältnisse.»
Da sie nicht alles verstand, was sie gelesen hatte, blieb sie lange versonnen sitzen. Ach, wenn Mouloud nur da wäre! Am nächsten Morgen überlegte sie, wer in ihrer Umgebung wenigstens auf ihre Fragen antworten könnte. Karim fiel ihr ein, ihr achtzehnjähriger Cousin, der in der Stadt zur Schule ging. Er hatte das Glück gehabt, einer Schwester seiner Mutter anvertraut zu werden, die in der Stadt lebte, wo es ein Gymnasium gab. Nur in den Ferien sah man ihn im Dorf. Faiza stand nicht auf vertrautem Fuß mit ihm. Zwangsläufig, denn er war ja nie da, und wegen der strikten Trennung von Mädchen und Jungen. Wie sollte sie vorgehen? Bald war der Juli zu Ende, und der Junge würde kommen. Sie würde es einrichten, mit ihm zu reden.
Im Hof trällerte Malika beim Spülen. Behend, graziös und überschäumend vor Energie; ihre Sache war das Lachen, das schweifende, oberflächliche Geplauder mit den Frauen. Faizas Sache war das Lesen, das ihr Träume eingab, in denen sie mit den Realitäten der Welt in Berührung kam und Ideen zu ihrem einzigen, allumfassenden Leben wurden. Malika ließ schon jetzt erkennen, daß sie unbeschwert durch das Leben gehen würde, ohne an die Schattenseiten zu denken. Gerade heute beeilten sich die Frauen, die Hausarbeit recht schnell zu beenden, denn bei Tante Aicha war heute ‹Tuiza›-

Tag, an dem man die Wolle vorbereitete, aus der die Burnusse und Decken gewebt werden sollten, für die sie die Spezialistin der Familie war. Zu diesem Anlaß kamen alle verfügbaren Frauen zu ihr, um zu helfen; das war immer ein Festtag, mit Scherzen und Gelächter. Daß Faiza da zu Hause bleiben wollte, trug ihr Vorwürfe ein.
«Ich passe auf Adil auf», sagte sie, «und kümmere mich um Vaters Abendessen.»
Aber Akila gab nicht nach:
«Es wird Zeit, daß dieses Kind ein bißchen mit Hand anlegt, auf diese Weise lernt sie die Frauenarbeit. Hier wird sie sich nur in ihre Bücher verkriechen. Nein! Sie geht mit!»
Beschwichtigend griff Khadidja ein:
«Komm, Faiza, gehorche deiner Mutter! Du bist jetzt ein junges Mädchen, und deine Hilfe können wir bei Tante Aicha gut gebrauchen, denn es gibt eine Menge Arbeit. Du wirst sehen, es ist sehr interessant. Da lernst du wenigstens, wie man eine Decke macht.»
Das Mädchen seufzte unglücklich. Es wurde also vereinbart, daß Akila zu Hause blieb, um die Kleinen zu hüten. Khadidja, Faiza und Malika machten sich auf den Weg.
Tante Aichas Haus lag fast am Rand des Dorfes, nicht weit vom Maisfeld ihres Mannes. Vor dem Gatter des Hauses spielten Kinder, und die drei Frauen wurden mit Freudengeschrei und Umarmungen begrüßt. Die meisten Frauen des Dorfes waren da, eine große Weiberversammlung, die der Hausherrin bei ihrer wichtigsten Aufgabe im Jahr helfen wollte. Sie versammelten sich in dem großen Hof, und nachdem Tee und Kuchen herumgereicht worden war, machten sie sich an die Arbeit.
Die Tante Aicha war die beste Weberin der Gegend. Das Weben ist eine Familienkunst, die seit Jahrhunderten von der Mutter an die Tochter weitergegeben wird. Jede Familie hatte ihre Weberin, aber Aicha war die raffinierteste, die kunstvollste, und ihre Teppiche schillerten in den lebhaftesten Farben.
Der erste Arbeitsgang, das Scheren der Schafe, war bereits erledigt. Anschließend wurde die Wolle in kochendem Wasser gewaschen und getrocknet. Ein Teil der Wolle wurde eingefärbt. Diese wichtige Arbeit war einige Tage vorher, ebenfalls mit Hilfe der anderen Frauen ausgeführt worden. Solche gegenseitige Hilfe, ‹Tuiza› genannt, leisteten Nachbarinnen und Verwandte spontan. Heute kämmte oder spann jede Frau die Wolle, die dann in Strängen aufgewickelt

und neben dem Webstuhl abgelegt wurde, der aus zwei Trägern und Pflöcken bestand.
Aicha hat den Einschuß schon vorbereitet, durch den bald ihre Feenfinger gleiten werden, um farbige Decken, makellose, weiche Burnusse oder Teppiche zu weben, die Gemälden gleichen.
Mit freundlichen Worten spornt Aicha ihre Freundinnen an:
«Auf, auf, meine Gazelle! Zieh! Deine Finger sind wahrhaftig so glatt und weiß wie meine Wolle. Ah, wie verwöhnt muß dein Mann sein! Bei allen Heiligen!»
Khadidja stimmt munter mit ein, und gemeinsam amüsieren sie mit ihren Scherzen die Frauen, die munter und quirlig weiterarbeiten; dies ist die beliebteste Tuiza, denn dieses Haus empfindet jede als Erholung. Gleichwohl ist die Arbeit anstrengend, denn sie wird im Sitzen ausgeführt: nur die Arme bewegen sich, strecken sich, senken sich, drehen sich, machen lange, ziehende Bewegungen. Aber Müdigkeit kommt nicht auf, und die Herzen sind glücklich. Faiza arbeitet in der Gruppe der jungen Mädchen, die die Stränge aufwickeln. Sie, die Jüngsten, werden den Frauen nachher das Essen bringen. Diese hören nicht auf, sie mit ihren Neckereien so verlegen zu machen, daß sie erröten oder schamhaft die Augen senken.
Jede Frau hatte einen oder mehrere Tuiza-Tage in der Zeit, wenn die Wintervorräte angelegt wurden. Jedes wohlbestellte Haus mußte in seinen Vorratskammern pralle Säcke aus Ziegenleder mit feinem oder mittelgrobem Kuskus, mit Nudeln in Form von «kleinen Kugeln» oder von «Vogelzungen» für die Suppe haben. Diese Lebensmittel wurden im Sommer mit Unterstützung der Nachbarinnen hergestellt. Solidarität war im Dorf etwas Natürliches. Jedes große Ereignis in einer Familie wurde gemeinschaftlich vorbereitet; immer gab es eine Frau, die Gedichte aufsagte, andere erzählten uralte Legenden oder waren auf Sprichwörter spezialisiert. Ein regelrechter Verein, in dem sich bei jeder Tuiza die verschiedensten Talente zusammenfanden, und der aus einem Dorf eine gesunde, eng miteinander verbundene Gemeinschaft machte. Die Ehen wurden im allgemeinen zwischen Leuten aus demselben Dorf geschlossen. Manchmal kam die Schwiegertochter jedoch aus der Umgebung, aber in solchen Fällen handelte es sich häufig um eine Verwandte.
Ein Mädchen war, wenn es für reif genug galt, mit vierzehn Jahren heiratsfähig. In Si-Mokranes Haus zogen die beiden vierzehn- und dreizehnjährigen Töchter die Aufmerksamkeit der alten Ehestifte-

rinnen auf sich. Aber wenn Faiza darauf angesprochen wurde, antwortete sie jedesmal:
«Nein! Ich werde nie heiraten! Ich will studieren. Einen Beruf haben.»
Ihre Mutter und Khadidja machten sich über sie lustig:
«Puh! Was für eine Schande! Wie ein Mann draußen zu arbeiten!»
Und Ma Khadidja fügte schalkhaft hinzu:
«Es ist gut für deinen Mann und für deine Kinder, daß du gebildet bist. Aber sich wie die Fremden verhalten? Ach komm, du wirst schon heiraten! Gott sei Dank wird dein Vater dich nicht solche Dummheiten machen lassen. Und du wirst einmal glücklicher als wir, weil du deine Rechte kennst. Für euch, meine Töchter, wird das Leben leichter sein. Eure Generation wird mehr Freuden erleben . . .»
«Oder mehr Kummer!» gab das junge Mädchen ironisch zurück. «Denn da wir lesen können und mehr verstehen, sind wir weniger unbeschwert. Wir stellen neue Ansprüche, und das Leben wird um so komplizierter!»
«Oh, ich!» rief die lachende Malika aus. «Ich werde nicht so dumm sein, immer alles ernst zu nehmen, im Gegenteil, ich werde mich bei jeder Gelegenheit amüsieren!»
Malika war ein Ausbund an Frohsinn und dauernder Sorglosigkeit. Sie war verschmitzt, konnte gerade genug lesen und schreiben, um einen Brief zu verfassen – der aber von Fehlern wimmelte, wie Faiza sagte. Malika, die mit den Pluralregeln und der Übereinstimmung der Verben mit ihren Subjekten auf ständigem Kriegsfuß stand, zuckte die Achseln und meinte:
«Um einen Mann und Kinder zu bekommen, brauche ich das nicht.»
Ein Jahr trennte die beiden Schwestern im Alter. Mit ihren Formen, die sich noch zu entwickeln versprachen, und mit ihrem schwarzen Haar, das ihre schönen vom Vater ererbten, schalkhaft blitzenden grünen Augen hervorhob, wirkte die jüngere weiblicher und hübscher als ihre ältere Schwester. Malika war sich ihrer Schönheit und ihrer Stellung als Tochter aus gutem Hause bewußt. Sie träumte vom Heiraten, mit Knallkörpern, Liedern, hübschen Ganduras aus goldbesticktem Samt und natürlich von einem Mann und von Kindern, die sie verhätscheln konnte. Daher stimmte sie unwillkürlich mit ein, wenn die Frauen ihre Schwester wegen ihrer Büchermanie

und ihrer fixen Idee, ledig zu bleiben, verspotteten. Faiza, körperlich das Gegenteil ihrer Schwester, war zu dunkelhäutig und für ihr Alter zu groß, zu schmal.
Die Natur schien dem jungen Mädchen zum Spaß von jedem Charakterzug und von jedem Gesichtszug zuviel gegeben zu haben. Durch ihre sonderbare Ähnlichkeit mit Khadidja schien sie eher deren Tochter zu sein als die ihrer Mutter. Ihr Gang, ihre Bewegungen und ihre Stimme hatten etwas Linkisches aus der Kindheit behalten, und dann war da ihre unbestimmbare, ungreifbare, seltsame Ausstrahlung. Eine «Sache» zu werden, wie alle diese Frauen, die sie um sich herum leben sah, sich den Bedürfnissen des Körpers zu unterwerfen, das bedeutete für Faiza, daß man im Leben die reichen Erfahrungen des Handelns opferte. Einen Mann zu heiraten, ihm das ganze Leben lang Dankbarkeit dafür zu erweisen, daß man die «Erwählte» gewesen war, das war wirklich nichts, weshalb man erbeben mußte, wie die naive Malika, dachte sie. Sie hätte dies alles gern ihrer Mutter, den anderen erklärt. Sie hätte ihnen gern gesagt, daß sie sich gegen die ausweglose Versklavung durch Kinder, Haushalt und eheliche Pflicht wehrte. Sie wünschte sich ein anderes Los. Immer wieder hörte sie die Tanten und Freundinnen dieselben alten Geschichten erzählen. Und ihre Seele erzitterte insgeheim, wenn sie sich ihre Zukunft ausmalte, und sie schwor sich, alle Hindernisse zu überwinden. Sie war wie der Verräter, der nur von Flucht träumt. Wenn ihre Visionen sie zu sehr bedrückten, schwärmte sie ihrer treuen Vertrauten Ma Khadidja vor:
«Du wirst sehen! Wenn ich groß bin, arbeite ich, und ich verspreche dir, Ma, daß ich dir von meinem Geld eine Reise nach Mekka schenke. Ganz in Weiß kommst du dann zurück, und alle Weiber werden hier an dir vorbeiziehen und dir die Hände und die Stirn küssen. Du verdienst es, weil du eine Frau mit Herz bist, und weil ich . . . dich mehr liebe als alle anderen!»
Khadidja lachte und machte:
«Psst, psst! Wenn deine Mutter das hört, wird sie traurig. Und dein Vater! Wir alle müssen in deinem Herzen gleich sein.»
Das Mädchen schwor, daß es sein Versprechen mit Mekka halten würde. Ma Khadidja drückte sie an sich:
«Du kleine Närrin! Wenn ich so lange warten muß, bis du arbeitest, um nach Mekka zu gehen, bin ich steinalt, Kleines. Ach, meine kleine Taube mit dem Feuerherzen!»

Zu jener Zeit erschien Karim im Dorf. Er war der Stolz seiner Familie. Mit Diplomen eingedeckt kam er zurück. Er hatte die Höhere Schule in der Stadt, in der der Wahnsinn tobte, so gut wie nur möglich abgeschlossen. Sein Vater war im Militärgefängnis, und so war er der einzige Mann in dem Haus, das seine Mutter, seine Schwestern und die beiden anderen Frauen seines Vaters bewohnten. Natürlich verbrachte er den größten Teil seiner freien Zeit bei seinem Onkel Mokrane. Die beiden mochten sich gern. Karim war gesetzt, ernsthaft, aber ohne übertriebene Pedanterie. Er hatte sich seinen freimütigen Frohsinn bewahrt. Seine Studien schienen ihn nicht im geringsten verändert zu haben. Gewiß, er wußte mehr als die Freunde im Dorf, aber er besaß den sicheren Sinn für das rechte Maß, der den Bauern eigen war.
Jetzt plauderte er gerade mit seinem Onkel über die Ereignisse in der Stadt. Mokrane hörte ihm aufmerksam zu und überlegte dabei, daß er mit seinem eigenen Sohn nie so viel geredet hatte. Er fühlte sich in Karims Gesellschaft wohl; der Junge war für jede Art von Unterhaltung aufgeschlossen und sprach mit ihm, seinem Onkel, freimütig über jedes Thema. Karim weihte seinen Onkel in seine Pläne ein. Er sagte, daß er den Wunsch habe, hierzubleiben und nach dem Krieg in der Dorfschule zu unterrichten. Woanders könnte er nämlich nicht leben, die Erfahrungen außerhalb des abgeschiedenen Ortes, in dem er geboren war, hätten ihn nicht überzeugt.
«Ich habe das Gefühl, daß mein Leben und der Sinn meiner Arbeit hier liegt.»
Nun war Mokrane endgültig erobert. ‹Ja, das ist wirklich ein braver Junge, ein echter Sohn unserer Ahnen.›
Unterdessen scharwenzelte Malika unentwegt kokett im Hof umher; die Anwesenheit Karims reizte ihre Neugierde. Faiza konnte ihrem Cousin nun endlich ihre Bücher zeigen, und Karim war von der Intelligenz des Mädchens entzückt. Der Vater stand auf und ging seine Siesta halten, und die beiden jungen Leute blieben vertraulich plaudernd im Hof sitzen. Schüchtern zeigte sie ihm Moulouds Buch, das sie so sehr verstört hatte. Karim zog vor Erstaunen die Augenbrauen hoch.
«Nanu! Du hast aber eine komische Lektüre für dein Alter», sagte er lachend.
Ihre Fragen machten Karim einen Moment lang sprachlos:
«Wie zum Teufel kann sich ein Mädchen aus unserer Heimat für

solche Dinge interessieren, und für wen? Für Karl Marx, schlicht und einfach!»
Dennoch erklärte er ihr, daß dies für sie noch eine zu komplizierte Philosophie sei, daß sie es aber später besser verstehen werde. Mit der für sie charakteristischen Hartnäckigkeit wollte Faiza wissen, ob es Leute gäbe, die daran glaubten. Behutsam antwortete er, daß ein großes Land, das Rußland heiße, diese Philosophie anwende. Sie wollte unbedingt wissen, ob dort Christen lebten. In ihrer Vorstellung trat Religion in einem Land immer in Gestalt einer Macht auf. Karim sah sie lange an. Dann besann er sich auf alles, was er selbst über dieses Thema gelernt hatte, und machte sich daran, die Neugier seiner Kusine zu befriedigen. Er sprach über die Gleichheit der Menschen in einer Gesellschaft, über die verschiedenen Systeme in einigen Ländern, und erklärte in wenigen Worten, welches die Ideologie des Autors war, der sie verwirrte. Als er aber dazu überging, den Stellenwert dieser Lehre für Rußland mit dem Wert des Koran für die Moslems zu vergleichen, war Faiza schockiert und wiederholte ungläubig: «Das heißt, sie glauben nur an die menschliche Wissenschaft, nur an ihre Kraft? Und Gott existiert nicht?» Plötzlich zuckte sie entschlossen mit den Achseln und verzog enttäuscht den Mund. Schließlich lachten sie beide, Karim tätschelte ihr freundlich die Wange und riet ihr, für den Augenblick von dieser Lektüre abzulassen. «Warte bis du größer bist, um dir eine logische Vorstellung von all diesen Dingen zu machen.»
Aber großspurig wie Kinder nun einmal sind, empfand sie das naive Bedürfnis, jemanden zu beeindrucken, und zwar wen? Khadidja! Sie war Faizas bestes Publikum. Über ihre Entdeckung erregt, zeigte sie Ma Khadidja daher das Foto von Karl Marx, das den Einband des Buches schmückte. Diese rief aus: «Wie schön er ist! Dieser nachdenkliche und stolze Blick! Und dieser schöne weiße Bart! Er sieht ja deinem Vater ähnlich! Wie seltsam!» Weiter sagte sie: «Hat er auch viel geliebt? Komm! Erzähl mir seine Geschichte!»
Khadidja war ganz versessen auf schöne Liebesgeschichten. Faiza fühlte sich vom Interesse ihrer Freundin geschmeichelt. In gewichtigem Ton erklärte sie: «Diese große Persönlichkeit hat sehr wichtige Dinge vollbracht. Das ist ein Gelehrter!» Von ihrer Phantasie hingerissen erzählte sie schwungvoll die Lebensgeschichte des großen Mannes. Khadidja erschauderte unter den schwärmerischen Worten des Mädchens. Faiza hatte Talent zum Erzählen, sie wußte instinktiv

Effekte zu setzen. Die Rednergabe hatte sie sicher von irgendeinem Legendenerzähler unter ihren Vorfahren geerbt.
«Und ihm ist es zu verdanken», schloß sie, wobei sie auf das Foto wies, «daß es keine Reichen mehr gibt! Keine Könige, keine Königinnen.»
Khadidja machte große, erstaunte Augen.
«Und in jenem Land gibt es keine Reichen mehr? Und ihre Könige haben sie weggejagt? So ein Land gibt es auf der Erde, Ya Rabi!» Sie seufzte komisch: «Und das erfahre ich in meinem Alter!»
Vom Zauber der Wörter hingerissen flüsterte das Mädchen, als habe es ein großes Geheimnis zu verraten:
«Und eines weißt du noch nicht, Ma. Komm näher!» Khadidja richtete sich auf und hielt ihr Ohr an die heißen Lippen des Mädchens, das wisperte:
«Er wird in jenem Land als Gott angesehen. Sein Buch ist deren Koran.»
Wie von einer Wespe gestochen fuhr die Frau zurück. Ihre Augen wurden plötzlich schmal; sie glaubte, das junge Mädchen sei verrückt geworden und aus ihrem Mund spreche der Satan. Ihr Herz begann zu rasen, wie immer, wenn die Wut in ihr kochte. Der Zauber war gebrochen. Mit einem Finger zeigte sie drohend auf den Buchdeckel und brüllte:
«Gott leugnen? Das sind Ungläubige! Christen, Juden, alle beten ein und denselben Gott an. Jeder auf seine Weise. Und du, meine Tochter, du scheinst einen gräßlichen Gotteslästerer zu bewundern! Für die Armen zu kämpfen ist gut, aber den Glauben abschaffen und das zum Gesetz erheben! Bism Illah El Rahman el Rahim! Wenn das dein Vater wüßte! Unselige!»
Sie riß dem Mädchen das Buch aus der Hand; Faiza war blaß geworden, sie fühlte sich in ihren Träumen bedroht.
«Nie habe ich etwas Ähnliches gehört! Der Dämon! Ich verbrenne dieses Buch! Es ist eine Sünde, es in einem frommen Haus zu haben.»
Wenn Khadidja in dieser Verfassung war, spuckte sie Feuer und war zu allen Gewalttätigkeiten fähig. Faiza schnellte hoch, riß ihr das Buch aus den zerstörerischen Händen und schrie noch lauter als sie – woraufhin Khadidja sofort still wurde.
«Nein! Das ist Moulouds Buch! Du hast kein Recht, es zu verbrennen! Wenn er zurückkommt, muß er alle seine Sachen heil wieder-

finden. Und wenn du es genau wissen willst, ich war von dieser Lektüre gefesselt und habe meine Bewunderung übertrieben, um dich zu beeindrucken. Das ist alles! Ich glaube innig an Gott! Was hast du denn gedacht?»

Als sie hörte, daß die Stimme des Mädchens wieder normal wurde, seufzte Khadidja erleichtert auf. Sie ließ sich wieder auf den Rand des Polsters nieder und sagte Faiza, sie solle zu ihr kommen:

«Ach, es ist schrecklich, mein Täubchen. Du hattest ein komisches Gesicht. Ich war über deinen Gesichtsausdruck aufgebrachter als über das Buch. Allein der Gedanke, daß es Leute ohne religiösen Glauben gibt, läßt mich erschaudern. Sag mir, hat Mouloud das auch gelesen? Ja? Aber er hat mit dir nie über diese Dinge gesprochen? . . . Jedenfalls, ich weiß auch nicht . . . Bildet euch, Kinder, aber wendet euch nicht von der Religion ab, auch nicht von den Traditionen und den Heiligen.»

Aus der Stadt kamen alarmierende Nachrichten. Jeder Araber, der sich auf der Straße sehen ließ, wurde für die Europäer zur Zielscheibe. Aber unabhängig von diesen Gewalttätigkeiten tickerten auf der ganzen Welt die Telegrafen. Und es wurde bekannt, daß der General de Gaulle am Vorabend in einer feierlichen und denkwürdigen Sitzung die Waffenruhe verkündet hatte. Wie alle Algerier verspürte die junge Faiza große Hoffnung. Als sie im Radio endlich vom freien Algerien reden hörte, war sie zu Tränen gerührt. Man hätte meinen können, daß die Geschichte zu neuem Leben erwachte und daß der herrliche Wind der menschlichen Brüderlichkeit durch die Jahrhunderte wehte.

Konvois von Lastwagen, von knatternden Jeeps rollten aus dem Land und nahmen ihre Waffen und ihre Machtträume mit.

In den Straßen umarmten sich die Menschen. Freude vereinte sie. Endlich die Unabhängigkeit! Dieses Wort, mit dem sich alle unweigerlich identifizierten, von dem ein ganzes Volk geträumt hatte, rief einen nationalen Freudentaumel hervor.

Andere Soldaten kamen, mit Uniformen in den Farben der Berge. Sie waren sonnenverbrannter als die anderen, fröhlicher, und in ihren Augen las man beglücktes Erstaunen, als könnten sie es nicht fassen, daß sie das feste, vertraute Land ihrer Ahnen unter den Füßen hatten. ‹Ist es möglich, daß die verschlungenen Pfade, der ständig angehaltene Atem nur noch ein ferner Alptraum sind?› Dies schien ihr verwunderter Blick auszudrücken.

Aus manchen Häusern drang indessen das Weinen um einen, der mit den Freiheitskämpfern nicht zurückgekehrt war. Anderswo erfüllten die schwingenden Ju! Ju's! und der Duft des Kuskus die Atmosphäre. Dort zeigte eine Frau ein vergilbtes Foto herum und bat um Auskunft.

Eine Heldin wurde entdeckt. Es war Fatima! Zwar hatte sie sich nicht aus dem Krankenhaus fortbewegt, aber sie war eine der zuverlässigsten und treuesten Verbindungsagentinnen der Glaubenskämpfer gewesen. Jetzt sahen die verblüfften Dorfbewohner sie, bescheiden wie immer, in den Reihen der Widerstandskämpfer vorbeidefilieren. Alle segneten sich gegenseitig. Der Rundfunk, die Straßen, der Himmel, alles war außer sich vor Freude. Und man konnte sich gar nicht genug daran tun, das Land zu befühlen und zu betasten, um sich seiner wiedererlangten Jungfräulichkeit zu vergewissern.

Bei Si-Mokrane herrschte Schweigen. Mouloud war nicht zurückgekommen. Der Onkel Salah und zwei Cousins waren tot. Ein einziger – Jussef, Mokranes ältester Bruder – war zurückgekommen und tröstete über die Verschwundenen ein wenig hinweg. Karim wurde Familienoberhaupt.

Einer der Führer der Dschunud-Einheit, die im Dorf einquartiert war, konnte Nachricht von Mouloud geben. So erfuhr die Familie, daß der junge Mann ein Jahr nachdem er sich dem Widerstand angeschlossen hatte, schwer verletzt worden war. Er wurde nach Tunesien transportiert, wo er lange Monate brauchte, um wieder gesund zu werden. Dann bemerkte man seine außerordentliche Intelligenz, und er wurde mit einer Gruppe junger Leute zum Studium in die UdSSR geschickt. Endlich konnte der Vater zu Hause die Nachricht verkünden, daß Mouloud in drei Monaten zurückkehren werde. Sie erfuhren, daß er Diplom-Ingenieur war. Stolz erfüllte das Haus. Die Bedeutung dieses Titels verstanden sie nicht so recht und wandten sich daher an Faiza. Zum Abschluß ihrer Erklärungen sagte sie zu Khadidja:

«Das Land, in dem er studiert hat, ist jenes mit der Weltanschauung, deren Geschichte ich dir erzählt habe. Erinnerst du dich Ma, wie aufgebracht du damals warst?»

Khadidja fuhr auf und schlug sich heftig auf die Schenkel:

«Was! Dort ist Mouloud? Ya Allah! Wenn er sich bloß nicht verändert hat!»

Sie jammerte, aber niemand begriff den Sinn dieser Szene zwischen den beiden Frauen.
«Was bringt dich denn so aus der Fassung, Frau? Ist das etwa das Land des Teufels?» fragte Mokrane.
«Oh, ja! Das kann man wohl sagen! Möge Allah ihn vor schlechten Gedanken bewahren!»
Sie sah Faizas heiteres Gesicht, und ihre gute Laune kehrte in Windeseile zurück.
Sie sah das Mädchen herausfordernd von oben bis unten an und sagte lachend:
«Ich bin jedenfalls gewarnt! Ich werde ihn schon auf den richtigen Weg zurückführen. Und wenn ich ihn zu den alten Koranlehrern in die Moschee stecken muß und selbst die Tür bewacht, bis er unschuldig wie aus dem Mutterleib wieder herauskommt!»
Die ganze Familie amüsierte sich über diese Drohungen, die keiner verstand.
Das neue Leben brachte neues Glück. Man spekulierte, rätselte, stellte Vermutungen an über die Zukunft und die Politik jenes Kindes, das da geboren worden war: das neue Algerien. Dieses mit ideologischen Diademen und wohlklingenden Zitaten gekrönte Kind. In den Cafés blühten die unglaublichsten Mythen. Und in den Straßen verdrängte der Alltag nach und nach die Wörter. Die nationale Kultur gab zuckende Lebenszeichen von sich; aus den Schatten der Vergangenheit erstand sie erneut. Die Revolution schmückte sich mit anderen Namen, mit anderem Zierat. Der Islam fand sein Reich wieder und nahm das Land unter seine Fittiche.
Aber im Trubel des vielen Redens wurde die Zukunft unklarer. Hatte man die Schlüssel dazu in Händen? Algerien wurde von einer neuen Begeisterung wie von einer vergänglichen Illusion durchpulst, stolz ließ es seine bloße Brust schwellen. Jung und arrogant, trunken von der eigenen Schönheit richtete es sich stolz auf. In einem neuen Rausch der Handlungsfreiheit teilte es, ohne zu geizen, nach allen Seiten hin aus. Wie im Rausch vergaß es die Umsicht und bestimmte Eigenschaften eines Erwachsenen. Denn in einer Welt allseitiger Konkurrenz ist Geduld ein Trumpf. Aber in unbändigem Stolz entschleierte es alles vor den Augen der Freunde und Feinde; alles, was seit so langer Zeit in seinem Inneren schlummerte, kam wie der Dolch des Rächers ans Tageslicht. Ohne ein Geheimnis in den Gewandfalten zu wahren, schritt die Jungfrau dahin. Sie stieß

ihre reichen Feinde beiseite, sammelte alle Armen der Schöpfung um ihre Rockzipfel, gab den Enterbten der Menschheit ihre Brosamen. Sie konnte sich nicht genug daran tun zu teilen.
Die aus der Tiefe der Jahrhunderte aufgestiegene Nymphe verschloß ihre Ohren vor den Worten der Weisen, denn sie kannte kein Mißtrauen.
Sind der Krieg, die Waffen und der tollkühne Mut nicht doch etwas anderes als Politik? In Arglist, Diplomatie und Vorsicht gekleidet, wußte die Politik sich einen Weg durch den Dschungel zu bahnen. Aber die Nymphe zuckte die Achseln, sie brachte alles durcheinander. Ihr Freiheitsdurst schirmte sie von den konkreten Gegebenheiten ab. Sie weigerte sich, eine Ameise zu sein. Ihre Absicht, die Schwachen zu schützen, konnte sie selbstverständlich zeigen, aber sie hätte ihre Schachzüge verbergen und ihre Trümpfe in einer Hand behalten müssen, um sie im günstigsten Moment auszuspielen.
Lassen wir sie spielen, murmelten die Vernünftigen, lassen wir sie Gerechtigkeit üben und die Waffen der Redlichkeit schwenken. Vielleicht wird am Ende die Weisheit ihr friedliches Antlitz zeigen.
Die Leute begannen an eine wahrhaft himmlische Gerechtigkeit zu glauben. Aus den Benachteiligten von gestern wurden die Angesehenen von heute . . . Und gerade darüber sprach man momentan in Si-Mokranes Hof. Der Hausherr hatte sich nach dem Mittagessen zurückgezogen, um seine Siesta zu halten. Die Frauen saßen um die Meida herum und tranken Tee. Ihre Unterhaltung kreiste um die jüngsten Ereignisse: sie sprachen über den alten Rabah, gestern noch ein bescheidener Schuster, der in den Krankenhäusern der Fremden einen von der Schwindsucht verzehrten Sohn verloren hatte, und dessen letzter Sohn endlich aus den Bergen heimgekehrt war. Dieser Sohn, Kamel, war einmal Moulouds bester Freund gewesen. Jetzt war er Bürgermeister im Dorf. Mit seiner Familie bewohnte er die weiße Villa der Bürgermeisterei. Der sympathische, intelligente junge Mann war rastlos tätig, um seinem Dorf, das er so liebte, ein anderes Gesicht zu geben. Die Schule war wiedereröffnet worden, und in ihrem Hof drängten sich die Kinder, Jungen und Mädchen. Die Mehrheit im Dorf freute sich aufrichtig über Rabahs neue Stellung. Natürlich gab es auch Neider, die murmelten: «Sie steigen auf!»
Das galt zum Beispiel der alten Kheira, Rabahs Frau, die einst Körbe

und Matten geflochten hatte. Und ihr Mann, durch dessen Hände alle abgetragenen Sohlen der Dorfbewohner gegangen waren. Hielt sie jetzt nicht gar in ihrem neuen Wohnsitz mit den seltsam möblierten Räumen hof? Und die Klatschweiber lachten über folgende Anekdote: Von der rustikalen Einrichtung des Eßzimmers entsetzt, ließ die alte Kheira alle unnützen Tische und Stühle entfernen, mit denen die Zimmer vollgestopft waren, ließ überall Polster und Teppiche ausbreiten, nur das Buffet blieb stehen. Böse Zungen fügten hinzu, sie habe die Badezimmer in Vorratskammern verwandelt und die Badewannen bis zum Rand mit Säcken voll Hirse und Kuskus gefüllt. Das hinderte die Neugierigen und Neidischen jedoch keineswegs daran, ihr Besuche abzustatten: die eine brachte Butter mit, die andere Datteln, um Khalti Kheira zu beglückwünschen. Si-Rabahs Frau, die immer bescheiden gewesen war, hatte sich nicht verändert. Sie war eine sanfte alte Frau, deren Augen die Geschöpfe und die Dinge allein deshalb, weil es sie gab, voll Dankbarkeit zu betrachten schienen.

Der alte Hadsch-El-Tajer und sein Sohn Hocine waren dagegen in den zweiten Rang verwiesen worden. Nur auf Grund seines hohen Alters wurde dem Greis die Ehrerbietung nicht verwehrt. Seit Khadidjas skandalösem Auftritt hatten sich seine Beziehungen zu Mokrane abgekühlt. Die beiden Männer sahen sich nur noch bei den Versammlungen in der Moschee. Die Orden des alten Mannes hatten wieder ihren Platz in der Schublade gefunden. Er war kein Verräter! Hatte er nicht zur patriotischen Sache beigetragen, indem er regelmäßig seine nationale Pflicht in Form von fünftausend alten Francs entrichtet hatte? Das hatte ihn vor der ‹Entehrung› bewahrt. Hocine allerdings intrigierte wie gewohnt weiter. Nur durch das Netz der Heiraten, an dem er spann, konnte er sich Glanz verschaffen. Denn in dieser Zeit wurde viel geheiratet. Die Hochzeiten waren so zahlreich wie die Tage und die Ansprachen. Man hätte fast meinen können, daß kein junges Mädchen und keine Witwe im Land mehr übrig sei.

Hocine verlor in der freudigen Erregung des wiedergewonnenen Friedens seinen Geschäftssinn nicht. Daher machte er sich daran, Kamel behutsam zu umwerben. Hocine hatte nämlich eine heiratsfähige Tochter, die sechzehnjährige, lebhafte Meriem. Die Frau des alten Hadschi zog Si-Rabah und Khalti Kheira mit allen Mitteln an sich; ihnen zu Ehren veranstaltete sie Hammelbratenessen oder lud sie zu Festen. In der Moschee nahm der einst ignorierte Si-Rabah jetzt den Ehrenplatz zwischen dem Imam und Hocines Vater ein. Was Mokrane anging, so hatte man seinen Sohn noch nicht gesehen. Und hatte er nicht Töchter? Eine zusätzliche Konkurrenz für Meriem! Also vergaß man ihn zu den Essen der Tajers einzuladen.

Bald darauf verheiratete sich auch Fatima mit einem Kommandanten oder Kapitän der einstigen Widerstandsarmee. Man wußte es nicht so genau, denn man war die neuen Ränge nicht gewohnt. Die Hochzeit verlief still, wie es von der friedlichen, sanften Fatima nicht anders zu erwarten war. Und jeder ehrte die Mutter der Braut mit Geschenken.

Khadidja und Akila kommentierten also ironisch die neuen Anfälle von Größenwahn, der manche Leute ergriffen hatte. Plötzlich hörten die teetrinkenden und schwatzenden Frauen ein hämmerndes Pochen am Tor. Sie erstarrten: «Wer kommt denn um diese Zeit?» Da Frauen das Tor nicht öffnen dürfen, zumindest die jungen nicht, war es Khadidja, die aufstand.

Vor Überraschung war sie versteinert. Fassungslos starrte sie den großen Jungen an, der etwas zögernd lächelte, wie ein Kind, das auf Ermunterung wartet. Khadidja empfing ihn mit offenen Armen.

«Oh, mein Sohn! Mein Sohn!»

Ein Hüsteln unterbrach sie. Kamel stand verlegen hinter Mouloud.

«Hm, hm», machte er, «ich lasse euch jetzt allein in eurem Haus, Khalti Khadidja Mabrouk.»

«Mein Sohn, tritt doch ein! Du darfst uns nicht verlassen, ohne Tee mit uns getrunken zu haben. Komm mit deinem Bruder Mouloud herein!»

Vor Freude zitternd kam sie von den beiden jungen Leuten eingerahmt zurück. Sie vergaß, Malika zu sagen, daß sie sich zurückziehen solle, denn ein junges Mädchen durfte sich nicht vor jungen und unverheirateten Männern wie Kamel zeigen. Akila und ihre Tochter erstarrten vor Überraschung. Mouloud stürzte auf Akila zu, die jetzt vor Freude weinte. Dann sah er seine kleine Schwester und rief aus:

«Aber das ist ja Malika! Kleine Schwester, wie groß und hübsch du geworden bist!»

Gurrend bedeckte sie das Gesicht ihres Bruders mit Küssen. Schlaftrunken kam Si-Mokrane herausgestürzt. Und nun folgten freudige

Fragen und gerührte Umarmungen. Endlich bemerkte man Kamels Anwesenheit. Alle hatten vergessen, daß der junge Mann zum erstenmal das Haus betrat. Nun wurde er beglückwünscht und gesegnet, als hätte hauptsächlich er die Rückkehr des Sohnes des Hauses bewerkstelligt. Herzlich wurde der verschüchterte Kamel mit den Männern an eine mit Kuchen beladene Meida genötigt. Kamel zwang sich, die Augen gesenkt zu halten, wie es sich für einen jungen Mann gehört, der die Traditionen achtet, aber er warf verstohlene Blicke nach der hübschen Malika. Diese schlich bald errötend davon.
«Und Faiza?» rief Mouloud plötzlich und entzog sich den Umarmungen, um mit unruhigem Blick seine Schwester zu suchen.
Regungslos stand sie hinten im Hof. Sie hatte die Szene eine Zeitlang beobachtet, und niemand hatte sie gesehen. Sie sahen sich einen langen Augenblick lang an, als hätten sie sich nichts zu sagen. Faiza streckte die Arme nicht aus. Ihr Blick glänzte. Waren es Tränen, oder war es die Rührung, die in ihren Augen brannte und sie rötete? Mouloud starrte sie an: ‹Wie lang sie ist! Und mit ihren hohen Wangenknochen sieht sie aus wie eine Asiatin!› Er lief auf sie zu, nahm sie in die Arme und hob sie hoch wie früher, als sie klein war. Faizas lange Beine strampelten fröhlich in der Luft. Die ganze Familie amüsierte sich über ihr Glück.
Mouloud und Faiza waren wieder in dem gleichen zärtlichen Zusammengehörigkeitsgefühl vereint. Sie schienen den anderen gegenüber eine seltsame Mauer zu bilden, hinter der sich ein und dasselbe Streben, die gleichen Träume verbargen.
Mouloud erzählte von seiner Verwundung, von den Lazaretts, von der Entdeckung eines riesigen Landes und den Kenntnissen, die er dort erworben hatte. In beunruhigtem Ton fragte seine Mutter:
«Dieses Land, in dem du warst, mein Sohn, wie sind die Leute da? Normal?»
«Aber ja, Mutter!» antwortete Mouloud mit erstaunter Miene über eine so merkwürdige Frage. Dann fuhr er fort: «Sensible, fröhliche Menschen, mit einem Gefühl für die Pflicht und die Freundschaft wie bei uns!»
«Aber stimmt es, daß sie Ungläubige sind?» fragte Khadidja weiter.
«Warum machst du dir denn darüber Gedanken, Mutter?»
Khadidja sah Faiza mit verschmitzter Herausforderung an, und die

beiden Frauen brachen gemeinsam in Gelächter aus. Angesichts von Moulouds fragender Miene erklärte Faiza in einigen Worten, wie die Bedenken der Mutter zustande gekommen waren. Mouloud scherzte über die gelehrten Diskussionen der Frauen und beruhigte seine Mutter über seine religiösen Empfindungen, die von den Vertretern der christlichen oder atheistischen Zivilisation nie erschüttert worden waren. Aber er sagte:
«Sie sind nicht alle ungläubig. Es gibt unter ihnen Gläubige aller Religionen und sogar viele russische Moslems. Ich habe sie donnerstags in den Moscheen beten sehen; sie fasten und essen kein Fleisch.»
Die ganze Familie hing an seinen Lippen. Mouloud sprach ruhig, aber mit einer solchen Überzeugung, daß niemand ihn zu unterbrechen wagte. Sie wunderten sich über die Wandlung des Jungen. In seinem Blick lag mehr Selbstvertrauen, in seinen Bewegungen mehr gelassene Kraft. Er wirkte, als sei er in vollkommenem Einklang mit den anderen und mit sich selbst. Und Mokrane fühlte sich seltsam alt und matt vor diesem Sohn. Dabei hätte er sich im Gegenteil stärker fühlen müssen, weil Gott ihm diesen Sohn so ausgeglichen wiedergegeben hatte, wie er ihn sich erträumt hatte. Wie? Mußte man diesen Mann nicht tatsächlich für sehr kompliziert halten? Aber nein. Seine Freude, seinen Sohn lebend wiederzuhaben, war aufrichtig und groß. Dennoch bestätigte ihm ein leichtes Herzstechen seine alten Vorahnungen. Mouloud war für ein anderes Los geboren. Der Junge war da, er lachte und diskutierte mit den Seinen, aber er unterschied sich von ihnen wie ein wohlwollender Fremder. Fast trauerte Mokrane dem verletzten, scheuen Blick des kleinen Jungen von einst nach. Der lässig ging, als hätte er die ganze Ewigkeit vor sich, um Taten zu vollbringen. Jetzt war er ein Mann, der alle Antworten auf seine Fragen gefunden hatte und zu wissen glaubte.
Mouloud blieb einen Monat bei seiner Familie. Er wurde es nicht müde, mit seinem kleinen Bruder Adil zu spielen und mit Hania, seiner Schwester. Die beiden Kinder stritten darum, wer auf seine Schultern klettern durfte. Er besuchte seine Freunde im Dorf. Er traf seinen alten Freund Rabah wieder, für den er während des Krieges Briefe an seinen Sohn in Europa geschrieben hatte. Er hatte auch die Freude, einem seiner alten Vorgesetzten aus dem Untergrund wiederzubegegnen. Si-Tahar war ein Mann um die Vierzig, energisch und mit einem entschieden modernen Geist. Stolz trug er die Uni-

form, der sein Leben zu weihen er entschlossen war. Seine Berufung lag in der Armee, die ihm einen ruhmvollen Weg geebnet hatte. Er wollte studieren, vieles dazulernen, um im militärischen Rang aufzusteigen. Er, der Analphabet gewesen war, bevor er in die Reihen der Glaubenskämpfer eintrat, wo er sich durch seine wilde Kühnheit auszeichnete, er hatte lesen gelernt, und jetzt eröffneten sich ihm andere Ziele. In Moulouds Gesellschaft fühlte er sich jünger, unternehmungslustiger.

Eines Tages kam Tahar, um seinem Freund von der neuen wichtigen Aufgabe zu berichten, die ihn bald in eine andere Gegend des Landes führen sollte. Mouloud beglückwünschte ihn herzlich, denn das war eine schöne, wohlverdiente Beförderung. Aber Si-Tahar schien seltsam bedrückt. Schließlich vertraute er Mouloud seine Gedanken an:

«Weißt du, da ist eine Sache, über die ich mit dir reden möchte. Ich habe den Wunsch, um die Hand deiner Schwester Faiza anzuhalten. Nun, natürlich werde ich deinen Vater aufsuchen. Aber mir lag daran, vorher mit dir darüber zu sprechen.»

Mouloud erstarrte zu Eis. Er verbarg sein Erstaunen hinter einem verzerrten Lachen:

«Aber sie ist erst fünfzehn! Natürlich, sie wirkt älter, aber . . .»

«Ich weiß!» unterbrach ihn Tahar. «Ich will sie doch gar nicht gleich heiraten. Wir werden Verlobung feiern und in zwei Jahren heiraten. Inzwischen werde ich mich einrichten, das Haus vorbereiten. Ich bin bereit, jede Summe, die dein Vater verlangt, zu akzeptieren! Ich werde eine wichtige Stellung einnehmen, und ich brauche eine gebildete Frau an meiner Seite. Und deine Schwester, ich habe sie beobachtet . . . Sie ist intelligent, gebildet und ernsthaft.»

Während der Mann immer weiterredete, stieg Mouloud eine Hitzewelle von der Brust in den Kopf. War es Wut? Zu den Plänen seines Freundes, die ihm plötzlich unsinnig vorkamen, konnte er nur stammeln:

«Aber du bist schon verheiratet! . . . Du hast zwei Kinder. Und während du in den Bergen warst, hat deine Frau im Elend auf dich gewartet.»

Sichtlich belästigt von all den Einwänden, die Mouloud vorbrachte, schüttelte Si-Tahar den Kopf. In gereiztem Ton sagte er:

«Ja, ja! Aber sie ist nur eine arme, ungebildete Bäuerin! Mein Vater hat mich verheiratet, als ich noch ein Bengel von siebzehn Jahren war! Er hatte es eilig, Enkelkinder zu bekommen. Ich war sein einziger Sohn. Sie hat mich nie angezogen, und ich habe das Recht, ein neues Leben anzufangen!»

In seinem Egoismus rechtfertigte der Mann seine Entscheidung, um seinen Freund zu beschwichtigen.

«Jedenfalls leidet sie keine Not. Ich unterstütze sie und die Kinder. Sie leben bei meinem Schwiegervater. Er wird sie schon bald wiederverheiraten. Dein Vater wird das verstehen . . .»

Mit den letzten Worten wollte er andeuten: ‹Dein Vater hat auch zwei Frauen geheiratet. Er wird schneller zustimmen als du, mein Junge.›

Mouloud dachte über diesen Mann nach, der sich ein reines Gewissen verschaffte, indem er seiner Frau und seinen Kindern Geld schickte. Jetzt wurde er ‹Jemand›, und da brauchte er ein junges Mädchen. Warum brachte er der ‹armen Bäuerin› nicht bei, sich ihrem neuen Rang besser anzupassen? Warum ließ er sie und seine Kinder nicht ein bißchen Bequemlichkeit genießen, warum ließ er sie nicht an der Ehre seiner neuen Stellung teilhaben? War der Mann so stolz auf sein Geschlecht, daß er sich das absolute Recht zubilligte, das Beste für sich auszusuchen, und das, was ihm mißfiel, wegzuwerfen? War er nicht gestern selbst noch ein bäurischer Analphabet gewesen? Heute, wo ihm Macht zufiel, kam er sich als Prinz vor. Und er wollte eine zarte Jungfrau!

In Nachdenken über die geheimnisvollen Mechanismen der menschlichen Seele versunken, stand Mouloud schweigend auf. Er versprach dem Mann, mit seinem Vater darüber zu reden.

Auf dem Nachhauseweg drehte und wendete er die Frage endlos in seinem Kopf. Und abends, während Faiza den Frauen bei der Vorbereitung des Abendessens half, beobachtete er sie. Malika neckte ihre Schwester, und Faiza lachte und puffte sie. Hania wiegte leise singend ihre Puppe und spielte Mutter und Kind. Adil zeigte auf alle Dinge und wiederholte unermüdlich «hada! hada!» Von der Entdekkung der Wörter berauscht, erfüllte das Kind das Haus mit seinem fröhlichen Geschrei.

Vielleicht wäre sie letzten Endes geschmeichelt, von einem Mann wie Si-Tahar erwählt zu werden? fragte sich Mouloud. Die Reaktionen der Frauen sind unvorhersehbar. Vielleicht hatte Faiza sich im Laufe der Jahre verändert? Sie war im Kreis der Frauen aufgewachsen, deren natürliches Los die Heirat, die Kinder und der Tod waren.

Vielleicht wäre sie von der Vorstellung, die Dame spielen zu können, entzückt? Wie alle anderen kannte sie Si-Tahars Position. Sie würde Reisen machen, sie würde das Dorf verlassen, das sie verabscheute. Und außerdem war dieser Mann verführerisch! Mit seinem kühnen, dünnen Schnurrbart, mit seinen von schwarzen Wimpern umrahmten blauen Augen, die seinen Blick noch leuchtender machten. Vorwärts! Es war besser, das Problem direkt mit ihr anzugehen.
Wie jeden Freitagabend ging Si-Mokrane in die Moschee, wo er mit anderen Männern bis in die Nacht lange politische oder philosophische Diskussionen führte. Die Frauen brachten die Kinder zu Bett, dann hielten sie stopfend und flickend ein Schwätzchen. Mouloud zog Faizas Gesellschaft vor. Sie waren jedesmal über ihre Zweisamkeit glücklich. Sie sprachen gern über Bücher, über die Abenteuer des jungen Mannes. Malika amüsierte sich über ihre endlosen Gespräche und sagte: «Mouloud und Faiza ändern die Welt jeden Abend mit lauter Wörtern!» Zur Zeit hatte der junge Mann nur ein Bedürfnis: Faizas Meinung in einer bestimmten Sache zu erfahren, damit die Welt wieder ins richtige Lot kam. Aber seine ernste Miene war der zärtlichen Aufmerkmsakeit seiner Schwester nicht entgangen. Sie kannte ihn gut und hatte sich vorgenommen, ihn nach der Ursache der Sorgen zu fragen, die sein Gesicht umwölkten. Sie ergriff das Wort:
«Du machst seit heute nachmittag ein komisches Gesicht, ist es wegen der Vorladung, die du aus Algier erwartest?»
Der junge Mann lächelte. Die umsichtige Faiza hatte erraten, daß er Kummer hatte. Sie war also die einzige, die eine Veränderung an ihm wahrnahm!
«Nein. Ich weiß wohl, daß sie nicht vor Monatsende kommt, das heißt, ich habe noch gut zwei Wochen Zeit, bevor ich mich darum kümmere.»
Sie richtete sich auf und sagte neckisch:
«Ah, ah! Du bist uns schon leid. Du bist das zu stille Dorf, die banalen Sorgen der Leute leid! Der Herr möchte wieder etwas unternehmen!»
Mit gerunzelter Stirn sah ihr Bruder sie an. Faiza hatte sich geirrt. Liebevoll rückte sie näher an ihn heran:
«Oh, entschuldige. Ich wollte dich nicht kränken, großer Bruder. Ich habe das nur gesagt, um dich aufzuheitern, aber wenn du nichts sagen willst, ist es auch gut.»

Er hielt die Hände des Mädchens in den seinen fest und sagte schonungslos:
«Kennst du Si-Tahar?»
«Selbstverständlich. Ist er nicht mehrmals mit dir zu uns zum Mittagessen gekommen? Warum?»
«Nun also . . . er möchte dich heiraten!»
Faiza sah ihn schweigend an; schnell fügte er hinzu:
«Nicht sofort! In zwei Jahren. Er wird nämlich auf einen anderen Posten versetzt. Er bat mich, mit Vater darüber zu reden, aber ich wollte unbedingt, daß du es vorher erfährst.»
Er bemerkte den Blick des Mädchens, ein harter Blick, und Augen, die schmale, schwarze Schlitze wurden. Sie ähnelte plötzlich Khadidja, wenn diese kurz davor war, Feuer zu spucken. Sie zischte:
«Und du? Bist du schon bereit, mich fallenzulassen? Du hast mich nie ernstgenommen. Meine Träume waren nur die Verirrungen eines kleinen Mädchens und . . .»
«Nein!»
«Sei still! Diese ernste Miene! Ich weiß jetzt, daß du erwartet hast, ich würde vor Freude in die Luft springen! Sonst hättest du nicht solche Umstände gemacht! Du hättest ungezwungen mit mir darüber geredet, und wir hätten gemeinsam darüber gelacht.»
Mit Tränen in der Stimme fügte sie hinzu:
«Ich bin nicht wütend auf diesen Mann, sondern auf dich, weil du kein Vertrauen in mich hast.»
Sie stand auf, um ihre Tränen zu verbergen; sie lief zur Tür, aber Mouloud war schneller als sie und hielt sie am Arm zurück. Er lachte und lachte, als wollte er nie mehr aufhören.
«Kleine Wilde! Aber ich habe nicht an dir gezweifelt! Komm her zu mir. Komm, trockne deine Tränen. Du hast nicht einmal ein Taschentuch bei dir! Ein Mädchen, das in der Großstadt studieren will, seht euch das an! Du wirst dich weiterbilden, meine Tochter», sagte er, wobei er seiner Schwester die Haare zerzauste, «du wirst eine große Alima werden, verlaß dich auf deinen Bruder. Komm, lach doch! Dieser eingebildete Erzdummkopf bekommt meine Schwester nicht!»
Er zog an ihren Zöpfen und hob sie in die Luft, wie immer, wenn er zu Späßen aufgelegt war.
«Hopp! Lange Bohnenstange, komm her, damit ich dich wie einen Mehlsack hochwerfe.»

Faiza wehrte sich und schrie, er solle sie loslassen. Von dem Gepolter angezogen, kamen die Frauen angelaufen. Sie bekamen ein komisches Schauspiel zu sehen: Zeitungen, Zeitschriften und Bücher lagen auf dem Boden zerstreut, und mitten in diesem Durcheinander gebärdeten sich die beiden jungen Leute wie die Teufel.
«Sie sind verrückt geworden!» rief Akila aus. «In ihrem Alter noch wie Kinder zu toben!»
Doch sofort steckte die lärmende Freude der beiden jungen Leute sie an. Das Haus bebte vor Glück. Mouloud drückte seine beiden Schwestern an sich und schlug vor, ihnen eine Geschichte zu erzählen, wie früher, als sie klein waren.
In seinem Innersten wußte er, was er tun würde. Er würde Faiza mit nach Algier nehmen. Er würde sie in einer Schule anmelden, ihr beim Lernen helfen. Selbst wenn er die ganze Familie gegen sich aufbringen müßte!
Einige Tage später machte der Freier Si-Mokrane seine Aufwartung. Der Vater war sehr höflich zu seinem Gast. Er ließ ihn wissen, daß seine Tochter wirklich zu jung zum Heiraten sei. Wahrscheinlich würde sie auch in zwei Jahren noch unfähig sein, ein Haus zu führen. Die Zeiten hatten sich geändert! Er wolle zuerst seinen ältesten Sohn verheiraten, behauptete er. Die Jüngere dagegen hatte Zeit, eine fertige Frau zu werden. Mit feinsinniger Diplomatie schloß Si-Mokrane:
«Ein Mann wie Sie, Si-Tahar! Von denen gibt es nicht viele. Intelligent, stark, mit einer blendenden Vergangenheit und Zukunft. Ach! Wie stolz wäre ich gewesen, eine ältere Tochter zu haben, die Ihrer würdig gewesen wäre. Faiza kann nicht kochen, sie ist in den Hausarbeiten nicht geübt und noch so kindlich.»
Er redete so gut, daß Si-Tahar das Haus stolzer denn je verließ. Bei den Worten seines Gesprächspartners hatte er zu keinem Augenblick das Gefühl, seine Eitelkeit werde beeinträchtigt. Er ging mit der Überzeugung davon, daß der Vater seine Tochter wirklich für zu unerfahren hielt, um einem Mann wie ihm gewachsen zu sein. Si-Mokrane hatte ihm übrigens geraten, an der Mutter seiner Kinder festzuhalten. Er machte sich zum glühenden Anwalt der ‹armen Bäuerin›. Seine Worte klangen noch in Si-Tahars Kopf:
«Ein Mann, der mutig für sein Vaterland gekämpft hat, sollte sich seinen Pflichten nicht entziehen. Es ist besser, wenn er sein Wissen und seine Ergebenheit in den Dienst seiner Frau und seiner Kinder

sowie des Vaterlandes stellt, anstatt ein neues Heim zu suchen und die Zukunft des richtigen, legitimen zu zerstören. Eine andere Frau wäre nur von Ihrer neuen Position angezogen. Die erste dagegen hat Sie in der Armut gekannt und hat treu auf Sie gewartet und Ihre Kinder versorgt.»

Bald darauf wurde bekannt, daß Si-Tahar weggegangen war und seine Frau und seine zwei Kinder mitgenommen hatte. Das tröstete Si-Mokrane sehr. Man sollte doch nie an den Menschen verzweifeln, seufzte er voll Genugtuung.

Aber die Neuigkeit, daß Faiza ein Heiratsantrag gemacht worden war, wurde in allen Häusern bekannt. Das berühmte arabische Telefon funktionierte.

Für Malika war das ein guter Anlaß, ihre Schwester zu hänseln:

«Ach! Wenn man um mich geworben hätte», plapperte sie und zog ein rundes Schnäuzchen, «wie stolz wäre ich gewesen!»

Faiza kannte die geheime Herzensneigung ihrer Schwester für den schönen Kamel. Neckend sagte sie:

«Flatter nur weiter so herum, und alle alten Männer des Dorfes werden sich wie die Geier auf dich stürzen.»

«Die Alten?» entrüstete sich das Mädchen und wurde ganz rot. «Mein Mann wird jung sein, mit schwarzen, sanften Augen, Gazellenaugen. Mit lockigem Haar wie ein Kind . . .»

«Und mit einer Narbe auf der rechten Wange wie ein Pirat!» vervollständigte Faiza im gleichen schmachtenden Ton Kamels Porträt. Und verschämt, weil ihr teures Geheimnis ans Licht gekommen war, schlug Malika die Hände vors Gesicht und rannte weg.

Und schon wieder wurde in Si-Mokranes Familie an den alten Traditionen der Vorfahren gerüttelt. Jetzt wollte Mouloud Faiza doch wahrhaftig zum Studieren mit in die Stadt nehmen! Was würden die Leute denken! Schon ein Mädchen, das zur Schule ging, erregte Mißtrauen. Nur gut, daß die Väter sie rechtzeitig aus der Schule herausnahmen, um sie zu verschleiern und so die Grenzen ihrer Zugeständnisse an den Modernismus deutlich zu machen. Aber wegen des Studiums so weit gehen? Mouloud verlor wirklich den Kopf! Si-Mokrane lehnte kategorisch ab. Khadidja aber versprüte den Geist eines Generals in der Schlacht. Sie entwarf, erwog, entwickelte ihre Strategie gegen die Widerspenstigen und stürzte sich ins Getümmel:

«Verheirate doch Malika! Sie ist für ein Leben wie das unsrige besser geeignet. Aber Faiza! Sie liebt das Studieren über alles. Sie wird bei ihrem Bruder sein; hält sein Vater ihn etwa für nicht würdig, die Ehre seiner Schwester zu schützen? Andernfalls wird sie eingehen wie eine Primel, ich kenne sie. Sie wird dir als unverheiratetes Mädchen zur Last fallen und sich zu guter Letzt in den Brunnen stürzen.»

Am Ende dieses Familienrates – an dem der Vater teilnahm, die schweigsame Akila, die das Gesicht auf die Hand stützte, sowie der Onkel Jussef mit den beiden Tanten, die herbeigerufen worden waren, um auch ihre Meinung zu sagen, und schließlich Karim, der treueste Parteigänger seiner Kusine, der Khadidjas Worten zustimmte –, am Ende wurde den Gegnern die Erlaubnis schließlich abgerungen. Allerdings unter der Bedingung, daß das junge Mädchen zu allen Festen nach Hause kam. Und der Vater schloß: «Ich schwöre bei meinen Ahnen, daß ich meine Tochter bei dem ersten schlechten Zeugnis hierher zurückhole und sie nach meinem Gutdünken verheirate!»

Mouloud fuhr nach Algier, wo er seinen neuen Posten in einem Ministerium antrat. Da Faiza bereits fünfzehn Jahre alt war, war es schwierig, für sie einen Platz in einem Gymnasium zu bekommen. Aber schließlich gelang es dem jungen Mann, sie zu einer Aufnahmeprüfung in die viertletzte Klasse anzumelden. Er wußte im voraus, daß sie es schaffen würde, da sie nie aufgehört hatte, zu Hause zu lesen und zu lernen.

Mouloud kehrte ins Dorf zurück, um seinen Vater abzuholen. Seine Eltern wollten diese Schule sehen, in der die Schüler leben und lernen konnten. Khadidja war auch mit von der Partie. Ihr lag daran, sagte sie, die Stadt zu sehen und die Wohnung ihres Sohnes kennenzulernen.

Sie reisten mit dem jungen Mädchen, das aufgeregt ein neues Leben begann. Khadidja hatte in ihrem ganzen Leben nur das Haus ihrer Eltern im Süden des Landes gekannt und das ihres Mannes, welches sie heute zum erstenmal verließ. Mit der Naivität eines Kindes, das sie trotz ihres Alters geblieben war, stellte die Frau endlose Fragen; sie quälte ihren Sohn und ihren Mann: «Die Autos, die großen weißen Häuser scheinen in den Himmel wachsen zu wollen . . . Und die Auslagen der Geschäfte! Wie kostenlose Opfergaben in Reichweite der Sterblichen. Oh, was für eine riesige Stadt!» Faiza war wie

Khadidja von ihren Entdeckungen überwältigt. Wie leicht es sein mußte, in so einer Umgebung glücklich zu sein, dachten sie in ihrer süßen Verträumtheit. Wie schnell die Leute gingen! Alle schienen es eilig zu haben, eine geheimnisvolle Wahrheit zu erreichen. Wenn man sich vorstellte, daß alle diese geschäftigen Leute keine Zeit hatten, weil sie große Dinge vollbringen mußten! Wie sie so mit gesenktem Kopf vorwärtsstrebten, hatten sie ganz gewiß keine Zeit, sich kennenzulernen, miteinander zu reden. Unter dem Gelächter der zwei Männer tauschten die beiden Frauen alle diese Eindrücke untereinander aus.

Und dann Moulouds Wohnung! Bevor man dort hinkam, gab es für die beiden Frauen noch eine erschreckende Überraschung: «In einem teuflischen, erstickenden Käfig eingesperrt, erhebt man sich in die Lüfte!» Entschlossen, sich schnell und ohne mit der Wimper zu zukken allen Mechanismen der Großstadt anzupassen, unterdrückte Faiza im Aufzug ihr Herzklopfen. Aber Khadidja wurde es bei all diesen plötzlichen Aufregungen heiß unter ihrem Schleier.

Dann aber waren alle begeistert von Moulouds neuer Behausung. Ein Salon voller Tische und Stühle in allen Formen. Hier ein großer Tisch mit einer Blumenvase in der Mitte, dort ein kleinerer, der der Meida zu Hause ähnelte, der aber von aufgebauschten Sitzkissen umgeben war; an den Wänden mit Büchern beladene Regale, Bücher, die sich ausdehnten, kein Ende nahmen, die glücklich waren, diesen Ort zu beherrschen. Regungslos betrachtete Khadidja diese seltsame, komplizierte Einrichtung. Die Küche versetzte sie in selige Bewunderung. Beide Handflächen gegen das Gesicht gepreßt, schaute sie versteinert um sich, wie jemand, der plötzlich ein Stück Himmel ins Meer hat fallen sehen. Mouloud öffnete den Kühlschrank, erklärte, wie er funktionierte, zeigte die Vorräte. Er schaltete den Gasofen an, eine Flamme schoß hoch, ohne daß einem beim Anzünden, wie zu Hause mit dem Kanoun, die Hände geschwärzt wurden. Oh, und die Betten! Mit ihren feinen, weißen, frischen Laken. Mit vor Glück bebenden Fingern streichelten die beiden Frauen diese weiße Wäsche.

Faiza trat auf den großen Balkon des Salons hinaus. Sie sah auf die Stadt, die sich zu ihren Füßen ausbreitete. Im Hintergrund lag das blaue Meer, das sie zum erstenmal sah: wie ein riesiger, vom Himmel abgelöster Fleck, der die Stadt umarmte. Vor den geblendeten Augen des jungen Mädchens bot sich Algier in seiner ganzen Pracht

dar, so als entfaltete die kokette Stadt ihren ganzen Charme, um Faiza schneller zu erobern: ‹Sieh mich an!› schien sie zu raunen. ‹Meine grünenden Gärten, meine verspielten, stolzen weißen Häuser in allen Größen; meine verliebten Hügel erheben sich, um mich vor den Eifersüchtigen zu schützen, und mein Meer hat die Farbe der Hoffnung. In mir hat Gott alle Schönheiten des Universums vereint! Öffne deine Sinne, sauge dich mit meinem Duft voll, denn niemals wirst du meines Zaubers müde werden. Jeden Tag werde ich neue, zauberhafte Eindrücke für dich erfinden. Denn ich bin alle Städte der Welt in einer! Ich habe alles!›
Und vor Glück wie gelähmt antwortete Faiza hingebungsvoll: ‹Ja, ja! Ich spüre dich. Ich wußte, daß ich für dich geboren wurde! Und dein Getöse, dein Stein, dein Stahl, das Brummen deiner Automaten, das Glitzern deiner Lichter, deine gepflasterten Gehsteige, deine asphaltierten Straßen haben mich schon lange gerufen. Hier bin ich, ich gehöre dir!›
Das waren herrliche Tage für die Eltern. Mouloud nahm sie mit an den Strand; die Badesaison war vorüber, aber sie konnten den feinen Sand berühren, der Khadidja an die Hirse erinnerte, aus der sie den Kuskus bereitete. Sie benetzten sich mit Meerwasser. Er zeigte ihnen den Versuchsgarten der Stadt, die Kasbah mit ihren Legenden, die unwandelbar wie eine Prinzessin aus der Antike im Herzen der modernen Stadt vor sich hinschlummerte.
Faiza bestand ihre Aufnahmeprüfung. Ihr Bruder schenkte ihr eine Ausstattung, die in ihren Augen der einer Königin glich. Sie war sich der Nüchternheit ihrer neuen Garderobe nicht bewußt. Die weißen Blusen, die Garnituren aus Nylon, die so weich am Körper lagen, die komischen Dinger von Unterhosen brachten die beiden Frauen zum Lachen; zwei marineblaue Faltenröcke von einer für eine künftige Gymnasiastin angemessen dezenten Länge lösten beim Vater Stirnrunzeln aus: er fand sie zu kurz. Aber er ließ sich besänftigen, als er in der Stadt die anderen Frauen beobachtete, bei denen man die halben Schenkel sah. Neben den anderen wirkten die Röcke seiner Tochter fast wie Ganduras.
Mit vor Schüchternheit hochgezogenen Schultern und einem Herz voller Hoffnung machte sich das Mädchen eines Morgens mit seinem kleinen Köfferchen in der Hand auf den Weg. Ihr Vater und ihr Bruder begleiteten sie. Die Direktorin war die Frau eines Freundes von Mouloud, daher begrüßte sie sie mit einer natürlichen Liebens-

würdigkeit, die von jeder professionellen Attitüde bloß war. Sie widmete der Familie ihre ganze freundschaftliche Aufmerksamkeit und betrachtete Faiza voll Sympathie. Das Auftreten der Dame und ihre korrekte arabische Aussprache bestätigten Si-Mokrane endgültig, daß es sich um eine ordentliche Schule handelte.
Mit dem Gefühl, daß eine Wandlung in der Gesellschaft und in ihrer friedlichen Familie stattfand, kehrten die Eltern nach Hause zurück. Si-Mokrane drückte Khadidjas Hand. Er hatte seit Moulouds erstem Schrei gewußt, daß dieses Kind für die Stadt bestimmt war. Und das war nicht übertrieben. Im Zusammenhang mit den Seinen hatte er eine seherische Gabe, er konnte ihren Lebensweg heimlich vorhersehen. Mokrane hatte sich nicht geirrt. Und Faiza! Sie war für das Dorf verloren. Er hatte sehr wohl geahnt, daß sie aus derFamilientradition ausbrechen würde, als ihre Büchermanie zur Besessenheit wurde. Bitter dachte er, daß die Welt sie einschmeichelnd in ihren geheimnisvollen Netzen fangen würde. Seine beiden Kinder würden leiden, aber sie würden ihre Leiden lieben. Khadidja war ihnen ähnlich. Aber sie war in einer anderen Zeit geboren. Und obwohl sie heute traurig war, gaben ihre Kinder ihr neues Leben. Faiza gehörte mehr ihr als der stillen Akila. Mokrane dachte an Malika, Hania und Adil. Eine leise Stimme in seinem Inneren flüsterte ihm zu, daß sie in die traditionellen Bahnen des Dorfes hineinwachsen würden.
Neue Aufgaben erwarteten ihn. Seine Ländereien mußten neu bearbeitet werden. Während des Krieges waren sie beschlagnahmt oder vernachlässigt worden. Jetzt wollte er sich an die Arbeit machen. Die Mandel-, Feigen- und Olivenpflanzungen würden ihm von nun an ausreichen. Den Rest, der aus Kornfeldern bestand, würde er Hocine verkaufen. Der würde bald das alleinige Oberhaupt seiner Familie werden, da sein Vater Si-El-Hadsch-El-Tajer inzwischen so alt war. Daher wollte er seine mageren Länder ausdehnen, die an die von Mokrane angrenzten. Damit er sich nur noch seinen Obstbäumen widmen konnte, war Mokrane fest zum Verkauf entschlossen; auf diese Weise würde er Geld haben, um modernes Arbeitsgerät zu kaufen und seine zwanzig Hektar zu reorganisieren. Später, wenn er alt und müde war, konnte Adil ihn ablösen und das Werk seines Vaters fortführen.
Unterdessen sind im Herzen der großen Stadt Augen auf Entdeckungsreise. Wie eine Schmetterlingspuppe, die aus ihrem Seidenkokon schlüpft, so entfaltet sich Faiza in ihrer neuen Umgebung. Nach

und nach schlug sie große, überraschte, aber entzückte Augen auf; die neuen Kameradinnen, die Lehrer, die Disziplin im Internat, die neuen Lehrstoffe, die sie lernte: das alles war ein berauschendes Abenteuer, das ihr einen Einblick in die ungeahnte Weite der geistigen Welt gab. Nur von den Feiertagen, die sie bei ihrem Bruder verbrachte, und den großen Ferien in der Familie unterbrochen, verstrich das Schuljahr. Im Gymnasium wunderten sich ihre Lehrer über den Umfang ihrer Bildung. Faiza hatte viel gelesen, und da sie außerdem mit einem erstaunlichen Gedächtnis gesegnet war, hatte sie viel von dem behalten, was in den Büchern stand. Dank des Unterrichts, den ihr Bruder ihr seit frühester Kindheit erteilt hatte, war sie in Arabisch die Klassenbeste. Ihre Kameradinnen nannten sie liebevoll ‹das As›.

Weitere Jahre vergingen, in Windeseile, wie es ihr vorkam. Mouloud gab ihr unermüdlich Stunden in Mathematik und Englisch und ließ sie stundenlang die Fächer üben, in denen sie Schwierigkeiten hatte. Seine Hartnäckigkeit glich der des Pygmalion bei der Arbeit an der Skulptur seiner Göttin, die er vollkommen gestalten wollte. Mouloud war der Pygmalion von Faizas Geist. Er schien keine Freunde, kein Privatleben zu haben, wie es für einen jungen Mann normal war. Er stand nur seiner Schwester zur Verfügung und ging auf keine Ablenkung von außen ein. Manchmal fragte sie ihn, ob er ausginge oder sich mit seinen Freunden amüsierte. Leichthin antwortete er ihr:

«Mach dir keine Sorgen, kleine Schwester. Ich bin jeden Abend irgendwo eingeladen. Meine Freunde vernachlässigen mich nicht, aber der Sonntag gehört ausschließlich dir!»

Faiza hing so sehr an ihrem Bruder, daß es sie bei dem Gedanken, es könnte ihm etwas zustoßen, das sie seines Beistands beraubte, vor Entsetzen fröstelte. Ein unbestimmter Aberglaube quälte sie und ließ sie einen Schicksalsschlag befürchten. Womöglich war irgendein böser Geist eifersüchtig?

Pünktlich und erfolgreich bestand sie eine Prüfung nach der anderen.

Von ihrem Studium ganz in Anspruch genommen, verfolgte sie die politischen Ereignisse nur auf dem Weg über die Gespräche mit ihren Kameradinnen. Es wurde weiterhin viel diskutiert, die Wortgefechte nahmen laufend zu. Die alle sechs Monate wechselnde Ministerrunde schuf eine beständige Unruhe. In den Zeitungsspalten und auf dem Fernsehschirm erschienen die neuen Gesichter in rascher Folge. Die Mädchen scherzten über die zwölf Millionen Algerier, die auf Grund dieses Karussells alle nach und nach in verantwortliche Stellungen kommen würden.

Das Jahr 1965 wurde ein Glücksjahr: einerseits durch das politische Wiedererstarken des Landes und andererseits durch die Stärkung von Si-Mokranes Ansehen. Faiza bestand ihr Vorabitur und Malika heiratete Kamel.

Das erste Ereignis kam überraschend und versetzte die Leute in verdutztes Staunen. Algerien, diese ungestüme Nymphe, wurde erwachsen, wie Faiza und ihre jüngere Schwester. Der Wortschwall hörte auf. Im Land verbreitete sich eine ausgeglichene, hellsichtige Ruhe, die auf allen Gebieten eine produktive Epoche versprach.

Malika und Kamel liebten sich seit jenem ersten Tag, als Mouloud nach langen Jahren wiederaufgetaucht war. Die Familie ahnte diese Liebe sehr wohl und amüsierte sich darüber, aber sie zog es vor abzuwarten, bis das Mädchen einige Jahre älter war.

Ein paar Tage vor der Hochzeit gingen Frauen von Haus zu Haus, um im Namen der Eltern der Brautleute die Einladungen auszusprechen. Bestimmte Frauen im Dorf waren Spezialistinnen für diese Mission. Khadidja hatte geschworen, daß diese Hochzeit in die Annalen der Gegend eingehen würde. Und jeder traute ihr die Erfüllung dieser gewichtigen Vorhersage zu.

Unter begeisterter Anteilnahme der Gemeinschaft wurden die Vorbereitungen getroffen. Die Bedeutung der Verbindung zwischen Kamel, einer herausragenden Persönlichkeit im Dorf, und Malika, der Tochter einer der ältesten Familien, wurde aufs äußerste hochgespielt. Die für diesen Tag eingeladenen Frauen flatterten aufgeregt zu Hause umher und machten ihre Männer nervös. Jede wollte die schönste sein, jede wollte den meisten Schmuck tragen. Denn selbstverständlich würde die ‹Creme› der Gemeinde mit den ehrwürdigsten Frauen anwesend sein. Sie liehen sich Schmuck aus, den der Ehemann oder der Sohn mitunter von einer Mutter, Schwester oder Tante holen mußte, die in einem anderen Dorf wohnte.

Die Kinder verstopften die Zugänge der großen Straßen. Sie waren es, die allen wichtigen Festen die fröhliche Atmosphäre einer bunten Kirmes verliehen. Sie waren die Lampions des Festes. Sie rannten einander nach, sie kreischten lauthals, sie stießen und drängten sich zwischen den strahlenden Frauen in ihrem makellosen Haik.

Vom donnernden Jubel der Frauen begrüßt, die zu diesem Zweck auf der Türschwelle standen, traten die weiblichen Gäste ein. Dann besprühte man sie mit Orangenblütenwasser und führte sie zur Mitte des Hofes.
Am Abend vor der Zeremonie ging die Braut in den Hammam. Dieses Ritual war ebenso feierlich wie die Hochzeit selbst. Sie wurde von jungen Mädchen ihrer Umgebung dorthin begleitet und mit einigen alten Verwandten als Anstandsdamen, die den Ablauf der Vorbereitungen der Braut überwachten. Sie wurde gewaschen, massiert, ihre Haare wurden mit Henna eingeschmiert und die Achselhöhlen, die Beine und die Scham sorgfältig enthaart. Für die Hochzeitsnacht sollte sie glatt und weiß sein wie Alabaster, duftend wie eine Rose, warm und sanft wie der feuchte Blick einer Gazelle. Die jungen Mädchen verbrachten die letzte Nacht mit der Braut; ungestört tanzten und sangen sie miteinander. Auf diese Art beschloß die Braut ihr Jungmädchendasein.
Jetzt gerade saß Malika in feierlicher Pose auf einem Stuhl. Ihr Gesicht war vollständig von einem goldbestickten Schleier verdeckt; sie rührte sich nicht. Welche Schande, wenn sie sich bewegen oder sprechen würde! Sie konnte sich höchstens leicht regen, aber diskret, ohne daß es jemand bemerkte. Die Braut durfte weder lächeln noch husten, noch vernehmbar seufzen. Sie mußte jede Regung verbergen, sie durfte ihren Charakter nicht zeigen. Das war ausgerechnet für die arme Malika natürlich eine Qual; sie, die so quicklebendig und nervös war wie ein Floh. Dieser Aspekt des Festes mußte ihr in ihren goldenen Hochzeitsträumen wohl entgangen sein! Faiza, die hinter ihrer Schwester saß, beobachtete alle diese Frauen, die Malika nicht aus den Augen ließen. Gierig untersuchten sie Stück um Stück die Garderobe der Braut: die prächtige, üppig bestickte Gandura in der Farbe des Feuers, die Fußringe in Form von Goldschlangen. Sie tuschelten und bemühten sich, leise miteinander zu plaudern, obwohl das den Frauen im allgemeinen schwerfällt. Aber sie waren von der Größe des Augenblicks ergriffen. Zweifellos träumten sie von der Zeit ihrer eigenen Trauung. Eine Hochzeit oder eine Geburt rührt nämlich die abgebrühteste Frau.
Wie es die Sitte verlangte, war Malika von zwei jungverheirateten Frauen eingerahmt. Und nun begann die Parade der Garderoben! Stündlich oder beinahe stündlich ging jede junge Frau sich umziehen; es kam darauf an zu zeigen, wer die meisten Ganduras besaß.

Die anwesenden Schwiegermütter wurden wieder zu Engeln und fanden ihre Schwiegertöchter in jeder Hinsicht anmutig und liebreizend. Denn je öfter sich eine Frau umgezogen hatte, desto größer war das Prestige der Familie. Amüsiert hörte Faiza die hier und da fallenden Bemerkungen:
«Was meinst, wieviele Ganduras sie herausgeholt hat?»
Die bissige Antwort kam von der gefürchteten Khadidja:
«Sie kann sich so oft umziehen, bis ihre Haare weiß werden! Ihre Aussteuer ist Stück für Stück in das Haus ihres Mannes getragen worden, das ganze Dorf hat es gesehen!»
Beiläufig ließ eine Frau die Bemerkung fallen:
«Ja, eine Aussteuer wie sie üblich ist.»
Die unsterbliche Lalla-El-Hadscha, Si-Tajers Frau, hatte trotz ihres hohen Alters ihre spitze Zunge nicht eingebüßt:
«Wie sie üblich ist? Ya Allah! Fünf silberbestickte Ganduras, und fünf weitere mit Goldfäden bestickte! Hast du in deinem Leben jemals mit Goldmünzen besetzte Korsagen gesehen? Nun, meine Liebe, heute morgen hast du sie erblicken können. Und die in Constantine bestickten Kopfkissen und Bettüberwürfe!»
Leise, um nicht gehört zu werden, fügte eine andere hinzu:
«Das Dorf zivilisiert sich. In Constantine! Wißt ihr, wieviel die Stikkereien dort kosten? Das sind die teuersten, aber auch die schönsten! Da kann man nur von Glück reden!»
Eine Dorfälteste unterbrach die Frauen und bat um Eintracht im Haus, das an diesem Tag gesegnet war. Eine Hochzeit und ihre besondere Atmosphäre erregt die Zungen und Köpfe der Frauen. Daher gab die Alte Akila den dringenden Rat, Salz in den Hauseingang und in den Hof zu streuen, um das Unheil und den Satan zu bannen, die jene Damen zum Streit anstiften könnten. Das wurde unter den zustimmenden Blicken der Gäste schleunigst ausgeführt. Unterdessen sausten die Kinder zwischen den Frauen herum und schufen ein heilloses Durcheinander. Eine Mutter verabreichte ihrem Knirps eine Ohrfeige, eine andere zog ängstlich ihre Kleider unter ihren angewinkelten Beinen zusammen und rief, man solle die Kinder herausschicken. Ausgelassen machten sie sich davon und liefen in die Küchen, in denen es betäubend nach Essen roch. Vor jeder Gruppe von Frauen wurde eine Meida aufgestellt. All diese Fleischsorten, dieser mit trockenen Rosinen und geviertelten Eiern garnierte Kuskus! Die Familie hatte ihre Sache wirklich gut gemacht! Die Tafeln-

den aßen mit allen fünf Fingern, durchwühlten den Kuskus mit dem Zeigefinger, fischten sich die Fleischstücke mit den Fingerspitzen heraus und schluckten sie schnell herunter. Einige Löffel wanderten von Mund zu Mund.
Die Lippenschminke löste sich in der Sauce auf und verwandelte die Gesichter in maskenhafte Grimassen. Die eleganten Frauen machten pikierte Mienen und rührten die Speisen kaum an, was ein Zeichen äußerster Vornehmheit war. Faiza ertappte einige dabei, wie sie Fleischstücke und Mandelgebäck verschwinden ließen, indem sie sie schnell in ein Taschentuch wickelten, das geschickt zwischen ihren üppigen Brüsten verschwand. Oh, die tiefen Dekolletés der Ganduras und die weiten, bauschigen, bis zu den Schultern umgeschlagenen Ärmel! Wie viele Leckereien wurden dort auf das Wohl der Braut versteckt! Auf diese Weise nahmen sie den Anteil für die daheim gebliebenen Angehörigen mit; das gehörte zu den Freuden des Festes.
Schließlich wurden die Meidas abgeräumt, um dem Frauenorchester Platz zu machen. Nicht weit von der Braut stellten sich die ‹Equirettes› mit ihren Trommeln und Derbukas auf. Malika wurde unter dem ehrfürchtigen Schweigen der ganzen Versammlung aufgerichtet. Zwei für diesen Dienst vorherbestimmte Verwandte lüfteten ihren an einer spitzen Haube befestigten Schleier. Sie präsentierten sie wie eine Puppe. Als sei sie in tiefen Schlaf versunken, so stand Malika mit geschlossenen Augen regungslos da. Mit völlig unbewegtem Gesicht war sie eine in Samt, Seide und Schmuck schillernde Erscheinung. Die Weißhäutigkeit ihrer drallen Arme stand in lichtem Kontrast zu ihren Kleidern. Die Frauen gerieten in Verzückung über das Oval ihres Gesichtes, über ihre kleine, gerade Nase. Glücklicherweise entsprach Malika mit ihren festen Rundungen dem Schönheitsideal einer Braut. Sie fand selbst die Zustimmung der blasiertesten Frauen. Kamels Mutter war so stolz, so von liebevoller Bewunderung für ihre Schwiegertochter hingerissen, daß sie ihre sämtlichen Kräfte zusammennahm, um mit bebender Kehle den lautesten, reinsten, ergreifendsten Jubelschrei des Jahres auszustoßen, der die Frauen und die Kinder und selbst die alte Pappel im Hof vor Rührung erzittern ließ. Wie im Traum empfing Malika diese Botschaft, ihre jungen Brüste härteten sich. Durch den Ju-Ju-Schrei der Mutter hindurch spürte sie die Liebe, die der Sohn ihr schenken würde. Akila sah ihre Tochter an, dann wanderte ihr Blick zu Faiza und wurde

traurig. Über ihre Wangen rannen Tränen, die die Frauen für ein Zeichen des Glücks hielten. Faiza aber hatte die Tränen ihrer Mutter verstanden und den Vorwurf, den sie enthielten. Das junge Mädchen straffte sich. Sie zwang sich, vor Freude zu lachen, denn die anderen durften auf keinen Fall eine Spur von Traurigkeit in ihrem Gesicht entdecken; das wäre sogleich als ein Anzeichen von Gram ausgelegt worden. Da sie wußte, daß sich Malikas größter Wunsch nun endlich erfüllte, war Faiza mit ihrer Schwester überglücklich.
Ma Khadidja ließ sich keinen der Kommentare entgehen. Sie hörte alles, gab – wenn es nötig war – barsche Erwiderungen oder brach bei Komplimenten in fröhliches Gelächter aus. Wie ein eifriger, großzügiger General herrschte sie über alle anwesenden Frauen.
Das Palaver hörte auf. Die fünf Frauen des Orchesters stimmten ihre Rezitative an: das Fest nahm seinen Lauf. Akila und Kamels Mutter betraten die Tanzfläche. Den Blick starr auf die Braut gerichtet, so als wollte sie der Schönheit ihrer Schwiegertochter huldigen, glitt die alte Dame, fast ohne sich zu bewegen, majestätisch hin und her. Akila, ihr gegenüberstehend, war scheu, weniger hoheitsvoll als die alte Dame; wie eine verängstigte Taube wiegte sie sich schüchtern über dem Boden. Bald darauf schlossen die anderen Frauen sich ihrem Tanz an. Die Bendirs, die flachen Tamburins, wurden unter den geschickten Händen der Musikantinnen heiß. An die Korsagen der Tanzenden wurden demonstrativ Geldscheine geheftet, welche von diesen anschließend in eine mit einem Tuch bedeckte Kupferschale gelegt wurden. Vor dem Orchester stand eine Schale, die dazu bestimmt war, die Spenden der Gäste aufzunehmen.
«Steh auf, bei Allah, o Fatima! Tanze zu Ehren deiner Schwester Malika!»
Die Vorsängerin begann zu improvisieren, wie sie es für jede Tänzerin tat, vor allem wenn diese schön oder die Frau eines bedeutenden Mannes war:

«Oh, schlanke Fatima, bewege dich
mein Liebchen! Schöne rote Dahlie,
du wurdest zur Welt gebracht,
um den Lauf des Lebens aufzuheitern.
Du bist für alle Zeit
der Gesang, das Lachen, die Liebe.»

Halb verärgert, halb lachend trat Fatima mit gesenkten Augen und schmollendem Mund in die Mitte des Hofes. Sie hob die Arme, mit den Händen hielt sie ein rotes Taschentuch vor den Mund. Und mit einem leichten Lächeln auf den Lippen hub sie an, sich mit geschlossenen Füßen leise zu wiegen, während ihre Arme und ihre Hüften sich sanft im Rhythmus der Bendirs bewegten. Sie wurde beinahe schön! Die meisten Frauen waren gerührt und näherten sich ihr wie einer Göttin, um ihr ihre Opfergabe in den Gürtel oder sogar in das Dekolleté zu stecken. Durch ihre gesenkten Wimpern hindurch ließ sich Fatima keine von jenen entgehen, die sie mit einer Gabe beehrten. Gleich darauf würde sie dasselbe tun, um sich ihrer Schuld zu entledigen. Auf diese Weise Geld zu schenken war elegant und entsprach den Regeln der Höflichkeit. Dieser alte Brauch diente dazu, das Orchester oder die Unkosten des Brautpaars zu bezahlen. Anstatt Geschenke zu machen, die für das junge Paar unter Umständen unnütz oder lästig sein konnten, schenkten die Gäste im Verlauf der Zeremonie Geld. Die Familie registrierte diese Gaben in ihrem Gedächtnis, um die Schenkenden später, bei der günstigen Gelegenheit eines ähnlichen Ereignisses, ihrerseits mit Gaben zu ehren. Dies geschah ohne Berechnung, aus Achtung vor den Bräuchen und so elegant wie möglich.
Die Männer dagegen hielten sich im Café auf, das für diesen Anlaß in einen Festsaal umgewandelt worden war. Die jüngeren scharten sich um den Bräutigam. In einen weißen Burnus gehüllt, wurde Kamel von seinen Freunden bis zur Tür seiner Wohnung begleitet. Um dem Bräutigam zu huldigen, schossen sie mit Puder geladene Gewehre ab. Von den alten Frauen geschoben, trat er schließlich in das Hochzeitsgemach ein.
Die Braut war auf einem vom Vater gerittenen Pferd aus dem Haus ihrer Eltern in das ihres Mannes gebracht worden. Unter ihren zahllosen Schleiern erstickte Malika vor Hitze und Aufregung und klammerte sich mit aller Kraft am Rücken ihres Vaters fest.
Die meisten Gäste waren aufgebrochen. Nur noch die nahen Angehörigen des Brautpaares waren da. Die Tanten und Mütter warteten auf das triumphale Zeichen des Brauthemds, mit dem bewiesen wurde, daß die Ehre von Scheik-Si-Mokranes Haus unangetastet war.
Aber nachdem er den Frauen das Hemd hingeworfen hatte, das seine Männlichkeit bewies, verbrachte Kamel entgegen der Tradition den

Rest der Nacht bei Malika, anstatt zu seinen Freunden im Café zurückzukehren. Die Alten gaben murmelnde Kommentare über die ritterliche Haltung des jungen Mannes ab. Flink hatte er ihnen die Tür vor der Nase zugeschlagen. Es blieb ihnen nichts anderes übrig, als in den Hof zurückzugehen und weiter um das mit Malikas hellem Blut befleckte Hemd zu tanzen und zu singen.
Faiza hatte das Lauern der Frauen vor dem Zimmer des Brautpaars abgestoßen. ‹Warum werden die jungen Leute so zur Eile gedrängt? Sie sind doch schon aufgeregt genug!› Und sie schwor sich, daß sie sich dieser Sitte nie unterziehen würde; sie würde mit ihrem zukünftigen Ehemann allein weit fortgehen. Sie fühlte sich ausgeschlossen, und das Geschwätz wurde ihr immer lästiger. Sie hatte keinerlei Erfahrung in der Liebe, und dennoch war es so, als wüßte sie alles im voraus. Sie ahnte, was zwischen Malika und Kamel vor sich ging. Das war ein komisches Gefühl: ihr schien es, als wüßte sie seit ihrer Kindheit um diese geheimnisvolle Sache, die die Frauen während der Hochzeiten zum Glucksen brachte. Sie sahen Faiza übrigens spöttisch an und machten sich über ihre schockierte Miene lustig.
«Meine Tochter!» sagte ihre Tante Aicha. «So geht es zu, wenn Töchter aus gutem Hause wie du heiraten.» Und sie lachte und lachte, als hätte sie einen guten Witz gemacht. Das junge Mädchen konnte dieses überlegene, fast mitleidige Gehabe nicht mehr ertragen, das die Matronen majestätisch zwischen ihren Fettwülsten an den Tag legten, wenn sie mit jungen Mädchen sprachen. Und das nur, weil diese nichts von den lustvollen Geheimnissen des Bettes wußten. Sie wandte sich ab, nahm ein Buch und zog sich in eines der Zimmer im Hause der Rabahs zurück.
Nach dem Fest fühlte sich Si-Mokranes Familie ziemlich traurig. Hanias und Adils Lachen milderten das Unbehagen der anderen kaum. Sie vermißten Malika und ihr überschäumendes Temperament, ihre ständige gute Laune. Mouloud wurde jedesmal, wenn er nach Hause zurückkehrte, wieder ein kleiner Junge wie Adil, mit dem er nie müde wurde zu spielen. Faiza war melancholisch. Sie hatte ihre Schwester vor Glück strahlend gesehen; so glücklich war Malika gewesen, daß sie selbst instinktiv das Gefühl bekam, irgendein wahres, absolutes Glück verpaßt zu haben . . . Nein! Sie dachte an ihr Studium, und die Beklemmung wich aus ihrem Herzen. Sie konnte es kaum erwarten, nach Algier zurückzukehren. Ihr Vater

behandelte sie mit ehrerbietiger Aufmerksamkeit, die er übrigens auch Mouloud erwies. Khadidja hingegen schalt sie liebevoll aus wie früher; für sie war Faiza das kleine Mädchen von einst geblieben. Still und distanziert wie sie war, sah Akila in ihrer Tochter eine Art Kranke, einen Menschen, dem man sein Leiden verheimlichte, indem man ihn gleichmütig behandelte. Faiza zog sich zurück und zählte die Tage bis zum Ende des Sommers.
Mouloud sprach mit ihr über die Zukunft. Ruhig, mit der Miene eines trotzigen Kindes antwortete sie ihm:
«Ich werde Ärztin! Ich will in Algier leben. Ich habe mich gleich beim ersten Anblick in diese Stadt verliebt. Dort ist mein Leben. Obwohl ich ruhig wirke, mag ich den Lärm. Vielleicht sehne ich mich deshalb nach Hektik, nach tosenden Geräuschen um mich herum, weil es in mir ständig still ist. Mit dem Dorf ist es für mich aus und vorbei!»
Die letzten Worte sagte sie heftig. Ihre rauhe, dumpfe Stimme wirkte beim erstmaligen Hören unangenehm, dann aber wurde sie faszinierend.
«Du bist ein komisches Mädchen», sagte Mouloud, «warum verleugnest du den Ort, wo du geboren bist?»
«Ich verleugne überhaupt nichts! Ich bin stolz auf mein Dorf und auf meine Familie. Aber ich liebe die Städte, das ist alles! Das ist eine Sache, der ich nicht auf den Grund gehen will. Ich bin erwachsen, und ich habe mich entschieden.»
Ihre Stimme bebte und war voller Bitterkeit. Und Mouloud lachte über das Wort ‹erwachsen›. Mit beleidigtem Gesicht fragte sie ihn nach dem Grund seiner Heiterkeit.
«Und wie wird man also deiner Meinung nach erwachsen?»
«Ich weiß es nicht. Oder doch, warte! Dann, wenn man zum erstenmal erkennt, daß das Leben ein einziges Ganzes bildet! Selbst wenn man beispielsweise in der Vergangenheit dumm gehandelt hat, ist das ein wesentlicher Bestandteil von uns selbst. Ich weiß nicht, ob ich mich klar ausdrücke.»
Faiza bat ihn weiterzureden. Sie liebte die Unterhaltungen mit ihrem Bruder, die, wie jetzt, von einem bestimmten Wort ausgelöst wurden und ihr jedesmal etwas mehr Einblick in Moulouds Seele gaben.
«Ich weiß noch», fuhr der junge Mann fort, «als ich klein war, haßte ich unseren Vater von ganzem Herzen. Ja. Das erzähle ich dir zum

erstenmal, aber es muß sein, damit du mich verstehst. Insgeheim verabscheute ich ihn, weil er wieder geheiratet hatte. Damals war ich zu jung. Trotzdem spürte ich die Verzweiflung meiner Mutter. Ich verstand, was um mich herum geredet wurde: er wollte noch einen Sohn! Ich genügte ihm nicht. Er verleugnete mich!»

Der junge Mann verstummte plötzlich, als sei er mit seinen Bekenntnissen zu weit gegangen, oder als wunderte er sich über die Heftigkeit seiner Gefühle als Kind. Faiza murmelte:

«Deine Mutter war einverstanden.»

Er sah seine Schwester lange an; ausschließlich mit der Rückbesinnung auf seine Kindheitserinnerungen beschäftigt, schien er ihren Satz nicht gehört zu haben.

«Oh, es war schrecklich, was in meinem kleinen Kinderkopf vor sich ging! Ich wünschte sogar inbrünstig, daß er stürbe, daß er nie einen Sohn bekäme. Ich weiß, es ist grauenhaft. Seine zweite Frau starb. Ich verstand das plötzliche Verschwinden jener Frau nicht ganz, die doch so nett zu mir gewesen war. Aber der Kummer unseres Vaters machte mich glücklich. Hatte der Himmel mich also doch erhört? Alle diese gewalttätigen Gefühle verbarg ich, indem ich mich hinter den Büchern verschanzte. Und dann kam deine Mutter, und du wurdest geboren. Plötzlich änderte sich für mich die Welt. Ich liebte dich so sehr, kleine Schwester, daß ich darüber den Groll auf unseren Vater vergaß. Deine kleine Hand in der meinen und deine zutraulichen Augen, mit denen du mich ansahst, wenn ich dir Geschichten erzählte, versöhnten mich mit der Vergangenheit. Mir wurde allmählich klar, daß du nicht existieren würdest, wenn unser Vater nicht so starrsinnig gewesen wäre. Wie durch ein Wunder hattest du mich aus meiner Isolation herausgeholt. Und als ich begreifen konnte, daß dieser Haß auf unseren Vater einen wesentlichen Bestandteil meiner Existenz bildete, wurde ich erwachsen. Ich habe ihn nie bereut. Alle Fehler, die ich in der Vergangenheit begangen haben mag . . . ich wende mich nicht von ihnen ab. So wird man erwachsen.»

Sie seufzte:

«Man muß also ein Bewußtsein für die Vergangenheit haben, ist es das?»

«Genau! Aber man muß auch lachen können. Man darf die Ereignisse, die einen geprägt haben, nicht ernst nehmen. Man muß sie humorvoll betrachten: das ist die Weisheit. Und du, kleine Schwester, ich habe dich im Verdacht, daß du unser Dorf wegen der Traditio-

nen, die dich ersticken, verabscheust. Du willst nichts als fliehen, du nimmst alles ernst, du kannst nicht lachen.»
«Nein!» sagte sie schwach; es schien sie nicht einmal zu überraschen, daß er sie mit wenigen Worten so gut beschreiben konnte. Als würde er mit sich selbst reden, fuhr er fort:
«Wohin man auch geht, so andersartig und fern die Orte, die man kennenlernt, auch sein mögen, in seinem Dorf wird man unweigerlich wieder das Kind seiner Heimat. Wie grandios und prächtig das andere auch gewesen sein mag, unsere Kindheit saugt uns auf und läßt uns alles vergessen. Ich bin bei jeder Rückkehr in unser Dorf glücklich. Ich finde meine Gäßchen, meine Freunde, meinen Vater, meine Mütter und die Kleinen wieder. Ich wachse mit meiner Familie. Aus ihr schöpfe ich die Kraft, um in die Stadt zurückzukehren. Vergiß unsere ursprünglichen Werte und unser weißes Dorf nie!»
Faiza dachte über diese Worte nach. In ihnen erkannte sie die Wertvorstellungen ihres Bruders. Aber er ist ein Mann! dachte sie: Für ihn war es leicht, von Großherzigkeit zu sprechen. Sie dagegen war gezwungen, weiter zu kämpfen. Denn der geringfügigste Fehler würde sie zurückwerfen. Hatte ihr Vater nicht gelobt: «Wenn du bei einem deiner Examen durchfällst, um derentwillen ich mich in den Augen der Hiesigen lächerlich mache, werde ich dich nach meinem Gutdünken verheiraten! Sie erwarten, daß du deine Probe bestehst. Du bist das erste Mädchen von hier, das studiert . . .» Diese Worte, die sie nie vergaß, drehten sich in ihrem Kopf drohend im Kreis. Und sie stürzte sich in die Arbeit und lehnte die Einladungen ihrer Freundinnen zu Festen mit Gleichaltrigen ab. Sie verstopfte sich die Ohren und versenkte sich endlos in ihre Bücher, um ihnen ihren Traum zu entreißen, um ihn für immer mit ihren glühenden Armen zu umfangen.
Mitunter bekam Faiza von bestimmten Freunden ihres Bruders Heiratsanträge. Aber die Antwort des jungen Mädchens lautete immer gleich: nach Beendigung meines Studiums! war ihr lakonisches Leitmotiv. Die Farben, die sie in ihren Gedanken den Etappen zu ihrem Lebensziel gab, bestimmten ihre Anstrengungen, bildeten ihre regenbogenfarbige Geduld, die ihren Freiheitsgelüsten entsprach.
Und dort oben, in dem weißen Dorf, blühten die Mandel-, Oliven- und Feigenbäume um die Wette.

Vierundzwanzig Jahre! Faiza studiert im achten Semester Medizin. Sie hat alle Stationen zur Zufriedenheit ihrer Professoren und ihrer Familie bewältigt. In die Universität war sie wie in einen Orden eingetreten. In der gleichen ruhigen Konzentration hatte sie ihren Weg fortgesetzt. Wie auf der Suche nach einem märchenhaften Schatz folgte sie mit gesenkten Augen der Spur. Unter den Studenten hatte sie nur Kameraden, keine Freunde. Von den jungen Mädchen, die mit ihr zusammen in das erste Semester kamen, waren die meisten verlobt oder verheiratet, studierten aber weiter. Und die Jungen? Sie verstand sich gut mit ihnen, gestattete sich aber keine Vertraulichkeiten ihnen gegenüber. Also blieb sie allein. Obwohl sie eine gute Figur hatte und recht hübsch war, schien sie Komplexe zu haben. Man brauchte Zeit, um auf sie aufmerksam zu werden. Daher hatte sie nicht viele Bewunderer unter den Jungen. Mit ihrer Kälte entmutigte sie selbst die Beständigsten. War sie unnormal? Oder war sie vielleicht nur übertrieben stolz?
Die Familie, die jede Hoffnung aufgegeben hatte, sie zu verheiraten, war über Moulouds langes Junggesellendasein verzweifelt. Was hatten sie denn nur? Eines Tages hatte der Vater Mouloud die drängende Frage gestellt:
«Mein Sohn, wenn es in deinem Leben eine Frau gibt, selbst wenn es eine Europäerin ist», seufzte er, «das macht nichts: bring sie uns her, damit wir uns an deinem Glück erfreuen. Die Zeiten haben sich geändert. Wir haben mehr Verständnis.»
Mouloud war in schallendes Gelächter ausgebrochen und hatte ihm versichert, daß es keine zukünftige Ehefrau in seinem Leben gäbe. Und noch weniger eine Fremde! In seinem Inneren jedoch bewegten den Jungen die Befürchtungen seines Vaters. Mouloud dachte an seine ersten Umarmungen zurück, als er Student war. All die Mädchen, die er geliebt hatte, hatten die Erinnerung an die erste nicht zum Verlöschen gebracht. Er empfand jetzt kein Bedauern mehr, sondern Dankbarkeit für diejenige, die über seine ungeschickten Bewegungen nicht gelacht hatte, die ihn in die Liebe eingeführt hatte.

Damals war Mouloud zwanzig Jahre alt gewesen. Er war nach seiner Zeit im Untergrund in jenes Land gekommen und hatte stolz sein Studium aufgenommen.
Er hatte noch nie ein Mädchen geküßt, war noch nie mit einem Mädchen Hand in Hand spazierengegangen. Und nun, in seinem Studium, hatte er plötzlich Mädchen um sich herum. Seine Schüchternheit und seine Unkenntnis des Russischen machten alles noch schlimmer. Er stürzte sich in die politischen Diskussionen mit seinen Landsleuten wie in ein erquickendes Bad. Er und seine Brüder verfolgten den Verlauf des Kampfes in ihrem Land und wandten gleichzeitig immer mehr Beständigkeit und Eifer auf, um Diplome zu ernten und um für diejenigen, die ihnen vertraut hatten, Ehre einzulegen.
Eines Abends veranstalteten sie aus Anlaß des 1. November ein Fest. Es waren Mädchen dabei. Mouloud war nun schon gewandter in ihrer Sprache. Und er erinnerte sich an Maria. Sie war die witzigste und machte unentwegt Späße. Mouloud kannte sie schon; sie war fünf Jahre älter als er und beendete gerade ihr Architekturstudium. Sie spürte den Ernst des jungen Mannes, aber er gefiel ihr trotzdem. Wieder sah Mouloud die schmale Gestalt seiner Kameradin vor sich; auffallend zierlich war sie, während doch die meisten anderen Mädchen eher stämmig gebaut waren. Mit ihrem roten Haar und ihren grünen Augen glich sie einem Eichhörnchen. Nach dem Fest schlug sie ihm vor, sie nach Haus zu begleiten. Er erinnerte sich an eine geflüsterte Unterhaltung in einer Wohnung. Sie bat ihn, nicht laut zu sein, um die Leute im Haus nicht zu wecken. Er wollte gehen, aber mit autoritärer Hand zog sie ihn in ein Zimmer. Schweigend sahen sie sich einen Augenblick lang an. Dann wies Mouloud auf die Tür und sagte leise: «Deine Eltern?»
«Ich lebe nicht mit meinen Eltern zusammen, ich wohne hier bei meiner Schwester und ihrem Mann. Außerdem wohnt hier ein befreundetes Ehepaar mit zwei Kindern. Aber dies hier ist mein Zimmer, und du hast nichts zu befürchten!»
Bei dem Gedanken an alle diese Leute in einer so kleinen Wohnung war Mouloud zu Eis erstarrt. Und Maria kümmerte das gar nicht! Die Geräusche, die sie trotz aller Vorsicht machten! Beim Anblick seiner verlegenen Miene sagte sie lachend:
«Mach nicht so ein Gesicht! Sie sind heute abend ausgegangen, und die Kinder schlafen.»

Er seufzte erleichtert und zog endlich seine Jacke aus, denn vor lauter Aufregung war ihm heiß geworden. Maria ging hin und her. Sie trug eine rosa Bluse, die sie aufgeknöpft hatte, um besser atmen zu können, wie sie sagte. Unaufhörlich redend brachte sie ihm etwas zu trinken. Dem jungen Mann gelang es nicht, sein Herzklopfen zu bezwingen. Er sah sie an und wagte nicht, sie zu berühren. Um seine Fassung wiederzugewinnen, sagte er:
«Schläfst du in dem Bett da?»
«Ja. Sieh nicht hin, es ist unordentlich. Ich habe nie Zeit, ein bißchen aufzuräumen.»
Sie strich die Decke glatt und schob ihr Nachthemd unter das Kopfkissen.
«Es ist wie deine Augen.»
«Was? Wie meine Augen?»
«Dein Nachthemd, es ist so grün wie deine Augen», wiederholte er leise. Maria kam zu ihm, legte ihm ihre Arme um die Schultern und raunte liebevoll:
«Du bist ein komischer Junge! Aber du gefällst mir seit langem. Diese schweigsame, ernste Miene. Warum bist du so traurig?»
Von einem unendlichen Bedürfnis nach Zärtlichkeit gedrängt, drückte er sie plötzlich an sich. Es war das erste Mal, daß er eine Frau in seinen Armen hielt. Er begann sie auf die Haare, die Schläfe, die Wangen zu küssen, aber diesen Frauenmund, der ihn seltsam einschüchterte, sparte er aus. Sie hielt sein Gesicht zwischen ihren Handflächen fest und blickte ihm in die Augen:
«Du hast noch nie ein Mädchen geküßt! Komm!»
Er gab sich hin. Ein weicher, warmer Mund und ein Schwindelgefühl. In einem Ozean von Glück treibend, verlor er jeden Begriff für die Dinge. Nichts anderes existierte mehr als dieser an ihn gepreßte Körper. Etwas schmolz in ihm, unterwarf sich, empfing und saugte, in einem lodernden Feuer konzentriert, jegliches Leben, jegliches Bewußtsein auf. Eine Unterwerfung, die wie eine Opfergabe dargebracht wurde. Und dann ein Flimmern, eine Explosion, ein lichterfüllter Augenblick, der in seiner wunderbaren Freiheit jede Traurigkeit, jede Einsamkeit hinwegfegte.
Mouloud sollte diesen Moment, in dem er die Liebe entdeckte, nie vergessen, erst recht nicht die muntere, freie, sorglose Frau, die mit ungezwungener Ehrlichkeit Lust nahm und schenkte.
In der Folge erlebte er andere Umarmungen, andere Augenblicke

schwebenden Glücks, von denen man sich trennte und die man mit den gleichen äußersten Ekstasen wiederfand. Bei jedem Mal empfand er wieder die gleiche Dankbarkeit für die Frau, die sich seinem Körper hingab. Er entdeckte die geheime Geschichte jeder Frau. In ihrer nächtlichen Nacktheit lieferten sie sich den Hoffnungen aus, die der Tag geweckt hatte. Durch Maria hatte er alle Frauen lieben gelernt. Die Erinnerung an seine Freundin blieb mit dem Augenblick verbunden, wo er das erste Mal von einem Körper Besitz ergriffen hatte.

Faiza machte sich hastig Notizen. Zum erstenmal hatte sie es eilig, das Auditorium zu verlassen und nach Haus zu laufen. Unentwegt dachte sie an die Unterhaltung, die sie mit ihrem Bruder geführt hatte. Er hatte ihr sein neues Glück anvertraut:
«Meine Freunde haben mich zu allen Festen eingeladen, um mich ihren Schwestern oder Kusinen vorzustellen. Aber jedesmal war ich ein bißchen mehr enttäuscht, nicht von den anderen, sondern von mir selbst. Ich konnte mich nicht entscheiden . . . Und Fouad . . . Du kennst ihn, er ist ein paarmal hier gewesen . . . Als seine arme Mutter starb, bin ich zum erstenmal zu ihm nach Haus gegangen, um seinem Vater zu kondolieren. Er ist ein vornehmer, alter Herr, ein pensionierter Lehrer. Da Fouad verheiratet ist, blieb nur die Schwester beim Vater. Sie war vom Gymnasium abgegangen, um sich um ihre kranke Mutter zu kümmern. Auf diese Weise habe ich Yamina kennengelernt, die so sanft und einfach ist, so verschieden von allen Mädchen, die ich bisher gekannt habe. Ich habe sie öfter besucht, und allmählich entwickelte sich etwas zwischen uns.»
Zunächst war Faiza verblüfft: Mouloud und seine Ideen! Ein Mädchen ohne Examen zu heiraten! Sie war überzeugt gewesen, daß nur ein glänzend begabtes, unabhängiges Mädchen ihn anziehen würde.
«Sie ist immer zu Hause? Wie alt ist sie?»
«So alt wie du, kleine Schwester! Und weshalb bist du so erstaunt? Ah, ich verstehe. Eine ‹diplomierte Intelligenzbestie› war nie mein Ideal, wenn du das meinst. Von denen habe ich zu viele gekannt. Sie machen mir ein bißchen angst, sie brauchen keinen Beschützer.»
Von dieser neuen Seite an ihrem Bruder neugierig gemacht fragte Faiza:

«Ja und ich? Warum hast du mich dazu gebracht, so weit zu gehen?»
Er lächelte und antwortete leichthin:
«Du? Zunächst einmal, weil du dich ganz allein hineingeworfen hattest: du schwammst immer weiter und weiter, so daß nichts anderes übrigblieb, als dich richtig schwimmen zu lehren, damit du nicht untergingst.»
Sie liebte die Gleichnisse ihres Bruders. Sie waren für sie gleichzeitig poetisch und überzeugend. Er fuhr fort:
«Du gleichst niemandem, kleine Schwester. Du wirst die ideale Ehefrau abgeben. Du gehörst zu denen, die echt sind! Selbst als Wissenschaftlerin wirst du dich mit dem, den du liebst, ganz selbstverständlich auf eine Stufe stellen, und sei er noch so bäurisch. Wenn er deinem Traum entspricht, wirst du bescheiden und liebevoll sein, denn du suchst mehr nach Herzensbildung als nach geistiger Bildung. Ich gestehe dir, daß ich eine Frau wie dich gesucht habe, aber mir ist keine begegnet, oder vielleicht war ich auch blind. Sie überfahren einen mit ihrem Wissen . . . Alles in allem will ich nur eine bescheidene, intelligente, aber starke Frau.»
In bewundernder Zuneigung für den anderen vereint, stellten Faiza und Mouloud in der Freundschaft wie in der Liebe Ansprüche, die Mittelmäßiges nicht duldeten. Das Schicksal oder geheimnisvolle Kräfte hatten zwischen diesen beiden Geschöpfen geschwisterliche Bande gelegt, damit sie nicht das vollkommene Glück sinnlicher Liebe verbinde. Denn nichts ist vollkommen, außer Gott!
«Morgen haben wir Gäste», hatte er abschließend gesagt. «Ich habe Herrn Fodil und seine Kinder eingeladen; Fouad mit seiner Frau und Yamina. Du wirst ihnen dein Talent als Köchin zeigen!»
Faiza hatte einen kopflosen Eindruck gemacht:
«O Gott! Geh doch mit ihnen in ein Restaurant! Ich kann nicht . . . Oh, wenn du deine Freunde eingeladen hast, bin ich irgendwie zurechtgekommen, aber bei denen?»
Er mußte über die Aufregung seiner Schwester lachen. Beschwichtigend sagte er:
«Du bist die beste Küchenfee von ganz Algerien, nach Lalla Khadidja! Mach ein einfaches Mahl. Sie kommen vor allem, um die Perle der Familie Mokrane kennenzulernen und damit Yaminas Vater das zukünftige Heim seiner Tochter sieht.»
Und nun war Faiza mit aufgekrempelten Ärmeln dabei, mit Hilfe des

Dienstmädchens alles auf Hochglanz zu bringen. Das Kupfer wurde poliert, überall wurden Blumen aufgestellt. Geschäftig hantierte sie an ihrem Ofen. Sie hatte Ähnlichkeit mit Khadidja, wenn diese ihre Ehre darein legte, zu schaffen, was sie sich vorgenommen hatte. Faiza schmeckte den roten Frik- und Huhn-Chorba ab. In einem anderen Topf brutzelte in einer kräftigen Sauce mit Safran-Mandeln ein Gericht aus Fleisch und Nudeln. Sie strengte sich an, all diese guten Sachen zur stolzen Zufriedenheit ihres Bruders hinzubekommen.

Endlich! Sie waren da, saßen essend um den Tisch herum und brachten bei jedem Bissen ihre aufrichtige Anerkennung für Faizas kulinarisches Geschick zum Ausdruck. Faiza trug das rote Kleid, das Mouloud ihr im Jahr zuvor zum Geburtstag geschenkt hatte und das ihr so gut stand. Ein Samtband hielt ihr schweres schwarzes Haar im Nacken zusammen. Ihr unbewegliches Gesicht hatte die stille Schönheit einer Sphinx. Verstohlen beobachtete sie ihre zukünftige Schwägerin. Yamina war sympathisch und hübsch. Mit ihren blondgelockten Haaren und mit ihren großen, sehr hellen braunen Augen, deren freimütiger Blick ohne Geheimnis zu sein schien, wirkte sie wie eine Puppe. Sie hatte jedoch einen besonderen, fragenden Ausdruck, der sie seltsam jung und naiv machte. Neben ihr fühlte sich Faiza wie ein massives Gebirge. Sie bewunderte die weibliche Lässigkeit, die von Yamina ausging, ihre lebhaften Gesten, ihre Stimme, die einen unwiderstehlichen Humor verriet, ihre Fesseln, ihre feinen, rassigen Arme. Faiza hatte bemerkt, daß das junge Mädchen klug war. Bei intellektuellen Gesprächen steuerte sie mehr bei als nur weibliche Intuition, aber es fehlte ihr anscheinend an einem Sinn für das Praktische. Das ist nur natürlich, dachte Faiza. Seit ihrer Kindheit war Yamina es gewohnt, beschützt zu werden. Die engen Ketten des traditionalistischen Milieus kannte sie nicht. Von ihrem Vater behütet, im europäischen Stil erzogen, war sie ein Kind des Luxus und der Liebe. Ihr Bruder Fouad war so entspannt und schlicht wie sie. Ihr Umgang mit ihrem Vater erstaunte und begeisterte Faiza gleichermaßen. Diese liebevolle Kumpanei, die sie aus ihrer Beziehung herausspürte. Sie diskutierten miteinander wie alte Freunde. Sie stellte sich vor, Si-Mokrane wäre hier bei ihnen. Nie hatte Faiza die Augen gehoben, wenn ihr Vater sprach. Ihre Wünsche teilte sie ihm durch Ma Khadidja oder Mouloud mit. Selbst jetzt, mit vierundzwanzig Jahren würde sie es nie wagen, wie Yami-

na den Hals ihres Vaters zu umschlingen und ihn ‹unser lieber Verführer› zu nennen! Großer Gott! Schaudernd dachte sie an Si-Mokrane, würdig und streng hinter seinem ergrauten Bart.
Sie fühlte sich wohl unter ihnen. Si-Fodils schönes Gesicht wurde von einem teilnahmsvollen Interesse belebt, als er Faiza über ihre Studien ausfragte. Sie hatte die Überraschung in den Augen der anderen bemerkt, als sie mit ihrer rauhen Stimme sprach. Sie kannte diese Reaktion, die sich bei ihren Zuhörern stets in entzückte Aufmerksamkeit verwandelte, so als würden sie nicht müde, sich von diesem dunklen Ton aus der Kehle eines jungen Mädchens einlullen zu lassen. Anfangs hatte sie wegen ihrer Stimme Komplexe gehabt. Aber jetzt taute sie auf unter Yaminas braunen und hellen Augen, die sie mit einer Mischung aus Neugier und bewundernder Zuneigung beobachteten.
Fouads Frau war der Clou des Abends. Sie rührte die Speisen kaum an und wimmerte im Ton eines kleinen Mädchens, daß sie die Saucen nicht vertrüge. Faiza amüsierte sich über den anmaßenden Snobismus, den die junge Frau zur Schau stellte. Und ironisch dachte sie: ‹Armes Häschen! Du kannst noch so sehr hungern, deine Fettröllchen wirst du genausowenig los wie dein leeres Köpfchen.› Mouloud hatte sie gewarnt, daß Nora manchmal unerträglich, aber komisch sei. Sie fand diese unruhige, verwöhnte Person durchaus nicht komisch, sondern eher lästig. Apodiktisch gab Nora über alles ihre Meinung von sich. Über den Stil der Möbel, über die Lebenskosten. Sie kannte die Preise für Gemüse, Kleider und Möbel auswendig. Ob sich ihr Herz etwa von Zahlen nährte? Si-Fodil und Yamina nahmen sie offensichtlich nicht ernst. Ihr Mann dagegen bemühte sich, den Eindruck zu erwecken, er sei Herr der Situation. Laut widersprach er seiner Frau, wobei er sie mutig ansah. Trotz seiner Häuptlingsallüren ahnte man, daß sie ihn in Wirklichkeit verrückt machte. Manchmal, wenn sie einen Satz mit: ‹Mein Mann hat gesagt . . .› anfing, wußte jeder, daß dieser Mann aufgefordert worden war, sich um seine eigenen Sachen zu kümmern, als er jene bemerkenswerte Idee von sich gegeben hatte.
Sie gingen in den Salon und tranken Kaffee; sie waren entspannt und glücklich, zusammen zu sein. Nora gestikulierte elegant und zog die Aufmerksamkeit der Männer auf sich. Man hätte meinen können, sie sei betrunken, dabei wurde ausschließlich Mineralwasser und Kaffee getrunken. Zweifellos lag es an Faizas Saucen . . .

Bei jeder sich bietenden Gelegenheit sprach Nora von ihrem Vater, einem reichen Kaufmann, und von ihren Brüdern, die bedeutende Beamte in der Hauptstadt waren. Ihr Mann grinste, und sie redete immer lauter, als seien sie taub. Augenblicklich war Mouloud ihr bevorzugter Zuhörer; sie sah ihn die ganze Zeit an und redete über irgend etwas. Mit einer Miene, die ebensogut Spott wie belustigtes Interesse bedeuten konnte, schien er sich tatsächlich über ihre schlagfertigen Antworten zu amüsieren.
Faiza achtete auf die leisesten Wünsche ihrer Gäste; dem einen stellte sie einen Aschenbecher hin, dem anderen bot sie Kuchen an, wenn man sie anredete, gab sie Antwort, behielt aber ihre Meinung diskret für sich. Sie gab die perfekte Mohammedanerin ab, die Besuch empfängt. Bescheiden, zuvorkommend, schweigsam und aufmerksam zugleich. Sie erntete nur Blicke der Sympathie; selbst die launische Nora ließ sich herab, ihr zuzulächeln, um sie dafür zu belohnen, daß sie sich auf ihre Rolle als Mauerblümchen beschränkte.
«Wie? Sie haben Milch gefunden?» rief Nora plötzlich zusammenhanglos aus, während die Männer über Fußball sprachen. Einen Moment lang waren alle verdutzt. Mit ärgerlicher Stimme, als habe sie es mit Beschränkten zu tun, sagte die junge Frau:
«Ja, was denn? Milch, nicht wahr? Und sogar Butter. Ich habe bei meinem Kaufmann keine bekommen. Und wißt ihr, was er mir geantwortet hat? ‹Das kommt nicht mehr rein, Madame!› Das ist ihre ewige Leier, jedesmal wenn ein Nahrungsmittel ausgeht!»
In verbindlichem Ton fragte Si-Fodil:
«Hast du auch richtig gesucht, meine Tochter? Oft sind das Lügen.»
«Aber nein! Glauben Sie mir, ich habe überall danach gesucht. Die übertreiben! Bei Luxusprodukten verstehe ich das noch. Aber bei Kartoffeln und Zwiebeln! Dummdreist wiederholen sie: ‹Das kommt nicht mehr rein›, sogar bei Leitungswasser!»
Mit ironischem Nachdruck warf Yamina ein:
«Dann wirst du eben Erdöl trinken! Das ist sehr gesund, weißt du!»
Diese unerwartete Erwiderung brachte alle zum Lachen und glättete Noras Falten. Mouloud drohte Yamina lächelnd und tadelte sie, daß sie sich über eine der wesentlichen Geldquellen des Landes lustig machte. Aber das verschmitzte junge Mädchen sagte ungerührt:

«Verzeihung, teurer Kämpfer! Ich wollte nur Nora über die fehlende Milch hinwegtrösten.»
Jetzt war Nora plötzlich beleidigt. Sie erregte sich:
«Sie ist jedenfalls wichtig. Man merkt, daß du keine Kinder hast. Ich bin nicht materialistischer als andere. Aber schließlich ist es aufreizend, daß sie die Entsagungsvollen spielen. Wenn es um den Handel geht, werden sie royalistischer als der König.»
«Sozialistischer», sagte Fouad grinsend.
Sie zuckte mit den Achseln. Si-Fodil gemahnte an den Geist der Opferbereitschaft, der zu anderen Zeiten auf wunderbare Weise herrschte, der während des Krieges von der jungen Generation als eine Erscheinungsform der Befreiung begrüßt worden war. Jetzt rief jede noch so kleine Entbehrung Verdrossenheit hervor. Betrübt verbreitete sich der alte Herr über die Ungeduld der Leute, das Nachlassen von Disziplin und Pflichtbewußtsein. Er beklagte, daß Anspruchslosigkeit und Selbstbeherrschung, die er als die wichtigsten Voraussetzungen des menschlichen Lebens bezeichnete, in der Sucht, mehr und immer mehr zu besitzen, untergingen. Mouloud legte ihm in einfachen Sätzen auseinander, daß sich im Gegenteil eine fundamentale Veränderung in der Gesellschaft vollziehe. Je weiter die wirtschaftliche Kontrolle in die Hände des Staates übergehe, desto mehr komme die wirtschaftliche Unabhängigkeit zum Durchbruch. Der Übergang würde sich nach einigem tastenden Suchen nach den richtigen Methoden vollziehen. Rezepte dafür gibt es nämlich auch in den klügsten Büchern nicht, sagte er, sondern man findet sie in der täglichen Erfahrung und im Glauben an das, was man erreichen will. Mouloud bekräftigte seine Auffassung, daß die Wirtschaftsstrategie von Politikern mit einer festen Ideologie und schöpferischen Ideen dirigiert werden müsse, unterstützt von Fachleuten, von Technikern, die sich nur dem Aufbau widmeten. Und nicht umgekehrt, schloß er: «Die Spitzenpositionen dürfen nicht mit technisch qualifizierten Männern ohne politischen Hintergrund besetzt werden. Der Nationalismus und die Solidarität des Volkes tragen viel zum Wandel bei.»
Verärgert, weil sie nicht länger im Mittelpunkt der allgemeinen Aufmerksamkeit stand, unterbrach Nora Moulouds Vortrag und sagte bitter:
«Lauter kluge Worte, nur weil es an Milch fehlt! Sie lösen das Problem auch nicht. Großartige Reden und keine Kartoffeln!»

Und nun machte Faiza zum erstenmal an diesem Abend den Mund auf. Seit einer guten Weile schon war sie drauf und dran, etwas zu sagen, und zum Teufel mit der Höflichkeit!
«Diese Reden haben zumindest für das Volk einen Wert, das vorher niemand um seine Meinung gefragt hat. Man erklärt ihm jetzt wenigstens, warum und weshalb es so ist. Es gibt nicht mehr den hohlen Snobismus der ‹Rechtsanwälte›, ein Wort, das manche fast ebenso lieben wie die Wörter ‹Arzt›, ‹Villa›, ‹Generaldirektor›, die diese Dummköpfe aussprechen, als lutschten sie Bonbons!» Alle diese Wörter hatte Nora im Lauf des Abends im Mund geführt.
Einen Moment lang war die Atmosphäre wie vereist. Nora erbleichte unter dem direkten Angriff der ‹Großen Schwarzhaut›, wie sie Faiza bei sich nannte.
«Was fällt Ihnen denn ein?» stammelte sie. «Es ist jedenfalls besser, Neid zu erwecken als Mitleid. Ich habe das Glück, alles, was sie eben aufzählten, zu haben oder zu kennen.»
«Man sollte es nicht für möglich halten!» entgegnete Faiza. «Sie haben sich ja die ganze Zeit beklagt.»
Mouloud wollte eingreifen, um ein Umschlagen der Stimmung zu verhindern. Die bebenden Nasenflügel seiner Schwester beruhigten ihn nicht gerade. Aber der schelmischen Yamina lag anscheinend daran, Faiza nicht von ihrem Opfer abzulenken. Im Ton des Staunens sagte sie:
«Oh, Faiza, das hast du gut gesagt. Besonders was die ‹wichtigen Leute› angeht.»
Ihr Vater sah sie mit großen, drohenden Augen an. Er kannte die Vorliebe seiner Tochter für Streitgespräche. Sie aber schüttelte unbefangen ihre blonden Locken und fuhr fort:
«Stellt euch vor, kürzlich war ich auf einem kleinen Fest zur Verlobung einer Freundin. Erinnerst du dich, Nora? Wir waren zusammen bei Madame X. Es waren viele hochelegante Damen da. Eine von ihnen, die ich nicht kannte, saß neben mir. Sie fragte mich, wer ich sei, was mein Vater mache. Ich sagte ihr einfach: er macht nichts, er ist pensioniert. Mit betrübter Miene machte sie ‹Ach!› und wandte sich von mir ab. Kurz darauf hörte ich, wie sie auf eine junge Frau wies, die uns gegenübersaß: ‹Wer ist die Dame da drüben?› Eindringlich raunte ihre Nachbarin ihr zu: ‹Das ist die Frau von Herrn Soundso.› Ich weiß nicht, wie sie es anstellte, aber als der

Nachmittag herum war, unterhielt sie sich lauthals lachend mit Madame Soundso.»

Alle waren belustigt, nur Nora zog einen Schmollmund. Yamina aber war mit ihren Geschichten noch nicht zu Ende. Als waschechte Städterin, die im Kielwasser ihrer mondänen Schwägerin schwamm, und mit einer scharfen Beobachtungsgabe ausgestattet, berichtete sie voller Witz von einem der neuen Aspekte der Großstadt. Sie schilderte ihnen, wie in manchen Familien die Einladungen zum Abendessen nur unter dem Gesichtspunkt von mehr oder weniger vorteilhaften Pöstchen für die Ehemänner erfolgten. Auf einem Fest, zu dem nur Frauen eingeladen waren, hatte sie folgende Szene erlebt:

«Die Frau eines einflußreichen Mannes war von Frauen umgeben, die es in der Kunst der mondänen Teestunden weit gebracht hatten. Die junge Frau redete albernes Zeug. Sie behauptete, in ihrem Haus gäbe es Gespenster. Unter den beifälligen, teils furchtsamen, teils bewundernden Blicken der Anwesenden gab sie ihre Mißgeschicke zum Besten, die sie immer heroisch gemeistert hatte. Es waren intelligente Frauen, aber keine hatte die Courage, der Dame zu widersprechen. Wenn sie etwas unbequem saß, rannte die Hausfrau verzweifelt umher, um ein Kissen zu suchen, das sie der Frau hinter den Rücken schob. Sie sprachen von den Vorzügen ihrer Kinder. Eine andere Frau tat sich mit der Behauptung hervor, die Kinder der bewußten Dame seien die schönsten, intelligentesten und mutigsten, die sie in ihrem Leben gesehen hätte.»

Abschließend sagte Yamina: «Ich bin sehr früh gegangen, weil mich dieses alberne Getue vor einem hirnlosen Frauchen abgestoßen hat.»

In einem Ton gespielter Niedergeschlagenheit sagte Mouloud:

«Damit wirbst du aber schlecht für deinen Mann. Wir werden in unserer Ehe dazu verurteilt sein, nur mit superintelligenten Leuten zu verkehren.»

Fouad, der den Eindruck machte, als habe er die sogenannten ‹nützlichen› Beziehungen schon bestens kennengelernt, seufzte:

«Du hast Glück, mein Freund! Auf die Weise könnt ihr sicher sein, einen Kreis von Freunden um euch zu haben, die euch um eurer selbst willen schätzen.»

«Ich muß noch etwas zu der Dame sagen, deren Geschichte ich eben erzählt habe», unterbrach ihn Yamina. «Ich habe sie neulich wieder-

gesehen. Da ihr Mann inzwischen versetzt wurde, ist sie nicht mehr Mittelpunkt der Schmeicheleien. Bei dem Tee, zu dem Nora kürzlich eingeladen hatte, saß sie wie ein Mauerblümchen in der Ecke. Ich fand sie plötzlich rührend und habe mich die ganze Zeit mit ihr unterhalten. Die anderen machten unterdessen der Auserwählten des Tages ihre Aufwartung.»
Si-Fodil sagte im gelehrten Ton eines Schulmeisters:
«Konklusion: mein lieber Mouloud, zwischen meiner Tochter und Faiza – so wie ich sie bisher kennengelernt habe – wirst du dich einem mönchischen Leben weihen müssen. Da die Uneigennützigkeit ein seltenes Gut wird, wirst du zwischen deinen Wänden eingesperrt sein!»
«Im Gegenteil!» rief Yamina aus. «Ich gehe gerne aus, ich treffe mich gerne mit Leuten. Das amüsiert mich und ich lerne etwas dabei.»
Nora setzte ein Lächeln überlegener Abwesenheit und elegant einstudierter Verachtung auf. Um das Thema zu wechseln und um Nora wieder einzubeziehen, brachte Mouloud das Gespräch auf die Hochzeitsvorbereitungen.
«Nächste Woche kommen meine Eltern. Nora übernimmt es, sie bei Ihnen zu empfangen, Si-Fodil.»
Er kannte Noras Vorliebe für das Organisieren von Familienfesten. Über ihrer Rolle als große Schwägerin vergaß sie ihren Groll und begeisterte sich:
«Wir feiern die Hochzeit bei mir! Ich bereite alles vor! Yamina, dein Kleid ist schon fertig», sagte sie mit glänzenden Augen.
«Ach, weißt du, uns liegt daran, nur im familiären Rahmen zu feiern, ohne die Anwesenheit von Fremden um uns herum.»
«Genug, genug! Ich bin an euren Geschmack für das ‹Einfache› gewöhnt, aber schließlich heiratet man doch nur einmal im Leben.»
Die Aussicht auf das glückliche Ereignis hatte alle wieder versöhnt. Nora, die im Grunde genommen ein gutes Mädchen war, schwatzte weiter.
Das, was Faiza anschließend von Yamina erfuhr, machte ihr Noras Charakter verständlich, und von nun an empfand sie nur noch Nachsicht für sie.
Als Kind und dann als Frau war Nora von einer langen Kette mehr oder weniger harter Auseinandersetzungen zwischen ihren Eltern geprägt worden. Sie wurde zwischen einer herrschsüchtigen, stol-

zen, egoistischen Mutter und einem abwesenden Vater hin- und hergeschubst. Weil es zu seinem Wohlbefinden beitrug, ließ der Vater sich widerstandslos beherrschen. Zwischen diesem schwächlichen Vater und einer eitlen Mutter wuchs Nora auf und wurde übertrieben verwöhnt. In der Schule leistete sie aus Faulheit nur Mittelmäßiges. Sie wurde allmählich genauso eine Frau wie ihre Mutter, kümmerte sich um nichts anderes als um ihre eigene Person. Sie gab riesige Summen in den Kosmetiksalons und für Abmagerungskuren aus. Sie war von ihrem Körper besessen, der mit den Jahren hartnäckig an Umfang zunahm. Ihre ewigen Hungerkuren machten sie unausgeglichen, zänkisch und permanent unzufrieden. Faiza hatte diesen Frauentyp der modernen Zeit nie kennengelernt. Sie kannte die Frauen aus ihrem Dorf; sie waren arbeitsam, lachten und klatschten gern, waren mit ihrem Los zufrieden. Ihre Kommilitoninnen an der Universität waren nett, kokett und fühlten sich wohl in ihrer Haut; aber eigentlich kannte sie sie gar nicht richtig. In Wirklichkeit hatte Faiza keine Freundin. Erst seit ihrer Begegnung mit Yamina hatte sie ihren Spaß an endlosen, lustigen Unterhaltungen entdeckt. Sie besuchte das junge Mädchen häufig. Manchmal traf sie dort auf Nora, Vertraulichkeit kam zwischen ihnen nicht auf. Instinktiv mißtraute Nora der düsteren Faiza, die nach und nach herausfand, was sich hinter Noras Fassade verbarg. Alle geheimen Probleme von Fouads Frau kamen bei jeder Gelegenheit in Form einer arroganten Aggressivität an die Oberfläche. Um die Aufmerksamkeit auf sich zu lenken, zögerte sie nicht, unausstehlich zu sein, was sie dann mit einem: ‹So bin ich nun mal› rechtfertigte. Die Ungezogenheit seiner Frau hatte Fouad mit seinen besten Freunden entzweit. Wohl versuchte er sich gelegentlich zu wehren, wurde aber sehr schnell durch den geheimnisvollen Einfluß beschwichtigt, den sie unbestreitbar auf ihn ausübte. Zum Glück brachte er seinen Kindern eine gewisse Zärtlichkeit, eine liebevolle Autorität entgegen und füllte so die Lücken, die ihre Mutter hinterließ. Yamina wußte, daß ihr Bruder von seiner Frau ‹die Nase voll hatte›. Er rettete sich zu seinen Kindern, um seinen ehelichen Katzenjammer zu vergessen. Si-Fodil, der schon seit langem beschlossen hatte, sich nicht in das Privatleben seiner Kinder einzumischen, beobachtete die Entwicklung in der stürmischen Ehe seines Sohnes mit geheimer Trauer.

Natürlich war Yamina über die Art, wie Faiza Noras Dünkel aufgespießt hatte, entzückt gewesen. Sie hatte sich im Lauf der Zeit mit dem lästigen Charakter ihrer Schwägerin abgefunden, aber nichtsdestoweniger reizten sie deren Allüren. Ihre tiefe Zuneigung zu ihrem Bruder ließ die sanfte Yamina schweigen. Und Faiza freute sich, an Yamina die Charakterzüge Malikas zu entdecken: einen quicklebendigen Geist, Sinn für Humor und eine großherzige Hilfsbereitschaft für die Menschen, die sie liebte. Yamina war eine leidenschaftliche Musikliebhaberin. Sie hatte von Kindheit an Unterricht gehabt und spielte sehr gut Klavier. Von Yaminas ständigem Frohsinn bezaubert hörte Faiza zu, wenn diese mit glühender Verehrung von Johann Sebastian Bach und seinen Orgelstücken sprach, von Ludwig van Beethoven und seinen Klaviersonaten. Für die musikalisch ungebildete Faiza spielte Yamina die Mazurkas von Frédéric Chopin und die Polonaisen und Nocturnos, die sie besonders liebte. Die Liebe zur Musik und zu den Büchern ließ spontan eine innige Freundschaft zwischen den beiden jungen Frauen entstehen.

Bei der Nachricht von Moulouds bevorstehender Hochzeit erreichte die freudige Erregung in Si-Mokranes Haus ihren Höhepunkt.
Das Fest fand in schlichtem Rahmen in Algier statt, ohne hupende Autos und ohne Vorzeigen der Aussteuer. Ma Khadidja bestand allerdings darauf, daß ihre Schwiegertochter ins Dorf kam, um das unvermeidliche Fest unter Frauen zu feiern. Es lag ihr sehr daran, ihre hübsche, feine Schwiegertochter von den Klatschbasen bewundern zu lassen. Weiß war sie und graziös, vielleicht ein bißchen zu schlank. Aber jeder wußte, daß die Jugend heutzutage lieber so aussehen wollte.
Man hätte meinen können, Yamina sei im Dorf geboren, so schnell paßte sie sich dem Haus und der Familie an. Khadidja sah sie an und gurrte:
«Mein Täubchen! Ah, wie stolz bin ich auf meinen Sohn! Ya Allah!»
Akila gab ihre gewohnte Zurückhaltung auf und geriet über Yaminas seidiges Haar und ihre kleinen, weißen Hände außer sich vor Entzücken. Die Art und Weise, wie Yamina sich schminkte, belustigte die Frauen. Wie bewundernde Backfische vor einem Star zierten sie sich, legten die Hand vor den Mund und rissen erstaunt die Augen auf. Sie berührten, untersuchten die Pinsel der jungen Frau und die Lidschatten in allen Farben. Da sie selbst nur den traditionellen Khol für die Augen und die Nußbaumrinde für den Mund kannten, hatten sie Grund, sich über die Schminkpalette der schönen Städterin zu verwundern. Nach kurzem Schweigen brachen die Frauen in entzückte Ausrufe aus, als Yamina erschien: mit rosigen Wangen, die Augen mit Eye-liner umrandet, die Lider von glänzendem Grün umschattet, das ihre nußbraunen Augen hervorhob. Die Lippen sahen nicht angemalt aus; sie hatten ihre natürliche Farbe, wirkten aber wie mit Tau bedeckt. Die geschickte Yamina hatte einfach einen farblosen Glanzstift auf ihre Lippen aufgetragen. Einen Moment lang leuchteten die Augen der Frauen wie von einem Traum geblendet auf.

Malika, inzwischen Mutter zweier Kinder, hatte ihren impulsiven Charakter bewahrt; sie versuchte auf der Stelle, das gleiche Make-up wie Yamina hinzubekommen. Sie nahm den Beutel und machte ihre Sache so gut, daß sie anschließend verschmiert wie ein Clown aussah . . . Mit Schmollmiene ließ sie die allgemeine Erheiterung über sich ergehen.

Ein wolkenloser Himmel, das Land und seine Nachtigallen, das leise Plätschern des Baches. So sah für Mokranes Familie und für das weiße Dorf das Glück aus. Die von Jahr zu Jahr zahlreicher werdenden Kinder kreischten auf den Schulhöfen; es gab jetzt nämlich zwei Schulen. Das Krankenhaus wurde um drei moderne Gebäude erweitert. Oben im Dorf machte ein weiteres Café auf. Zu Ehren der palästinensischen Brüder, deren Kampf die Einheimischen begeisterte, trug es den glorreichen Namen ‹El Fath›, der Sieg. Lachend und sich gutmütig puffend kamen die Fellachen von den Feldern heim. In den Gäßchen, in den Läden, auf den sonnigen Terrassen rief man sich gegenseitig etwas zu und grüßte sich. Ist dies das märchenhafte Ende der Geschichte? Anscheinend nicht. Die Geschichte des Dorfes kann nicht abgeschlossen werden, denn jeder Tag bringt andere Überraschungen, andere Kämpfe . . .
Der Feind des Menschen, der die Blicke und die Hoffnung zum Erlöschen bringt, war verschwunden; der Krieg, die Waffen und der Tod waren vom Horizont verschwunden: das war das Wesentliche. Wenn die Mühlen der Bürokratie langsam mahlten, wenn man einen Bus verpaßte oder schlechte Laune hatte, dachte man an früher und konnte wieder lächeln.
Faiza wohnte natürlich bei dem jungen Paar. Die innige Zuneigung, die die beiden Frauen verband, machte Mouloud glücklich. Faizas Leben änderte sich. Sie nahm an den meisten Unternehmungen des Paares teil, ging mit ihnen ins Kino, ins Restaurant. Yamina hatte es sich in den Kopf gesetzt, die Schale der spröden Faiza aufzubrechen. Sie arrangierte immer häufiger Begegnungen mit jungen Männern, die mit Mouloud und Fouad befreundet waren, oder mit Noras unverheirateten Vettern. Mit dem Eifer einer Frau, die eine andere in den Käfig der Ehe zu bringen wünscht, beteiligte sich Nora spontan an dem Spiel. Manchmal, wenn schönes Wetter war, gingen sie sonntags an den Strand, wo Fouad ein Häuschen besaß. Mit den zahlreichen Freunden des Paares verbrachten sie den Tag mit Baden

oder mit Kartenspielen. Faiza, die von den komplizierten Regeln der Karten nichts verstand, setzte sich lieber mit einem Buch allein auf die Terrasse.
Yamina lief leichtfüßig und zart wie ein kleines Mädchen über den Sand. Die langen, goldblonden Haare flatterten ihr über ihrem Rükken. Mit ihren schlanken und harmonischen Gliedmaßen war sie eine Lust für die Augen. Ein richtiger Geishakörper, dachte Faiza, und ihre Blicke kreuzten die ihres Bruders, in denen sie das gleiche las. Stolz rief er aus:
«Eine Miniatur!»
«Diese schönen Zähne!» fügte Faiza schelmisch hinzu. Mouloud antwortete ihr mit Knüffen in den Rücken. Das war nämlich eine Manie seiner Schwester: wie ein Pferdehändler bei seiner Ware, so sah sie sich bei den Leuten zuerst die Zähne an; sie behauptete, ihr gesunder Zustand sei ein Indiz für gute Rasse und sogar für natürlichen Anstand. Ihrer Meinung nach waren Leute mit schlechten Zähnen bösartig oder starrsinnig und unversöhnlich. Mouloud gab einen ironischen Seufzer der Erleichterung von sich, weil Yamina zum Glück Faizas Kriterien erfüllte.
Nora, die Faiza innerlich um deren natürliche Bräune beneidete, breitete sich in der Sonne aus. Da Faiza brünett war, genügte ein einmaliges Sonnenbad, um ihrer Haut diesen Kupferton zu geben, der ihren schönen Körper in die Statue einer ägyptischen Göttin verwandelte.
Nora verbrachte Stunden vor dem Spiegel. Ihr Alptraum waren die Härchen. Trotz der Wachsbehandlungen in den Kosmetiksalons waren ihre Unterarme, ihr Rückgrat und ihre Schenkel von einem dunklen Flaum bedeckt. Man konnte sie beobachten, wie sie sich mit einer Pinzette abmühte, den Härchen den Garaus zu machen. Es nützte nichts, daß die Frauen ihr wohlwollend rieten, Wasserstoffsuperoxyd auf ihren Flaum aufzutragen, sie zog die Pinzette vor.
Um sie herum gaben sich die Badenden wohlig der Sonne hin. Nora dagegen vergeudete ihre wertvolle Zeit nicht. Nach ihren Enthaarungsversuchen stürzte sie sich wie eine Wettkämpferin in die Fluten, schwamm mit wütenden Zügen, kam außer Atem zurück und seufzte: «Ich glaube, ich habe mindestens ein Kilo abgenommen!» In ihrem Leben schien jegliche Handlung einem einzigen Ziel zu dienen: die Zellulitis zu besiegen.
Faiza liebte den ersten Kontakt mit dem Wasser, den Schauder, der

durch ihren Körper lief. Sie ging weiter, stürzte sich hinein, schwamm ein paar Züge, hielt dann inne und ließ sich beglückt von dieser Wassermenge, die sie umspülte, treiben. Die Wellen trugen Blüten aus Schaum, und sie fühlte sich frei und in tiefer Harmonie mit den anderen und mit sich selbst.

Nachdem sie den Juli am Meer und in der Wohnung ihres Bruders verbracht hatte, fuhr sie für den Rest des Sommers in das Dorf zu ihren Eltern.

Ein weiteres Jahr verging, das sie mit ihrem Bruder und Yamina verbrachte, ein Jahr, das mit Praktika im Krankenhaus und mit Prüfungen ausgefüllt war. Unerschütterlich und brav ging sie ihren Weg und behielt dabei die Wandlungen der Zeit im Auge.

Seit der Unabhängigkeit nahm sie eine fundamentale Veränderung in allen Bevölkerungsschichten wahr. Bei sich selbst zuerst. Zum Beispiel ihre selbstverständliche Anpassung an die Flut von Neuheiten. Der wiedergewonnene Frieden weichte sogar die strengsten Sitten etwas auf. Vielleicht ließ sich das durch die alte Gewohnheit der Vorfahren zu wandern, die Gegend zu wechseln, erklären. Mit dem Instinkt des nomadisierenden Hirten schien der Algerier für alle Signale seines Jahrhunderts offen zu sein. Manche verfielen unbewußt in die pure Nachahmung des Abendländischen oder vermischten alles auf gut Glück: ‹stilisierte› Trachten, ‹stilisierte› Sprache, die Häuser und sogar die Festlichkeiten wurden unentwegt stilisiert. Ihre treuherzige Rechtfertigung lautete, man müsse im Rhythmus der Welt leben. Und dann feierten sie Weihnachten, weil es ein internationales Ereignis für alle Kinder auf der Erde ist. Vor lauter Eifer vergaßen sie die Feste ihrer eigenen Religion. Die anderen wandten ruhig ein, daß Weihnachten eigentlich eine heilige Gedenkfeier zur Erinnerung an die Geburt von Jesus sei und folglich in einer Moslemfamilie unsinnig. Oder hatte man jemals erlebt, daß die Christen die Geburt des Propheten mit großem Pomp feierten? Wenn dies eines Tages geschähe, so wäre es die wundersame Vereinigung der Menschheit. Im Augenblick war dies nur Utopie.

Die aufgeklärten Geister entwickelten sich, ohne ihren Glauben der modernen Welt anzupassen, und schärften ihren Kindern den Stolz auf ihre Sprache und auf die traditionellen Sitten ein.

Inmitten dieses Bündels von widersprüchlichen Meinungen schmiedete sich Faiza ihre persönliche Lebensauffassung. Einer Sache war sie sich gewiß: ihrer Weigerung, physisch oder intellektuell als dem

Mann unterlegen angesehen zu werden. Die Frau würde von jetzt an im Leben des Landes eine ebenso wichtige Rolle spielen. Und dank der Hartnäckigkeit aller Frauen würde sich die Selbständigkeit des sogenannten schwachen Geschlechts auf allen Gebieten durchsetzen, dachte sie.
Oft sann sie über das Geschick der Frau seit der Erschaffung der Welt nach. Jetzt ist ihre Emanzipation beinahe vollzogen. Und zwar auf allen Gebieten, in den meisten Regionen des Erdballs. Überall üben sie Männerberufe aus, haben sie die gleichen Vorrechte: als Rechtsanwältinnen, Ärztinnen, Zahnärztinnen, Verwaltungsbeamtinnen, Richterinnen, Ingenieurinnen, Architektinnen, Generaldirektorinnen und sogar als Staatsoberhäupter. Was macht es da, dachte sie, wenn die Frau im Austausch für ihre Freiheit nicht mehr auf einem Piedestal steht! Mann und Frau werden nur mehr zwei gleiche Wesen sein, die beschlossen haben, zusammen zu leben, und es wird nicht mehr bloß die ‹Erwählte› geben, sondern zwei Menschen, die sich gegenseitig erwählt haben. Zur Zeit war die Lage für die Frau noch nicht so paradiesisch, aber für den Anfang war es nicht schlecht. Der Prophet Mohammed hatte den Mann ermahnt, zwischen den Gattinnen zu vermitteln. Die Gesetze der Gerechtigkeit und des Anstands . . . «Fangen wir damit an, sie wenigstens bei den Arbeitsbedingungen und beim gleichen Lohn für Männer und Frauen zu verwirklichen!» rief Faiza im Lauf einer Diskussion mit Mouloud und Yamina aus. Und Mouloud beschwichtigte sie mit seiner besonnenen Stimme, indem er wie immer eines seiner geliebten Gleichnisse zititerte: «O Frau, laß uns das Haus in Frieden erbauen! Nachher werden wir uns darum kümmern, es angemessen auszustatten.»

Der Zufall, dieser Possenspieler, beschloß, sich für Faiza zu interessieren. Irgendeine geheimnisvolle Kraft schien auf die Unerschütterlichkeit des jungen Mädchens neidisch zu sein.
An einem Samstagabend wollte Mouloud seine beiden Frauen ausführen: Yamina verdiente allein schon um ihrer selbst willen verwöhnt zu werden, und Faiza, weil sie so viel arbeitete. Er überließ ihnen die Wahl, wohin sie zum Essen gehen würden, und amüsierte sich über ihre Entschlußlosigkeit.
«Ach, ihr Frauen! Wie rätselhaft ihr seid! Ihr beklagt euch darüber, von den Männern beherrscht, schikaniert zu werden, und wenn sie euch die Initiative überlassen, seid ihr plötzlich ratlos.»
Er schaute bei diesen Worten vorwiegend seine Schwester an, denn Yamina empfand die männliche Beherrschung als sehr angenehm und fühlte sich unter Moulouds verliebtem Schutz wohl.
«Ehrlich, ich weiß es nicht! Ich kenne die Restaurants nicht», sagte Faiza.
«Ich, ich weiß es!» rief Yamina fröhlich aus und sprang um sie herum. «Wir gehen in dieses gemütliche Lokal, in das wir zum erstenmal zusammen ausgegangen sind, Mouloud! Es gefällt Faiza bestimmt.»
Yamina war von ihren Erinnerungen so gerührt, daß Mouloud und Faiza in Gelächter ausbrachen.
Das Restaurant war eine Art großer, mit Kalk geweißter, ausgebauter Keller, mit dicken Balken unter der Decke. Über der Treppe, die in einen weiteren Speisesaal führte, waren die Wände mit Plakaten von Che Guevara, Joan Baez und der farbigen amerikanischen Bürgerrechtskämpferin Angela Davis gepflastert. Die mit rot-weiß karierten Tischtüchern gedeckten Tische verliehen dem Ganzen ein ländliches Aussehen, und man wunderte sich fast, jenseits der Mauern keine grünende Wiese zu sehen. Das Lokal war auf italienische Küche spezialisiert. Das Publikum bestand zum größten Teil aus langhaarigen Männern mit schmalen, schwarzen Schnurrbärten in eleganten dunklen Anzügen, die mit ernster Miene irgendeine mini-

sterielle Besprechung fortzusetzen schienen.
Rosig vor Aufregung hört Yamina nicht auf zu zwitschern. Faiza beobachtete alles und atmete entzückt den köstlichen Duft ein, der aus der Küche drang. Mouloud lächelte plötzlich, hob den Arm und winkte einer Gruppe von Männern zu, die nicht weit von ihnen saßen.
«Sieh mal, Faysal ist auch da!» raunte er seiner Frau zu. «Ghanias Ex-Verlobter?» fragte sie. Das junge Mädchen, von dem die Rede war, sei die Tochter eines Kollegen von Mouloud, erklärte Yamina Faiza. Vor einigen Monaten waren sie zur Verlobung eingeladen gewesen. Dann machte das Gerücht die Runde, die beiden jungen Leute hätten miteinander gebrochen. Faiza saß mit dem Rücken zu dem betreffenden Tisch und konnte die Person, über die ihre Schwägerin tuschelte, nicht sehen.
«Warum haben sie gebrochen?» fragte Faiza.
«Wegen dummer Komplikationen. Das ist immer dieselbe Geschichte mit diesen zu sehr verwöhnten Mädchen, die meinen, sich alles erlauben zu können! Hast du Ghania an der Uni gekannt? Sie ist unbestreitbar ein hübsches Mädchen, aber exzentrisch und launisch. Faysal ist bei allen Mädchen Hahn im Korb und der Traumschwiegersohn aller Mütter: schön, aus guter Familie und von Beruf Ingenieur. Er war mit Mouloud in der Sowjetunion. Einer der wenigen, die der ‹liebevollen russischen Psychotherapie› entronnen sind.»
Yamina brachte das mit ironischer Betonung vor. Faiza verstand die Anspielung. Die manchmal komische Lage von Moulouds Freunden, die, mit Diplomen und sozialistischen Ehefrauen ausgestattet, von dort zurückgekehrt waren, war zwischen ihnen ein unerschöpfliches Thema für Scherze. Nachdem sie in der Sowjetunion die Wohltaten der Anspruchslosigkeit genossen hatten, wurden manche dieser Frauen neben ihrem Aufsteiger-Ehemann plötzlich gutbürgerlich und verteidigten eifersüchtig ihre Vorrechte. Daneben gab es solche, die sich mit sentimentalen Legenden umgaben: ‹Tochter aus reicher Familie, die der bürgerlichen Dekadenz abgeschworen hat, um sich einer edlen Aufgabe zu widmen: zivilisierte kleine Araber aufzuziehen.› Apostel, die gegen den Rassismus kämpfen, sagte Yamina. Aber Mouloud korrigierte sie immer, indem er sie an die ehrlichen Absichten jener Minderheit erinnerte, die ihre Rolle als Frau und Mutter gewissenhaft ausfüllte, ganz gleich welches ihre ursprüngli-

che Nationalität war. Man konnte alle möglichen Erscheinungsformen beobachten. Das war ein weiterer psychologischer Aspekt der sich wandelnden algerischen Gesellschaft.
Leise kichernd gingen die beiden Frauen sprunghaft wie Flöhe von Faysals Liebesabenteuern zu Anekdoten über Mischehen über. Von ihrem Klatsch fasziniert, hörte sich Mouloud die Tirade seiner Frau bis zum Ende an:
«Eine kleine Lehrerin sagte eines Tages: ‹Wie hätte mein Mann bei der Ausbildung, die er in Europa genossen hat, mit einer unzivilisierten, dicken, behaarten Algerierin glücklich werden können?› Anschließend stellte sich heraus, daß ihr Mann, ein unbelehrbarer Schürzenjäger, sie schamlos mit ihrem eigenen Dienstmädchen betrog: einem frischen, blonden Mädchen vom Lande, das sechzehn Jahre alt war. Mit der verbringt er jetzt glückliche Tage.»
«Ihr heillosen Klatschbasen!» rief Mouloud. «Seid still! Meine Freunde am Nachbartisch können euch hören!»
Aber wenn man vom Wolf spricht . . . Da stand Faysal und schlug Mouloud auf die Schulter:
«Aha, du dringst in unseren Schlupfwinkel ein!»
«Ich führe meine Frauen aus, alter Freund», antwortete Mouloud und stellte ihm seine Schwester vor. Yamina und Faysal, die sich bereits kannten, begrüßten sich fröhlich. Faiza aber spürte, wie sie erstarrte. Ihr Blick machte sich von ihrem Willen unabhängig; er weigerte sich, woandershin zu schauen und blieb an den Blick Faysals geheftet. Ihre Blicke hatten sich gekreuzt und sich ineinander versenkt, als hätten sie sich nach Jahrhunderten wiedergefunden. Plötzlich lächelten sie sich verschwörerisch an; er mit komisch herabgezogenen Mundwinkeln, als amüsierte er sich über den Streich, den ihre Blicke ihnen gespielt hatten. Mouloud rückte zur Seite und bot ihm neben sich einen Platz an. Sie plauderten über ihre Arbeit. Faiza fühlte sich auf geheimnisvolle Weise geborgen, wie der Reisende, der nach einem langen Marsch sein Ziel erreicht hat. Sie wunderte sich über ihre Ruhe und verspürte eine heiße, innere Freude, die ihr Leichtigkeit verlieh. Ihr gegenüber saßen Mouloud und Faysal und scherzten miteinander. Und Faiza wußte, daß er es war, auf den sie immer gewartet hatte. Er kam mit den Insignien eines Don Juan. Und sie akzeptierte im voraus alles, was ihr widerfahren konnte: Weinen und Lachen. Yamina ahnte etwas; sie merkte, daß sich unter ihren Augen ein Wunder vollzogen hatte. Die scheinbar unge-

rührte Faiza schien zu wachsen, strahlte und wurde menschlich; nur die Ader an ihrem Hals pulste vor Erregung.
Faysal verließ ihren Tisch, um sich wieder zu seinen Freunden zu setzen. Noch einmal lächelte er das junge Mädchen aus dem Mundwinkel an.
Dem umsichtigen Mouloud entging die Veränderung seiner Schwester keineswegs. Als sein Freund ihn zu Hause anrief, um sie für den Abend zu seinem Geburtstag einzuladen, wurde er wach. Nach und nach wurde Faysal ein vertrauter Freund des Hauses. Mouloud sann über seinen Freund nach: Sein Ruf als Verführer war Grund genug, um weniger argwöhnische Brüder als Mouloud zu beunruhigen. Aber war sie nicht alt genug, um selbst zu wählen? Für ihn war diese Sache eine Art Bewährungsprobe; er war neugierig, wie die tapfere Faiza sich entscheiden würde.
Faysal holte sie regelmäßig vom Krankenhaus ab. Ihre Freude, seine große Gestalt auf sich zugehen zu sehen, ließ nicht nach. Jedesmal staunte sie wieder über die Schönheit dieses Mannes: die wohlgeformte Nase, die feste Zeichnung von Mund und Kinn, die widerspenstigen braunen Haare und seine hellen Augen mit dem arglosen Blick, einem Blick, der sich weigerte, das Schlechte auf Erden zu sehen. Und seine Art, den Kopf herausfordernd hoch zu tragen. Faiza fand ihn so viel schöner als sich selbst! Sie glaubte, daß Faysal in einem anderen Leben ein großer Herr gewesen sei, ein stolzer Krieger, der über die Mittelmeerländer herrschte, denn so benahm er sich. Sie war beinahe so groß wie er. Sie gingen gerne Seite an Seite durch die Menge in den Straßen. Wie Fliegen auf einem Markt wimmelten die Leute um sie herum und hatten keinen Blick für dieses seltsame, glückliche Paar.
Aber wieder einmal rückten die Ferien heran. Die Vorstellung, in ihr Dorf fahren zu sollen, machte Faiza traurig. Dieser Vertrag zwischen ihr und ihrer Familie belastete sie. Sie verabscheute jetzt alles, was sie von Faysal trennte, und sei es nur für einen Tag. Und zwei Monate bedeuteten tausend Qualen. Faysal fühlte Faizas wachsende Nervosität. Er war vernünftig und riet ihr, niemanden vor den Kopf zu stoßen:
«In einem Monat», sagte er, «komme ich mit meinem Bruder und mit Mouloud, um deinen Vater kennenzulernen und um nach den traditionellen Regeln um deine Hand zu bitten.»
Er kannte den Ruf des gestrengen Si-Mokrane und wollte ihn nicht

kopfscheu machen. Daher versprach er Faiza, daß sie vor Ende des Sommers verheiratet sein würden.
Faysal hatte seine Eltern im Krieg verloren. Er wohnte bei seinem älteren Bruder. Dieser, ein angesehener Augenarzt, war verheiratet und Vater von drei Kindern. Faiza hatte die Familie ihres künftigen Schwagers bereits kennengelernt. Si-Ahmed, den sie von ihrem Dienst im Krankenhaus her kannte, war das Ebenbild seines zehn Jahre jüngeren Bruders. Er schätzte Faiza und war über ihre Heiratspläne aufrichtig glücklich. Salima, seine Frau, gehörte zu dem gleichen Frauentyp wie Yamina und Malika: nervös, graziös, voller Lebensfreude. Sie bildete einen auffälligen Kontrast zu ihrem Mann, einem ruhigen, gesetzten Mann, der aber die Dinge und die Menschen genau beobachtete. Wie Schmetterlinge eines ewigen Frühlings wirbelten Salima und die drei Kinder durch das Haus. Faysal hatte wirklich Grund, auf so eine Familie stolz zu sein. Und es erübrigt sich, die Begegnung zwischen Yamina und Salima zu beschreiben. Bei der Vorstellung an das Bild, das Khadidja, Yamina, Malika und Salima abgeben würden, seufzten Faiza und Mouloud lachend. Sicherlich würde das ganze Dorf kopfstehen! Zwar war da noch die besonnene Akila, aber sie schien für die Rolle der wohlwollenden Zuschauerin bestimmt zu sein. Nora veränderte sich übrigens im Kontakt mit der unkomplizierten Fröhlichkeit der drei Frauen. Ihr Umgang mit Yamina, der es Spaß machte, alles auf einen komischen Nenner zu bringen, mit der unterhaltsamen Salima und mit der schalkhaften Faiza machten Nora weniger von sich selbst eingenommen. Wenn sie am Strand zusammen waren, wurde das Meer eine Arena unbeschwerter Freiheit, und wie durch Zauberei vergaß Nora sogar ihre Enthaarungspinzette. Daran kann man sehen, daß das Lachen Komplexe vertreibt!

Nur noch zwei Tage blieben bis zu Faizas Abreise. Um sich über den endlosen Monat der Trennung hinwegzutrösten, wünschte sie sich, einen ganzen langen Tag mit Faysal zu verbringen. Sie fuhren ans Meer, in die Villa von Faysals Bruder, die zu diesem Zeitpunkt, Anfang Juli, noch leerstand.

Von den Wellen des Meeres umspült, gingen sie barfuß über den Sand. Faysal küßte sie, als würde er sie für immer verlieren. Faiza sagte:

«Ich weiß, daß es ein sehr langer Monat wird. Aber du tust so, als würde ich endgültig weggehen!»

«Sei still!» sagte er leise. «Ich will alles von dir in mich aufnehmen. Ich würde so gerne mit dir zusammenwachsen, meine Haut und deine zusammennähen.»

Sie gingen Hand in Hand, blieben dann stehen, als würden sie verdursten und könnten ihren Durst aneinander stillen. Die Spur ihrer Schritte im Sand wurde immer länger. Dort, wo sie sich umarmt hatten, unterbrach ein wirrer Kreis ihre Fußspuren. Faiza dachte über ihr Glück nach: sie hatte studieren können, sie hatte einen Bruder wie Mouloud und zwei Mütter, die sie liebten. Alles! Und dazu noch Faysal, wie sie ihn sich erträumt hatte. Schön und mit dieser Mischung aus der Wohlerzogenheit von einst und der fröhlichen Ungezwungenheit der heutigen Zeit.

Sie amüsierten sich über ihre unterschiedliche Hautfarbe: sie, so braun wie ein kleiner Junge aus den Bergen, wie er fand, und er hellhäutig, mit dieser zarten Haut, unter der seine Muskeln spielten.

Die Zeit verrann, als habe sie es eilig, diesen Augenblicken des Glücks ein Ende zu machen. Eine dumpfe Angst quälte sie und ließ sie die Stunde des Aufbruchs mit kindlichen Tricks aufschieben. Ihre Uhr hatten sie in einer Schachtel versteckt. Sie weigerten sich, die Sonne untergehen zu sehen, indem sie ihre Gesichter hartnäckig aneinanderschmiegten. Aber ihre Augen verdunkelten sich allmählich, und nur der heiße Atem ihrer Münder war noch zu spüren.

Faiza wirkte rührend in der Verwirrtheit, die ihren Blick plötzlich

umfing. Neugierig auf dieses Mädchen, das keinem anderen glich, beobachtete er sie voll Leidenschaft. Sie hatte nicht den Blick, den sie in einer solchen Situation hätte haben müssen, ihm fehlte das Verheißungsvolle. Sie hätte schmachtend die Beine ausstrecken oder sich vielleicht krümmen müssen. Sie hätte die Gesten der Liebe spielen müssen. Aber sie schien das große Spiel der Verführung, das angeblich jeder Frau angeboren ist, nicht zu kennen. Faiza war ein Berg der Zurückhaltung, und ihre distanzierte Gelassenheit trotzte den Regeln des Lebens. Sie sah ihn mit dem gleichen, ruhig-besitzergreifenden Blick an wie beim erstenmal, als sie sich trafen. Sie vertauschte die Rollen. Mit welchem Recht? Sie war der Blick, wo sie das Objekt seines Blicks hätte sein müssen. Sie war der Mann mit seinem nach Leidenschaft gierenden Gesicht und seinen starken, bebenden Nasenflügeln. Ein Tier auf der Lauer, seines Sieges gewiß. Sie verstand es auch, ihn zu erneuern, zu erfrischen: sie verwandelte Faysals Begehren in einen von ihr gewollten Akt. Sein ganzes Ich drängte ihn, sie sofort zu nehmen, aber er fühlte sich von ihrem Blick gefangen; sie hätte die Beute sein sollen, aber sie war der Schatten. Faysal gab, Faiza nahm.
Die Nacht senkte sich herab, als sie aus dem Traum erwachten, in dem sie befangen gewesen waren. Sie spürte ihre eiskalten Füße, aber ihr übriger Körper brannte unter dem Faysals. Der Himmel war fahl, die Geräusche waren wieder leiser geworden, als hätte das Meer sich zurückgezogen.
Im Auto zitierte Faysal diese Verse von Paul Eluard:

Aufrecht steht sie auf meinen Lidern
Und ihr Haar ist in meinem Haar.
Sie hat die Form meiner Hände,
Sie hat die Farbe meiner Augen,
Sie verzehrt sich in meinem Schatten
Wie ein Stein im Himmel.

Immer hat sie die Augen offen
Und läßt mich nicht schlafen.
Ihre Träume im hellen Licht
Lassen die Sonnen verdunsten,
Machen mich lachen, weinen und lachen,
Sprechen, ohne daß ich etwas zu sagen weiß.

Zum Ruhm des Dichters und zum Ruhm ihrer Liebe zu Faysal fiel Faiza ein:

> Ohne dich
> Es fault die Sonne der Felder
> Die Sonne der Wälder schläft ein
> Der lebendige Himmel entschwindet
> Und auf allem lastet der Abend . . .

Der junge Mann verlangte den Schluß des Gedichtes zu hören, den er genau kannte.
«Nein», sagte sie, «der Schluß ist zu traurig, und ich bin glücklich!»

Im Vaterhaus herrschte große Freude. Faiza hatte gute Nachrichten mitgebracht: Yamina war schwanger, das Kind würde in fünf Monaten geboren werden. Und Khadidja stieß ein kräftiges ‹Ju! Ju!› aus. Trotz ihres Alters war sie kämpferisch und feurig geblieben. Vor einigen Jahren war sie fünfzig geworden, aber aufrecht und majestätisch bewahrte sie ihr lebhaftes Temperament. Ihre mit Henna gefärbten Haare lagen in Flechten um ihr schön gebliebenes Gesicht. Nur der Hals war gealtert, in ihrem merkwürdigen Blick aber funkelte es ständig. An Akila schienen die Jahre vorübergegangen zu sein; an ihr war nichts gewelkt. Aber jedesmal, wenn sie ihre älteste Tochter ansah, seufzte sie etwas tiefer. Sie hatte bemerkt, daß Faiza sich neuerdings herausputzte. Sie nahm eine unmerkliche Veränderung an ihr wahr. Da war zunächst diese neue Frisur: die vollen Haare lagen ihr locker auf den Schultern, anstatt wie vorher im Nakken zusammengefaßt zu sein. Ihre Körperformen brachte sie geschickt in einem sehr bunten Kleid zur Geltung, und ihr einst bescheidenes Lachen klang heute voll. Die Zurückhaltung in den Bewegungen ihrer Tochter schien sich im Kontakt mit der Stadt abgenutzt zu haben. Und erst ihr Gang! Mit dem tiefen Instinkt der Frau und Mutter spürte Akila, daß dieser Gang den Mann und seine Umarmungen kannte. Irgend etwas ändert sich im Verhalten eines Mädchens, das die Liebkosungen des Mannes erfahren hat. Und wie alle, die nicht viel reden, hatte die Mutter eine ausgeprägte Beobachtungsgabe. In einem plötzlichen Anfall von Zorn fragte sie:
«Und du, meine Tochter! Wann wirst du dich entschließen, wie alle

anderen zu heiraten? Wartest du vielleicht bis zu Adils Hochzeit?»
Der Spott ihrer Mutter brachte Faiza in Harnisch und sie antwortete unverblümt:
«Wenn ich mich dazu entschließe, wirst du es erfahren!»
«Werde ich es erfahren?» antwortete Akila schnippisch, wobei sie den Tonfall ihrer Tochter nachahmte. «Von dir habe ich nie etwas erfahren! Du willst so unbedingt anders sein als die anderen Frauen, daß du unversehens alt sein und die Kinder der anderen herzen wirst. Es ist ja ganz schön, Doktor zu werden. Aber traurig ist es, allmählich auszutrocknen und ‹die Kinder in seinem Bauch verzehrt zu haben›.»
Dies war eine geläufige Redewendung, mit der man alte Jungfern verspottete, die das Alter, Kinder zu bekommen, überschritten hatten.
Und Faizas Zorn verrauchte plötzlich und sie sagte lachend:
«Sei ruhig, Mütterchen! Du wirst meine Kinder sehen, und ich verspreche dir, daß sie deine Geduld und Ma Khadidjas Kräfte strapazieren werden!»
Es besänftigte Akila, solche Worte aus dem Mund ihrer Tochter zu hören. Früher hatte sie sich schon bei dem bloßen Wort Hochzeit zornig verfärbt. ‹Bei Allah! Wenn sie so redet, hat sie bestimmt einen im Sinn!› dachte die Mutter.
Danach hatten sie in der Frische des Hofes Frieden geschlossen und nur noch den letzten Klatsch aus dem Dorf kommentiert. Der alte Hadsch-El-Tajer war gestorben, und seine Frau war ihm zwei Monate später gefolgt. Ihr Sohn, der ‹Duckmäuser›, hatte Si-Mokrane das Getreidefeld abgekauft, um sie den anderen Landstreifen seines Vaters einzuverleiben. Er war zum reichsten Landwirt der Umgebung geworden, aber sein Gehabe hatte sich deshalb nicht geändert. Er lebte weiterhin knauserig, als hätte er Angst, am nächsten Tag zu verhungern. Si-Mokrane bestellte nur noch seine zwanzig Hektar mit Obstbäumen. Davon konnte er mit seiner Familie und mit seinen Arbeitern gut leben.
Sie erinnerten sich an Si-Tajer und fanden, daß er mehr Größe besessen habe als sein Sohn, denn er hatte gelebt wie ein Prinz, hatte sich festlich gekleidet und üppig gegessen.
Was den alten Zauberer anging, der einst auf so unheimliche Weise Khadidjas Daumen tätowiert hatte, so lebte er immer noch an der

Pforte des Friedhofs. Er hatte inzwischen ein wenig den Verstand verloren und ging aufrecht, dürr, mit einem Stock in der Hand durch die Dorfstraßen, wobei seine Lippen geheimnisvolle Litaneien mummelten und seine Augen blicklos ins Leere gerichtet waren. Erwachsene und Kinder gingen ihm furchtsam aus dem Weg. Es fehlte nicht an barmherzigen Seelen, die ihm etwas zu Essen brachten und ihn wie ein lebendiges Denkmal des Dorfes beschützten. Es gab sogar noch einige gutgläubige Personen, die seinen ‹Prophezeiungen› Glauben schenkten und ihm treue Kunden blieben.
Abends kamen Kamel und Malika die Familie besuchen; mit ihnen kam Karim, der inzwischen Schulleiter geworden war, und ein Cousin namens Jamel, Tante Aichas mißratener Sohn, der die Familie mit seinen zahlreichen Heiraten betrübte. Es gab diese Vielehen jetzt zwar noch, aber sie waren unerwünscht. Daher entstand ein anderes Phänomen: die Männer hatten selten zwei oder drei Frauen in ihrem Haus, ließen sich aber unverdrossen scheiden.
Malika war pummeliger denn je. Ihr lustiges Gesicht war mit kecken Grübchen übersät. Sie ging jetzt nicht mehr verschleiert. Von seinen großen Ideen zur Förderung des Dorfes bewegt, hatte ihr Mann sie vom Haik befreit. Jetzt neckte er gerade den ‹Familiendoktor›:
«Nun, Tbiba, was für Neuigkeiten gibt es aus der Hauptstadt?»
«Gute!» antwortete Faiza in dem gleichen scherzhaften Ton. «Und wie steht es mit dir, lieber Bürgermeister-Bruder? Wie laufen deine Projekte?»
Ihr machte es Spaß, Kamels Eitelkeit als ‹Verantwortlicher› zu kitzeln. Er war dank seiner Grundehrlichkeit und seines Fleißes in das höchste Amt des Dorfes wiedergewählt worden. Mit entwaffnender Freundlichkeit und Offenheit antwortete er Faiza:
«Nicht schlecht, nicht schlecht. Jedenfalls haben wir trotz der Materialknappheit Ergebnisse erzielt: gerade wurde ein Zentrum für Mütter und Kinder eröffnet, eine zweite Schule, neue Wohnungen und überall Elektrizität! Aber unsere Leute hier sind unersättlich; sie haben einen Vorgeschmack von Komfort bekommen und jetzt wollen sie mehr, und zwar schnell. Wenn ich bedenke, daß es hier vor der Unabhängigkeit wie im Mittelalter war!»
Jamel, der schweigsame Cousin, sagte bitter:
«Ach du! Du hast gut reden! Dabei stehen die Dinge hier im Gegenteil miserabel. Ich jedenfalls habe die Nase voll von diesem Land! Hier ist kein Platz für mich. Wenn ich die gleichen Tricks angewen-

det hätte wie die anderen, hätte ich eine Stelle in Algier bekommen!»
Und er begann zu jammern, während die Familie ein verständnisinniges Lächeln austauschte. In Wirklichkeit rührte Jamels Groll aus der Zeit der Unabhängigkeitserklärung her. In der Gewißheit, einer der ersten zu sein, kam er damals voller Träume aus dem Widerstandskampf zurück. Aber er mußte feststellen, daß Männer da waren, die außer ihren Jahren im Kampf ein Diplom vorzuweisen hatten. Die Schwierigkeiten der Wiederanpassung und seine natürliche Veranlagung zur Unzufriedenheit führten dazu, daß er mürrisch wurde und alle anderen beneidete. Kamel kannte Jamels Leier. Mit besonnener Stimme, als spräche er zu einem trotzigen Kind, entgegnete er:
«Du bist ungerecht, Jamel! Du wirst mir jetzt ehrlich auf das, was ich dir sage, antworten. Faiza ist unparteiisch, sie hat studiert, sie kennt manche Dinge besser als wir. Du und ich, wir sind gleich alt. Wir sind zusammen in den Untergrund gegangen. Du kannst kaum lesen und machst dir offensichtlich nichts daraus.» Kamel lächelte Jamel komplicenhaft an und neigte leicht den Kopf: «Gib zu, daß du in der Schule ein Flegel warst! Erinnerst du dich? Du hast nur Prügeleien im Kopf gehabt. Kurzum, du beklagst dich, dabei bist du in Wirklichkeit ein Privilegierter. Du hast das Land, das dein Vater dir vererbt hat. Friede seiner Seele! Du hast dort schnell zwei Häuser gebaut, aus denen du Miete kassierst. Du machst keinerlei Anstrengung, dich denen anzuschließen, die kostenlose Arabisch- oder Französisch-Kurse nehmen. In der Versammlung hast du den Platz, der dir zukommt. Was willst du eigentlich? Minister werden?»
Bei diesen Worten brachen die Frauen in Gelächter aus. Jamel murrte:
«Ich würde es besser machen als die Unfähigen!»
«O ja!» gab Kamel zurück. «Es genügt wohl nicht, ein verdienter Kämpfer gewesen zu sein! Hast du deine Pflicht eigentlich für das Vaterland getan oder um der Eitelkeit willen, hohe Ämter zu bekommen, zu deren Führung du, unter uns gesagt, unfähig bist?»
Bei dieser gestrengen Gardinenpredigt senkte Jamel den Kopf.
«Ich hab's satt! Ich möchte das Dorf verlassen!»
Er sagte das so verzweifelt, daß Faiza zusammenzuckte. Ihr schien es, als hörte sie das Echo der inneren Unruhe, von der sie als Kind be-

sessen gewesen war. In einem Anflug von Freundschaft für ihren Cousin sagte sie:
«Oh, ich verstehe dich, Jamel. Aber ich bin sicher, daß dich etwas anderes quält. Du hast dein Haus, die saubere Landluft und die Achtung derer, die dich von Geburt an kennen. Wenn du wüßtest, wie einsam man mitunter in der Stadt ist! Ich habe Familien ohne Arbeit in Sozialwohnungen dahinvegetieren sehen, die ihrem Dorf nachtrauerten, das sie für die Verheißungen der Stadt verlassen hatten. Und die Jugendlichen, die die Achtung vor den Eltern verlieren . . .»
Karim unterbrach sie erstaunt:
«Wie, du redest so? Faiza, hast du deine Vernarrtheit in die Stadt schon vergessen?»
Als würde sie sich plötzlich selbst befragen, versank Faiza in tiefes Schweigen. Warum hatte sie so geredet? War es die Liebe, die sie verändert hatte? Sie wußte nicht, aus welchem Impuls heraus sie auf Jamels Not eingegangen war. Er hatte Hilfe gebraucht, und das hatte sie gerührt. Sie murmelte:
«Und Manubia hilft dir nicht?»
«Was?» riefen plötzlich alle unter Gelächter und sich überschneidenden Erklärungen. Malika gelang es, wieder Ruhe herzustellen:
«Du lebst wohl auf dem Mond! Manubia ist ein alter Hut! Da war Fatma, nach ihr Jamila und zu guter Letzt Zubida. Die Arme hat sich zu ihren Eltern geflüchtet, und zwar wegen seiner Schwestern, natürlich.»
Faiza wandte sich dem errötenden Jamel zu und fragte freundlich:
«Jamel! Was sind denn das für Geschichten? Schon vier Frauen!»
Und an Ma Khadidja gewandt, fügte sie hinzu: «Ihn hat auch das Leiden des ‹viermaligen Beweises› befallen.»
Die anderen wiederholten verwundert:
«Der viermalige Beweis?»
Ma Khadidja gab Faiza einen Stoß in die Rippen und erklärte:
«Ya Allah! Die Kleine vergißt aber auch nichts! Das ist ein Ausdruck, mit dem ich die Männer abwertete, die sich viermal verheirateten.»
Akila schüttelte lachend den Kopf, denn auch sie erinnerte sich gut, diese Worte von Khadidja gehört zu haben, die sie aussprach, als spuckte sie verächtlich auf diejenigen, die das Bedürfnis hatten, mit dem manischen Sammeln von Frauen ihre Männlichkeit unter Be-

weis zu stellen. Auch ihr Haus hatte diese Stürme gekannt. Akila betrachtete Khadidjas strahlendes Gesicht und sann darüber nach, daß sie dank des Mutes dieser Frau heute in Frieden lebte.
Aber Jamel konnte es nicht mehr ertragen, das Gespött der Familie und insbesondere seiner fabelhaften Kusine zu sein. Er hob den Kopf, und sein wilder Ausdruck brachte die anderen plötzlich zum Schweigen. Er starrte Faiza an und begann für sie allein zu erzählen. Jedesmal, wenn er eine Frau nahm, berichtete er ihr, bekam diese nach einem Monat eine Krise. Da sie seine beiden älteren Schwestern nicht mehr ertragen konnte, verließ sie ihn. Die zweite konnte weder mit den Schwägerinnen noch vom Dorf entfernt leben, denn Jamel wohnte im ehemaligen Haus seiner Eltern, das einen Kilometer vor dem Dorf lag. Bei der dritten war es dasselbe. Die vierte hingegen verlangte schlicht und einfach, ihr Haus für sich zu haben, da sie sich ständig mit seinen Schwestern zankte. Eines Tages lief ihm die Galle über und er verprügelte sie. Sie war zu ihren Eltern geflohen. Das Ergebnis war, daß niemand im Dorf ihm mehr seine Tochter geben wollte.
«Ich habe kein Glück», seufzte er. «Alle Türen verschließen sich vor mir.»
Faiza betrachtete diesen Mann, der seine Schwäche ausbreitete und unfähig war, selbst eine Lösung zu finden. Er suchte sein Heil bei seinen Schwestern.
«Meine Schwestern sind nämlich arme unglückliche Wesen. Ich darf sie nicht fallenlassen. Die älteste ist geschieden, und die zweite hat nie einen einzigen Heiratsantrag bekommen. Ich bin ihre einzige Stütze!»
«Genug, mein Sohn!» sagte die unbezähmbare Khadidja. «Sie intrigieren heimlich. Komm, ich kenne sie! Ach, wenn deine arme Mutter noch lebte, Friede ihrer Seele! Sie, ja sie war eine herzensgute Frau. Gerecht, gut und fröhlichen Herzens ließ sie sich keine Gelegenheit zum Lachen und Scherzen entgehen. Im Dorf beteten sie alle an. Es ist ein Jammer, daß sie zwei so böse Schlangen wie ihre beiden Töchter zur Welt gebracht hat.»
Jamel sah aus wie ein geprügelter Hund. Khadidja lachte und zeigte mit dem Finger auf ihn:
«Sieh an! Du hast Ähnlichkeit mit deiner ältesten Schwester: die gleiche Leichenbittermiene wie sie. Es ist eigenartig, daß ihr nichts von eurer Mutter geerbt habt; du bist vielleicht der einzige, der ihr

gutes Herz hat, aber ihren Sinn für Humor hat keiner mitbekommen. Ihr, besonders die Mädchen, ihr kommt eher auf eure Großmutter väterlicherseits heraus, die war zänkisch, hatte eine böse Zunge und verwandelte sich vor ihrem Sohn in ein Lamm. Möge Allah mir vergeben! Sie, die mich hört, Friede ihrer Seele! Aber sie muß wissen, daß ich die Wahrheit sage.»
Faiza sagte nachdrücklich, aber mit sanfter Stimme, um ihren Cousin nicht zu verletzen:
«Warum richtest du deine Schwestern nicht in einem der Häuser ein, die du gebaut hast, und lebst endlich allein mit deiner Frau? Du kannst sie von weitem im Auge behalten und sie ab und zu besuchen. Du mußt jetzt ans Kinderkriegen denken. Wenn du dich weiter von deinen Schwestern ausbeuten läßt, wirst du von deinem Groll ganz vergiftet, und keine Frau wird dich mehr wollen.»
Jamel sann über diesen Rat nach. Er wußte ja, daß alle ihm helfen wollten. Niemand wollte ihn gegen die Seinigen aufbringen. Nachdenklich sagte er:
«Du hast recht! Und ehrlich gesagt bin ich es leid, die Frau zu wechseln. Und ich liebe Zubida! Sie ist sanft, intelligent und . . .»
Kamel klatschte plötzlich und rief fröhlich aus:
«Bravo! Das nenne ich eine männliche Entscheidung! Hol deine Frau zurück, leb nicht mehr mit deinen Schwestern zusammen und du wirst aufhören, über die Regierung herzuziehn; sie ist für deine Ehekrisen nicht verantwortlich.»
Und schon legte er los, die Tugenden eines guten Algeriers aufzuführen. Kamel ließ sich keine Gelegenheit entgehen, seine Pflicht als Kämpfer und reger Polit-Kommissar zu erfüllen. Begeistert sprach er über die Söhne des Landes.
«Und was ist mit seinen Töchtern?» unterbrach Faiza spöttisch Kamels schönen Redefluß, «was hast du in deinem märchenhaften Plan für sie vorgesehen?»
«Sie hüten das Haus, erziehen die Kinder und verwöhnen ihren Ehemann!» sagte Jamel mit entzückter Miene.
Faiza beobachtete sie aufmerksam; ein seltsamer Stolz ging von ihr aus. Sie lächelte, aber ohne eine Spur von Frivolität.
«Ich dagegen glaube, daß die Männer letzten Endes begreifen werden, daß es dumm ist, ihre Gefährtinnen im Haus zu halten. Es liegt mir nicht daran, euren männlichen Stolz zu verletzen, aber ich verabscheue jede Form von Unterdrückung.»

Die Männer hörten ihr zu; sie merkten, daß sie nachdenken mußten, bevor sie ihr antworteten. Karim spielte mit seinen starken, schönen Händen. Er ließ eine großzügige Natur voll jugendlicher Illusionen ahnen, und sein sanfter Blick verriet eine gewisse Romantik. Der Junge führte offensichtlich ein zufriedenes Leben zwischen der Schule und seiner tüchtigen, zärtlichen Mutter. Seine Schwestern waren verheiratet, aber er fühlte sich weiterhin als Junggeselle am wohlsten. Seit er am Ende des Krieges aus der Stadt zurückgekehrt war, hatte sich seine Freundschaft mit Si-Mokrane noch vertieft, und sein Onkel schätzte es, ihn bei allem nach seiner Meinung zu fragen. Si-Mokrane vertraute sich seinem Neffen gern an, in viel stärkerem Maße als Mouloud. Übrigens sah Karim seinem Großvater Scheich-Mouloud auf seltsame Weise ähnlich; von ihm hatte er die Adlernase, die buschigen, kohlschwarzen Augenbrauen und die erstaunlich grünen Augen. Die gleiche frappierende Ähnlichkeit lag in seinem Gang und in seiner lockeren und dennoch würdevollen Haltung. Si-Mokrane zuckte innerlich unwillkürlich zusammen, wenn er Karim begegnete: «Es ist, als sei Vater in seinem Enkel wiedererstanden», seufzte er.
Jetzt schaltete Karim sich zum erstenmal in die Unterhaltung ein:
«Du sprichst von Unterdrückung, als seien unsere Frauen wie wilde Tiere eingepfercht! Unsere Gesetze schützen und achten sie!»
«Und die Religion? Die Prinzipien des Korans? Du vergißt über deinen Ideen von Freiheit, daß wir Moslems sind», sagte Jamel und schaute Faiza mit seinen listigen Bauernäuglein bohrend an.
«Mein Glaube ist nach wie vor lebendig, wenn du es wissen willst, aber ich sehe im Fanatismus das größte Hindernis für die menschliche Entwicklung.»
Karim ergriff noch einmal das Wort. Er war aufrichtig zu den anderen und zu sich selbst. Außerdem war er innerlich nicht schwankend, da er die Emanzipation nie als Problem angesehen hatte. In seinen Augen war der Stolz auf den Fortschritt seines Landes wichtiger als alle diese pathetischen Revolten.
«Glaubst du nicht, daß die Anpassung der Religion an den Fortschritt unseres Landes zu einer Einheit, einer besseren Welt führen würde?»
Die Männer waren einverstanden. Malika hörte zu und stickte. Khadidja und Akila warteten auf den Ausgang dieses seltsamen Streitgesprächs. Sie waren sich bewußt, einer Art Umkehrung der

Welt beizuwohnen. Männer diskutierten freimütig mit Frauen! Und Faiza, die Frau, mit welcher Kühnheit forderte sie eine bessere Welt!
«In gewisser Hinsicht hast du recht. Aber leider benutzen viele das als bequemes Mittel, um sich als Demagogen aufzuspielen. Mit dogmatischen Haarspaltereien beschäftigt, verbringen die Besten ihre Zeit damit, über dieses oder jenes Gebot zu diskutieren. Und das auf dem Rücken der Frauen! Hat es je eine einzige Frau gegeben, die an der Debatte über die Bedeutung der religiösen Gesetze teilgenommen hat? Sag mir, Karim, sind sie in der langen Zeit seit Entstehung des Korans je befragt worden? Nein! Das ist unter Männern ausgemacht worden. Jetzt komm nicht und sag mir, daß die Männer gewußt hätten, was wir wünschten!»
Bei diesen Worten geriet Jamel in heiligen Zorn:
«Meine Kusine! Allah weiß alles!»
Faiza erwiderte brutal:
«Auch Er ist ein Mann!»
Tiefes Schweigen trat ein; im Herzen eines jeden tobten die widersprüchlichsten Gefühle. Sie waren offensichtlich empört und schokkiert, aber eine merkwürdige, mißbilligende Lähmung verschloß ihnen den Mund. Und die vorsichtige Akila meinte:
«Nur gut, daß dein Vater nicht bei uns ist!»
Ihrer Kühnheit bewußt, fuhr Faiza mit beherrschter Stimme fort, als wollte sie die Wirkung ihrer Worte, die wie eine Blasphemie geklungen haben mußten, abschwächen:
«Die Polygamie zum Beispiel. Warum gibt es sie noch bei uns? Und dieser lächerliche Widerspruch: auf der einen Seite europäische Gesetze und auf der anderen das mohammedanische Gesetz! Und die Gültigkeit eines Familienstammbuchs mit vier Ehefrauen und einem Haufen Kinder. Und das ‹Ich verstoße dich dreimal›, dieser Zauberspruch der Männer! Die Frau kann nicht gleichermaßen über diesen Zauberspruch verfügen. Wenn sie wenigstens auch zu dem bösen Ehemann sagen könnte: ‹Ich verstoße dich› . . .»
Dreimal wiederholte sie diese Worte in einem solchen Ton, daß die Frauen unwillkürlich lachen mußten, die Männer aber schüttelten bedenklich den Kopf, als zweifelten sie plötzlich an Faizas Verstand. Jamel hob einen Arm gen Himmel und nahm ihn als Zeugen für das, was er täte, wenn er eine derartige Ungehörigkeit erleben würde:
«Bei Allah! Wenn eine Kreatur es wagte, diese Worte zu mir zu sa-

gen, ich würde sie erwürgen wie eine Ratte!» Dann schnitt er eine Grimasse und zeterte: «Ai! Ai! Ihr plappert wie Elstern. Aber es genügt, daß euch ein MANN den Stock zeigt, damit ihr eure Ganduras zusammenrafft und heulend davonrennt: Ya baba! Ya baba! Sprich, meine Kusine! Glücklicherweise gibt es noch MÄNNER in diesem Land! Sie haben die mächtigen Fremden vertrieben und sie werden auch mit euch fertig werden, ihr Mädchen!»
Sie amüsierten sich unverblümt über Jamels stolzes Erorberergehabe, zumal sie wußten, daß er vor seinen schrecklichen Schwestern kuschte. Aber Faiza fuhr unerschütterlich und starrsinnig fort:
«Auf jeden Fall ist es traurig und ungerecht. Wenn ihr wüßtet, was ich im Krankenhaus sehe! Skandalöses Elend! Kranke Frauen, die von ihren Männern verlassen werden, damit sie sich mit einer anderen, jüngeren, wiederverheiraten können. Oder die von der Rivalin vertrieben werden. Kranke Kinder, deren Mütter uns anflehen, sie nach der Genesung noch einige Zeit zu behalten, weil es zu Hause nichts zu essen gibt. Wo es schon so viel Leid gibt, ist die Polygamie unzulässig!»
Alle waren überrascht über ihre heftigen Äußerungen.
«Wenn dein Vater nicht wiedergeheiratet hätte, wärst du nicht am Leben», sagte Akila. «Sind wir nicht eine harmonisch vereinte Familie?»
«Selbstverständlich! Aber nur weil eine Frau wie Ma Khadidja da war, die allen die Stirn geboten hat! Sonst gäbe es heute ich weiß nicht wie viele Frauen und Kinder in diesem Hof! Oder aber die stärkste, die listigste oder jüngste der Frauen hätte euch besiegt, und ihr wäret versprengt. Gott sei Dank gibt es gerechte und intelligente Männer! Aber wie viele Frauen werden durch einen dreimaligen Zungenschlag der Männer vertrieben. Oder diejenigen, die eine Rivalin oft nur hinnehmen, weil sie nicht wissen, wohin sie gehen sollen! Denn die geschiedene Frau wird wie eine Pestkranke oder wie ein Nichts behandelt. Die Scheidungen nehmen rasend schnell zu, die Familien fallen auseinander, die Kinder werden straffällig, und der Mann führt im Café hochtrabende Reden!»
Ma Khadidja bebte vor Bewunderung.
«Mein Täubchen! Du hättest Rechtsanwalt werden sollen! Du verteidigst deine Schwestern so gut!»
Kamel brummte:
«Da sieht man, wo die Bücher hinführen. Man bringt ihnen etwas

bei, und sie versuchen zu verstehen!»
Kamel fand, daß an dem Bild, das Faiza grob skizzierte, leider etwas Wahres war, wenn sie auch mit den Männern ein wenig hart umsprang. Aber die familiäre Lage verschlechterte sich in den unteren Schichten gefährlich. Malika ließ plötzlich ihr Stickzeug sinken, ihre Augen glitzerten, als denke sie gerade an einen unschlagbaren Witz, und mit überstürzter, begeisterter Stimme sagte sie:
«He, Faiza! Ich habe eine Idee! Wie wär's, wenn wir in den Untergrund gingen? Für einen schönen, revolutionären Frauenguerillakampf!»
Kamel starrte sie mit runden Augen an, als sähe er seine Frau zum erstenmal im Leben.
«Du! Du siehst aus, als könnte dich kein Wässerchen trüben und aus deinem Mund kommen Bomben!»
«Apropos Bomben, besonders dicke und glänzende werfen wir in alle Gerichtshöfe», antwortete sie fröhlich.
«Ach nein! Einfach so! Du willst deinen armen Mann verlassen? Aber ich werde dir folgen, wer weiß, ihr könnt sicher einen Mann brauchen, der die Schleichwege im Maquis gut kennt.»
Kamel ging lustig auf das Spiel seiner Frau ein. Wütend sagte sie:
«Oh, nein! Du bleibst im Haus, bei den Kindern! Ich hätte zuviel Angst, daß die Schwestern dich sympathisch finden . . .»
Sie legte die Hände über Kreuz auf ihre Knie und entwickelte ihre kriegerische Idee weiter:
«Die Frauen werden ihr Heim verlassen, auf Flugblättern werden die Parolen ausgegeben, wie z. B.: ‹ALTEN FRAUEN IST ES VERBOTEN, HAUSARBEIT ZU MACHEN! DIE MÄNNER IN DIE KÜCHE! ES LEBE DIE WEIBLICHE BEFREIUNGSFRONT!› Die Frauen werden den Männern Hinterhalte legen. Oh, was für ein herrlicher Krieg wird das!»
Jamel strich sich über das Kinn und blickte genießerisch drein:
«Ich bin im voraus bereit, meine Brüder zu verraten!» Und im gleichen ekstatischen Tonfall wie Malika fügte er hinzu:
«Oh, was für ein herrliches Gefängnis wird das da oben in den Bergen!»
«Und wie werden eure Forderungen lauten, tapfere Kriegerinnen?» fragte Karim. Als Zeichen für tiefes Nachdenken zog Malika die Nase kraus; sie richtete ihre Blicke auf Faiza, als bäte sie um deren Hilfe, aber ihre Schwester schüttelte lächelnd den Kopf. Malika ver-

stand, daß sie auf ihre eigene Phantasie angewiesen war. Und Ma Khadidja ermunterte sie:
«Auf, meine Tochter, sprich! Auf!»
«Gut! Als erstes die Abschaffung der Polygamie!» Großmütig fügte sie hinzu: «Um nicht wie die anderen Länder zu sein, werden wir die Bigamie zulassen, aber nur unter der Bedingung, daß die erste Frau unheilbar krank, geisteskrank oder steril ist. Das muß der Mann mit ärztlichen Attesten beweisen. Und nun zur Scheidung. Sie darf von der einen oder anderen Ehehälfte erst nach mindestens fünf Ehejahren verlangt und nach drei Jahren Getrenntleben ausgesprochen werden. Die Kinder werden automatisch der Mutter zugesprochen, es sei denn, besondere Umstände wie geistige Zurechnungsunfähigkeit, Verwahrlosung oder ähnliches liegen vor. Die Alimente für die Frau und die Kinder müssen regelmäßig gezahlt werden, sonst kommt der Mann ins Gefängnis und seine Güter werden beschlagnahmt. Und natürlich gleiche Arbeitsbedingungen und gleicher Lohn bei gleicher Arbeit wie die Männer. Was das sonstige angeht, so werden die gebildeten Frauen die anderen Lücken schon finden!»
Das Erstaunen der Gruppe war maßlos, als sie Malikas Plan hörte. Die Töchter Si-Mokranes hatten wahrhaftig durchdachte Vorstellungen! Wer hätte gedacht, daß die schelmische Malika solche Ideen in ihrem hübschen Köpfchen hatte? Kamel pfiff bewundernd. Trotz Jamels grimmigem Blick, der bei diesen weiblichen Albernheiten verächtlich den Mund verzog, applaudierte Karim Malika herzlich.
Nach diesem lustigen Intermezzo dachte Faiza in ihrem Bett über die Worte ihrer Schwester nach, die sie ihr in einem neuen Licht zeigten. Sie hätte nie geglaubt, daß Malika fähig war, solche Überlegungen anzustellen. Es gelang ihr tatsächlich, ihre Gedanken hinter unbeschwertem Lachen zu verbergen. In diesem Charakterzug ähnelte sie der Tante Aicha. Scheinbar war sie drollig, oberflächlich, schwatzhaft, so daß die Leute sich wunderten, einen Schatten auf ihrem Gesicht zu sehen, und ihren seltenen Unmut für das Zeichen schlichten körperlichen Unwohlseins hielten. Und Malika hatte sich von jeher bemüht, unkompliziert und klar zu wirken. Faiza mußte sich eingestehen, daß sie ihre hübsche jüngere Schwester nie ernstgenommen hatte. Selbst heute abend schien sie zu spielen. Wo lag die Wahrheit? Dieser Charaktertyp, dachte sie, war am schwersten

greifbar. Ein wundersames Irrlicht, das ständig um die Menschen herum zuckte, ohne sie zu berühren, aus Angst, sie mit seinem Feuer zu erschrecken. Sie, Faiza, war sicherlich offener, ihr Aufbegehren, ihre Launen, ihre Leidenschaft konnte man leicht ablesen. Aber sie hatte ein intensives Empfinden für die anderen. So auch für Malika und den flüchtigen Schatten, der manchmal durch deren Blick huschte.

Faiza dachte an die Bewußtwerdung der Frauen. Unter sich sprachen sie über bestimmte Ungerechtigkeiten. Früher, während der Besatzerzeit, hatte sie geschwiegen und sich gänzlich der Familie gewidmet. Jetzt trachteten sie nach etwas anderem. Sie spürten, daß mit den Gesetzen irgend etwas nicht richtig lief. Wenn sie das Glück hatten, einen anständigen, liebevollen Mann zu haben, blieben sie in aller Behaglichkeit außerhalb der widersprüchlichen Realitäten der Gesellschaft. Aber wenn das Schicksal es schlecht mit ihnen meinte, waren sie hilflos und kämpften zappelnd gegen die düsteren Mauern der Gesetze an.

Faiza bedachte noch einmal Malikas Haltung. Trotz ihrer komfortablen Lage hatte Malika gespürt, daß ihre Schwester die Wahrheit sagte, als sie die vom Manne im Namen des Glaubens zum Schutze der Frau aufgestellten Gesetze angegriffen hatte. Sie wußte, daß die Frau nicht das Recht hatte, gewisse Regeln zu überschreiten. Und zwar auf Grund ihres Geschlechts, weswegen man ihr auch wie dem letzten Dreck zu nahe trat, wenn sie allein durch die Straßen ging. Sie hatte kein Recht zu denken, zu schreien, sich zu verteidigen, wenn man sie verhöhnte. Sie war nur eine lediglich der Fortpflanzung dienende Vagina oder ein Spielzeug, an dem man sich für einen Moment berauschte. Sie hatte kein Hirn. Ärztin? Ingenieurin? Sie war nur eine Frau! Und die Religion, die Kultur, der Staat, der Himmel und die Kinder verurteilten sie. Sie trug Hosen? Entblößte ihre Beine? Sie rauchte? Und zeternd fiel man über das Tier her, das den Mann in seinen Gewohnheiten störte, das in sein Gehege eindrang. Was war sie? Das im Lohnstreifen des Mannes auftauchende vierte Geschlecht, das im Familienstammbuch des Mannes seine Legalität erhielt.

Nun beschäftigte sich Faiza mit einem anderen Aspekt der Abhängigkeit vom Mann. Zum Beispiel war Akila, ihre Mutter, hart und mißtrauisch gegenüber Mädchen wie Faiza. Sie war das typische Beispiel für die Wirkung der vollständigen Anpassung an den Ehe-

mann. Diese Frauen heirateten, gründeten eine Familie und lösten sich mit den Jahren innerlich von der Familie, aus der sie stammten. Sie wurden mit Haut und Haaren Teil der Familie ihres Mannes. Das hatte ein merkwürdiges psychologisches Mimikri zur Folge: Sie verwandelten sich in die heftigsten Verteidigerinnen der Ehre ihres Mannes. Diese Frauen wurden ihrerseits zu unnachsichtigen Schwiegermüttern, die von ihrer Autorität und den starren Prinzipien der Familie durchdrungen waren; sie vergaßen, worunter sie selbst in ihrer Jugend gelitten hatten: die Strenge des Schwiegervaters, die Tyrannei der Schwiegermutter und die Riege der böswilligen Schwäger und Schwägerinnen. Glücklicherweise gab es auch solche wie Ma Khadidja; die so freimütig und großzügig waren wie sie, die im Herzen ewig jung blieben. Aber manchmal hatten sie leider freche und zänkische Schwiegertöchter, deren Hirn mit Warnungen gegen den Feind Nummer eins vollgestopft war: die Mutter des Mannes!
War das das Leben? frage sich Faiza. Und diese Exzesse von der einen und der anderen Seite führten zu den vielen Scheidungen mit den tragischen Folgen für die Kinder. Letzten Endes lag der Fehler beim Mann: als Ehemann, Bruder, Sohn, als Richter und Gesetzgeber.

Glücklicherweise gibt es auf der Welt Lichter und Geräusche, die ein friedliches Glück ausstrahlen, das nur die einfachen Leute und die Kinder wahrnehmen können. Faiza kam mit ihrem Bruder Adil von einem ihrer nahezu täglichen Besuche bei Malika zurück. Faiza war zufrieden, weil sie ihrer Schwester endlich ihr teures Geheimnis anvertraut hatte. Adil freute sich jedesmal, wenn ihm seine große Schwester mit der Hand durch die Haare fuhr.
Sie hatte Malika alles erzählt. Praktisch wie sie war, hatte ihre Schwester entschieden, daß Mouloud und seine Freunde bei ihr übernachten sollten. Das Haus war geräumig und mit allem Komfort ausgestattet. Und außerdem, hatte sie anzüglich hinzugefügt:
«Es schickt sich nicht für ein junges Mädchen, mit seinem Freier unter demselben Dach zu schlafen.»
Faiza schlenderte langsam dahin und sog den typischen Geruch der Straßen ihres Dorfes ein. Zärtlich betrachtete sie ihren kleinen Bruder.
«Komm, wir gehen zum Bach!»

«Neben dem Friedhof?» sagte Adil furchtsam. «Dort ist der Hexer.»
Er spielte auf den alten Uhu Taleb an. Seine Schwester verscheuchte die Angst des kleinen Jungen, indem sie ihn an ihre Hüfte drückte und sagte:
«Nanu! Du hast Angst? Der arme Mann ist schon harmlos. Komm, es ist schön, und wir machen einen richtigen Spaziergang!»
Froh darüber, weiter die Hand seiner Schwester in der seinen zu spüren, willigte der kleine Junge ein.
Von hier konnte man das ganze Dorf überblicken. Dort oben das Krankenhaus, die Schule, deren rotes Dach man sah. Der Krapfenverkäufer schwängerte die umliegenden Gäßchen mit dem Duft seines Fettgebäcks. In ihrer athletischen Fröhlichkeit bildeten die Dorfbewohner um seinen Körper herum einen beruhigenden Gürtel. Ganz unten, am Eingang des Dorfes, lag wie ein großer, grünender Garten der Friedhof mit dem Bach und mit den Gräbern, die aussahen wie zahllose weiße Bänkchen. Oft kamen Spaziergänger hierher, um frische Luft zu schöpfen oder um friedlich zu plaudern, und gleich stummen Zeugen wiegten die Toten sie in Erinnerungen.
Seit der Unabhängigkeitserklärung waren viele Veränderungen eingetreten. Es gab mehr neue Häuser und sogar ein Kino, das sonntags und donnerstags alle Burschen und Männer anzog, außer ihrem Vater Si-Mokrane, der fest mit den Matten der Moschee verwachsen war. Er hatte auch das Haus nicht wechseln wollen: es ist das Haus unserer Vorfahren, sagte er. Bei ihnen blieb der viereckige Hof das Herzstück des Hauses. Si-Mokrane hatte einigen Modernisierungsmaßnahmen zugestimmt; an Stelle des alten Schuppens hatte er ein Badezimmer einrichten lassen, er hatte den Brunnen aufgefüllt, der seither ein hübsches, rundes Becken mit einem Springbrunnen war. Die Frauen und er selbst gingen weiter in den Hammam, aber es machte Spaß, die Kinder jeden Abend zu baden. Das junge Mädchen spürte, daß Faysal die Stätten ihrer Kindheit lieben würde. Ein leichtes Lächeln spielte um ihre Lippen, als sie an ihre Spaziergänge in Algier, an ihre Umarmungen, an seine geraunten Worte zurückdachte:
«Sprich, sprich! Hör nie auf! Ich liebe deine Stimme. Ich liebe deinen Blick. Aber deine Stimme hat mich in ihren Bann gezogen, kleiner wilder Junge aus den Bergen.»
Ihr Blick traf plötzlich auf den alten Zauberer. Der sah das junge

Mädchen lächeln und glaubte, diese Freude gelte ihm. Mit seinem völlig zahnlosen Mund lächelte er ihr zu. Adil verbarg sich instinktiv hinter seiner Schwester, sie aber winkte dem Mann einen Gruß zu. Er sah lange hinter ihr her, bis sie aus seinem Blickfeld verschwand. Faiza lächelte in die Sonne, und Adil drückte ihre Hand fester, sprang herum und schoß nach einem unsichtbaren Ball.

Die Tage vergingen mit Besuchen bei der ganzen Familie, mit fröhlichen Plaudereien mit ihren Müttern und Spielen mit Hania und Adil. Als der Monat sich seinem Ende näherte, begann die Nervosität des jungen Mädchens zu wachsen. Lauernd wartete sie auf den Briefträger, der ihr eines Morgens endlich einen Brief von Mouloud brachte. Ihr Bruder kündigte an, daß er in fünf Tagen mit zwei Freunden kommen werde. An jenem Tag war Sonnabend, und das Mädchen rief aus: «Am Donnerstag sind sie hier!»

Der Vater fragte, wer diese Männer seien, die mit seinem Sohn kamen, und Faiza antwortete mit gesenkten Augen, daß sie sie kenne, daß es Freunde von Mouloud seien. Und Si-Mokrane glaubte, die Städter kämen bestimmt als Touristen, denn das Dorf wurde berühmt für seine Teppiche und seine Keramik.

Faiza brach in nervöse Geschäftigkeit aus. Sie beschloß, einige Sessel und einen Tisch aus Rohr, wie sie im Dorf für die Touristen hergestellt wurden, im Hof aufzustellen. Man hätte meinen können, der Präsident persönlich würde plötzlich bei Si-Mokrane absteigen! Einer fragte den anderen, was mit Faiza los sei. Ihr fehlte diese Raffinesse, diese Gerissenheit, die das Leben leichter macht. Die Familie las in ihr wie in einem offenen Buch und witterte Neues. Khadidja war nicht die Frau, die sich in leeren Vermutungen erging, und schoß direkt auf das Ziel:

«Komm doch einmal her, mein Täubchen, hier neben mich! Sag mir, die Männer, die mit Mouloud kommen, sind sie so wichtig, daß du das ganze Haus auf den Kopf stellst?»

Unter Ma Khadidjas Blick wurde Faiza rot. Sie starrte auf die Hände der Frau, als könnte deren bloßer Anblick sie inspirieren. Khadidjas lange, braune Finger trommelten auf ihren Schenkeln wie auf Klaviertasten. Sie murmelte:

«Sprich mein Bächlein! Ist es einer von ihnen, auf den du so ungeduldig wartest?»

Jetzt konnte das Mädchen nicht mehr an sich halten. Sie warf sich in Khadidjas Arme, hob ihr glühendes Gesicht zu ihrer Freundin und

erzählte von Faysals Lächeln, Faysals lachenden Augen, seiner Stimme, seinem Gang. Faiza geriet in Verwirrung und warf alles durcheinander: ihre Liebe, ihre Pläne, schnell zu heiraten, Faysals Mund. Ein Strom schwärmerischer Worte drang aus dem bebenden Mund des Mädchens, um in Khadidjas Augen ihre Liebe erwachen zu sehen. Diese seufzte:
«Das ist ein Gott! Das ist kein Mensch, dein Faysal . . .»
«Oh, warte! Warte Ma, du wirst sehen.»
Sie lief in ihr Zimmer, zog ein Foto zwischen den Seiten eines Gedichtbandes hervor – von Paul Eluard fraglos –, kam zurück und hielt Khadidja das Foto unter die Nase. Lange schaute sie auf dieses Paar, das sich an den Händen hielt und sie zur Zeugin des wunderbaren Abenteuers, das ihnen begegnete, machen wollte. Khadidja betrachtete die andere Faiza, die auf dem Foto: in kurzem Kleid, stolz ihre langen, braunen Beine zeigend. Den Kopf hatte sie zärtlich an die Schulter des Mannes gelehnt. Und dieser Blick einer triumphierenden, freien Frau!
«Er ist ebenso schön wie Mouloud», sagte sie sanft, und man konnte ihr die Gefühle von den Augen ablesen. Sie reichte Faiza ihren Schatz zurück.
«Wann werdet ihr heiraten?»
«Schnell, Ma! Faysal will, daß es noch vor Ende der Ferien stattfindet. Er hat alles vorbereitet. Wir werden einige Zeit bei seinem Bruder, Si-Ahmed, wohnen, der eine große Villa, größer als unser Haus, hat. Wir wollen eine schlichte Feier, nur mit unseren Familien und den Kindern. Meine Brüder und Schwestern, Malikas Kinder, Faysals Neffen. Wir wollen lauter Kinder um uns haben. Eine fröhliche Hochzeit, so fröhlich wie deren Lachen!»
Endlich konnte Khadidja einen Satz unterbringen:
«Aber wir werden keine Zeit haben, uns vorzubereiten, meine Tochter!»
«Aber ja! Ihr habt eine Woche Zeit, um alles Gebäck der Welt zu backen. Wir wollen sehr schnell zusammen sein. Und nachher . . . Am Tag nach dem Fest verreisen wir mit dem Schiff. Stell dir das vor, Ma! Meine erste Reise ins Ausland und mit dem Schiff! Eine Hochzeitsreise!» sagte sie träumerisch.
Khadidja rief aus:
«Eine was? Was sind das für Dummheiten? Am Tag nach der Hochzeit zu verreisen?»

«Aber ja! Faysal will es so. Er hat gesagt: Wir werden allein sein! Einen ganzen Monat lang. Er wird mir die blühenden Orangenhaine von Valencia zeigen, Mallorca, die Zauberinsel. Und das strenge Andalusien.»
Khadidja verstand gar nichts mehr. Es verschlug ihr den Atem, Faiza in das Labyrinth ihrer Träume zu folgen. Plötzlich drückte sie ihre Freude mit lauten Ju! Ju!-Rufen aus und schnitt damit den Redeschwall des Mädchens einfach ab. Faiza lächelte; sie erriet, daß die schreckliche Khadidja ein Mittel gefunden hatte, um ihrem unerschöpflichen Reden zu entgehen und daß sie auf ihre Weise die Liebe der jungen Leute segnete. Sie warf den Kopf zurück, und ihr Lachen ging im durchdringenden Ju! Ju! unter, das bald darauf Akila anlockte. An Khadidjas verrückte Einfälle gewöhnt, wartete sie friedlich ab, bis die Heiterkeit der beiden Frauen sich legte.
«Was habe ich gesagt? Jetzt ist es soweit: deine Tochter heiratet! Diese Männer, die kommen, wollen um ihre Hand anhalten.»
Akila lief vor Freude rosig an. Ihre Älteste würde glücklich sein! Sie umarmte sie. Die Mutter drückte ihre Wange an die feste, heiße Wange ihrer Tochter.

Am Donnerstagmorgen strich Si-Mokrane seine schöne weiße Dschellaba glatt, zupfte an dem über die Schultern geworfenen schwarzen Burnus und setzte seinen Turban aus feiner Seide auf. Heute war ein großer Tag. Er würde denjenigen kennenlernen, der der Mann seiner Tochter würde. Khadidja hatte ihm alles erzählt, und er war gerührt. Sein Herz war unruhig; er fühlte sich seltsam bedrückt und war viel ungeduldiger als bei den Hochzeiten seiner beiden anderen Kinder.

Seine Hände zitterten, als er sich das Band seines Turbans um den Kopf wickelte. Leise schalt er: «Was ist das für eine Nervosität, die mich wie eine Frau schüttelt? Das ist das dritte Kind, das ich verheirate! Warum liegt mir dieses Gewicht auf dem Herzen? Ich werde ein Gebet sprechen, das wird mich beruhigen.»

Faiza hatte die Kinder herausgeputzt und das Haus aufgeräumt. Sie warteten.

Die Stunden vergingen. Der Vater kam zurück. Gespannt auf die Geräusche von der Straße lauschend, aßen sie schnell zu Mittag. Der Nachmittag wollte nicht herumgehen. Was war in Algier geschehen? Sie hätten schon längst da sein müssen. Die Stadt war nur zweieinhalb Stunden entfernt. Eine dumpfe Angst hielt Faiza gefangen. Und beim Anblick der Blumen, die auf dem Tisch im Hof standen, beim Anblick von Adils neuer Krawatte und Hanias sorgfältig gewellten Haaren überkam sie Traurigkeit. Khadidja und Akila waren am Vorabend im Hammam gewesen, sie trugen schöne, geblümte Ganduras. Ein Hauch von Schwermut lähmte die Atmosphäre im Haus.

Heftige Schläge dröhnten gegen das Tor. Und Mouloud erschien. Er blickte verstört, hatte eine Binde um den Kopf, sein Anzug war zerknautscht. Er starrte seine Schwester an und streckte wie ein Schlafwandler die Arme nach ihr aus:

«Meine arme Faiza! Ein Unfall. Er ist im Krankenhaus . . .»

Wie ein Geschoß sprang sie hoch. Sie lief zu dem weißen Gebäude, das am Ende der Welt zu liegen schien. Die Dorfbewohner drehten sich nach dieser Verrückten um, die im Vorbeilaufen Alte und Junge anstieß. Man hätte meinen können, daß schon alle die tragische Nachricht kannten. Sie wichen ihrem wilden Lauf aus. Im Krankenhaus schienen alle auf sie zu warten. Auf der Schwelle des Zimmers blieb sie regungslos stehen. Stille. Stille war in ihrem Kopf, in ihren Schläfen dröhnte es dumpf. Sie sah ihr Leben auf diesem Bett des Grauens ausgebreitet. Faysal hob den Kopf, streckte den Arm nach ihr aus. Eine übermenschliche Kraft bewegte ihn, um dieses letzte Ziel zu erreichen. Mit aufgerissenen Augen sah er sie an. Dann lächelte er dasselbe liebevoll-spöttische Lächeln, mit dem er bei ihrer ersten Begegnung ruhig von ihr Besitz ergriffen hatte. Sein an Faiza hängender Blick schien zu sagen: ‹Ich habe auf dich gewartet, ich habe über die Ungeduld des Todes triumphiert, um dich zu sehen, mein kleiner Junge aus den Bergen.› Seine Lippen schienen rufen zu wollen. Aber plötzlich fiel er zurück, seine Hand erstarrte für immer im Leeren.

Faiza schloß Faysal die Augen, zog das Tuch über seinen Körper und setzte sich neben ihn. Ihre Haare hingen auf Faysals stumme Brust. Ohne es zu wissen murmelte sie: «Ich liebe dich. Ich liebe dich.» Sie war nur noch ein Tempel der Traurigkeit und kein Geräusch drang mehr zu ihr. Die Welt erschien ihr dunkel und so tief. Sie hatte den Eindruck zu fallen. Zu fallen. Wohin? In die Isolation? Sie war ein schmerzliches Denkmal des Begehrens und des Hasses. Sie versuchte sich an diesen leeren Körper zu klammern, der so leer war wie eine Bonbonschachtel, deren Seidenband von ungeduldigen Kindern aufgerissen worden war; geleert, weggeworfen; eine erbärmliche, kleine, von nun an unnütze Schachtel. Dieser Körper, den sie für immer zu halten geglaubt hatte. Oh, diese plötzliche Ungewißheit! Die erdrückende, verderbliche Ungewißheit, die Gott in einen schändlichen, erbarmungslosen Schöpfer der Schöpfung verwandelte. Sie hatte das Bedürfnis zu beten. Aber ER vermochte nichts mehr für sie, und sie wollte nichts mehr von IHM. Ihr Körper bäumte sich erschöpft und atemlos auf, als hätte sie sich gedreht, gedreht, und als hätte der Tod sie in seinem wahnsinnigen Kreisen in diese stumme Leere geschleudert.

Eine Hand legte sich auf ihre Schulter. Sie hob das Gesicht. Sie sah Mouloud und hinter ihm einen anderen Mann. Ein um zehn Jahre älterer Faysal! . . . Aber nein! Er hatte weder das erobernde Blitzen in den Augen, noch das Lächeln im Mundwinkel. Sie wandte sich

ein letztes Mal dem Toten zu. Nein. Das war nicht mehr Faysal. Wer war dieser starre Körper, dieses erstarrte Gesicht?
Sie ging an ihrem Vater vorbei und kehrte langsam zum Haus zurück. Ihre nackten Füße ergriffen Besitz von der Erde, die ihr sagte, daß sie sich weiterdrehte.
Morgen? Was? Wer? Nichts. Man würde Faysal dort hinten, auf dem Friedhof am Eingang des Dorfes beerdigen. Ja, das wünschte sie von ganzem Herzen. Der alte Zauberer begegnete ihr auf der Straße; sie, die niemanden zu sehen schien, bemerkte ihn unter den anderen. Auf einer Höhe mit dem Taleb verharrte sie unmerklich; irgend etwas trieb sie zu ihm. Er lächelte ihr so leicht zu, daß sie anschließend glaubte, geträumt zu haben. Und sein Blick war seltsam sanft. Faiza straffte sich und ging weiter. Die Stätten ihres Dorfes oder vielleicht das Lächeln des alten Taleb wisperten ihr zu: ‹Du hast fliehen wollen! Aber wir holen dich für immer zurück. Du wolltest zuviel auf einmal: Freiheit, Studium, eine absolute Liebe! Diese Liebe wird in der Dorferde ruhen, und du wirst für immer zurückkehren!›
Aus Algier kamen Salima, Yamina, Nora, Si-Fodil und Fouad. Faysal wurde Faizas Wunsch entsprechend auf dem Dorffriedhof beerdigt. Schweigend folgten alle Dorfbewohner dem Trauerzug. Wieder einmal war die Geschichte in allen Einzelheiten bekannt. Das junge Mädchen beunruhigte und erstaunte durch seine scheinbare, allem entfremdete Gleichgültigkeit. Dieser Tod schien sie nicht zu betreffen. Khadidja verweilte lange Stunden bei ihr. Faiza war nicht mehr ihr frisches, kleines Bächlein, sie war ein großer, vor stummer Verzweiflung tosender Strom.

Ein Lichtstreifen glitt diagonal über die Decke und wanderte die Wand hinunter. Faiza lag auf ihrem Bett, eine Hand berührte ihren Bauch. Sie lächelte dem Sonnenstrahl zu. Gedanken und Erinnerungen schossen schnell durch ihren Kopf. Sie erinnerte sich an die plötzliche Erschöpfung und die Schwindelanfälle, die sie einen Monat nach dem Drama verspürt hatte. Mouloud und Yamina schoben sie auf die furchtbaren Empfindungen, die sie verdrängt hatte. Und jetzt war sie von einer neuen Hoffnung erfüllt: ‹Oh, mein Gott! Wenn es nur wahr ist! Du hattest mich hart bestraft! Laß mir dieses letzte Glück! Oh, einen Sohn von Faysal!›
Sie dachte nicht an das Skandalöse einer derartigen Lage für ein Mädchen wie sie, aus traditionalistischem Milieu. Von einem Glücksgefühl überflutet, streichelte sie ihren Bauch. Yamina würde in zwei Monaten entbinden und sie? Faiza rechnete nach: in fünf Monaten! Ende März oder Anfang April.
Yamina hatte Faizas Zustand erraten. Vor einiger Zeit hatte die junge Frau deswegen mit Mouloud das heftigste Streitgespräch seit ihrer Hochzeit gehabt. Eines Abends, als sie gerade ins Bett gehen wollten, hatte Mouloud befriedigt festgestellt:
«Faiza macht den Eindruck, als hätte sie sich wieder gefangen. Sie studiert wieder mit dem gleichen Eifer.»
«Sie wird nie wieder sein wie früher», sagte Yamina. «Ich segne den Himmel, daß du am Anfang ihrer Liebe nachsichtig warst und vor ihren Eskapaden mit Faysal die Augen verschlossen hast.»
Mouloud starrte seine Frau an und fragte lebhaft:
«Warum sagst du das? Glaubst du . . .?»
«Ich bin davon überzeugt», sagte sie und senkte die Augen, «und sogar mehr als das!»
Wie ein Rasender schüttelte Mouloud den Arm seiner Frau:
«Was willst du damit sagen? Hat sie sich ihm hingegeben? Meinetwegen! Ich bin glücklich für sie, daß sie auf diese Weise ihre Liebe erfüllt hat. Aber mehr als das! Erkläre dich! Hat sie dir etwas gesagt?»

Angesichts der Erregung ihres Mannes zitterte Yamina vor Schrekken. Noch nie hatte sie ihn in einer solchen Verfassung gesehen. Sie bedauerte, mit ihren Vertraulichkeiten so weit gegangen zu sein. Aber wieso! Sie mußten es ja doch alle erfahren.
«Sie hat mir nichts gesagt. Aber ich bin eine Frau, und bestimmte Dinge entgehen mir nicht. Ich liebe Faiza zu sehr, um die Veränderung an ihr nicht zu spüren. Ihr Abmagern, ihr plötzliches Interesse für die Baby-Ausstattung, die ich vorbereitet habe, und mehr noch die Freude, die sie ausstrahlt, wie in der ersten Zeit ihrer Rendezvous mit Faysal. Sie ist schwanger, Mouloud! Und wir müssen ihr helfen.»
Mouloud bedeckte sein Gesicht mit den Händen; er war wie vernichtet. Die Verzweiflung eines Mannes, der verwundbar war, ließ seine Schultern erbeben. Seit jenem fernen Tag hatte er nicht mehr geweint, an dem er als kleiner Junge seinen Vater in das Zimmer seiner zweiten Frau Uarda gehen sah, während seine Mutter allein im Hof umherging. Dieses in Tränen gebadete Frauengesicht unter den bleichen Strahlen des Mondes! Er hatte es nie vergessen, und heute überkam ihn die gleiche verzweifelte Ohnmacht in bezug auf Faiza.
Yamina lehnte sich gegen die Tränen ihres Mannes auf; Ärger und Wut stiegen in ihr hoch:
«Was ist daran so schlimm? Sie braucht jetzt deine Zuneigung und deine Stärke. Sie haben sich geliebt, sie wollten heiraten! Die ganze Familie weiß das. Sie war kein leichtsinniges, kokettes Ding; hat sie etwa nicht ihr Studium verfolgt wie eine Heilige? Nicht nur das, sondern wie ein Monstrum an Stolz und Einsicht, unnormal in ihrer wilden Entschlossenheit. Mit Faysal wurde sie endlich menschlich. Und weißt du was, Mouloud? Wenn deine Schwester diese süße Hoffnung nicht gehabt hätte, wäre sie zu einem Stein geworden, hart, gleichgültig, egoistisch. Nach Faysals Tod hat sie mir angst gemacht; sie hat nicht geweint, sie ist nicht zu seinem Grab gegangen. Dieses Kind rettet sie!»
Ihr Mann gewann wieder Haltung. Er hob den Kopf und öffnete der jungen Frau seine Arme. Mit einem glücklichen Seufzer schmiegte sie sich an ihn.
«Du liebst sie mehr, als ich gedacht habe. Wir werden sie mit ihrem kleinen Faysal beschützen.»
Yamina streichelte die Wange ihres Mannes; mit kaum verhüllter Melancholie sagte sie:

«Ich habe immer gewußt, daß sie die große Liebe deines Lebens ist.»
Er fuhr auf und wich zurück, als hätte man ihn plötzlich im Schlaf überrascht.
«Was erzählst du da?»
«Psst!» Sie legte ihren Finger auf den Mund ihres Mannes und sprach mit einer dumpfen, ernsten Stimme, die ihr sonst nicht eigen war. Die übermütige Yamina wurde auf einmal unendlich traurig:
«Ich habe es gespürt, seit du das erste Mal über deine Schwester gesprochen hast. Es war dir nicht bewußt, aber du bebtest, du sprachst ihren Namen aus, als würdest du plötzlich eine Rose riechen. Und deine Augen strahlten so sehr, daß es mir weh tat. Als ich sie dann kennenlernte, habe ich es verstanden. Nach und nach bin ich selbst in den Sog deiner abgöttischen Liebe zu ihr geraten. Faiza hat etwas Diabolisches, entweder man liebt sie sehr oder man verabscheut sie. Es ist, als rieche sie nach Schwefel. Sie packt einen an der Gurgel. Und deine Mutter übt die gleiche Wirkung aus. Die beiden sind sich dermaßen ähnlich! Sie überwältigen einen mit ihrem Charme oder sie erwecken Unruhe und vertreiben einen. Sie muß glücklich werden! Sonst wird es zwischen uns nie Frieden geben.»
Dank Yaminas hellsichtiger Sensibilität befreite Mouloud sich von seinen wirren Gefühlen für Faiza. Vielleicht war es wahr? Diese Leidenschaft für alles, was mit Faizas Leben zusammenhing. Sie war sein Geschöpf. Mit klarem Kopf analysierte er den Grund, weshalb er so an seiner Schwester hing. Er erinnerte sich an seinen Drang, in den Jahren im Widerstand und in der Sowjetunion, zu kämpfen und mit heiler Haut davonzukommen, um Faiza wiederzusehen. Das Vaterland, seine Eltern, Faiza, das alles vermischte sich in seinem Kopf. Und als er sie dort im Hof wiedergesehen hatte, aufrecht, groß und mit glühendem Blick! Und anschließend seine Beharrlichkeit, sie bei sich zu behalten, ihr methodisch die Lust am Studieren einzuimpfen, wie um sie endgültig an sich zu binden. Wollte er sich vielleicht unbewußt an seinem Vater rächen? Ihn, der seine Kinderseele gekränkt hatte, ihn wollte er in seinem Vaterstolz treffen, indem er ihm durch das Fluidum der Bücher seine Tochter entriß. Nein. Es war nicht nur das. Er hatte Faiza wie ein Hexer geformt, und sie hatte seiner hohen Idealvorstellung von einem Ganzen entsprochen. Und ihre Liebe zu Faysal? Er gestand sich ein, daß er innerlich darüber verärgert gewesen war. Eifersüchtig? Das vermischte sich mit dem legitimen Miß-

trauen des großen Bruders, der über das Glück seiner Schwester wachte. Mouloud weigerte sich, an irgendwelche zweideutigen Gefühle zu glauben. Aber er liebte sie, jawohl! Mehr als irgend etwas auf der Welt? Mehr als Khadidja? Nein! Ja, mehr als alle, mehr als alles!
Und er fühlte sich stark genug, seine Schwester wissen zu lassen, daß er sie vor allen und gegen alle schützen würde. Lächelnd sagte Faiza:
«Ich werde dorthin zurückkehren.» Sie hatte beschlossen, ihr praktisches Jahr im Dorfkrankenhaus zu beenden, wo es sehr wenige Ärzte für die Bevölkerung gab.
«Selbst wenn die Familie und die ganze Welt mir den Rücken kehren sollte: ich werde mit meinem Kind im Dorf wohnen!»

Si-Mokrane und seine beiden Frauen kamen zur Geburt von Moulouds und Yaminas Tochter. Nie würde Faiza ihre Verblüffung beim Anblick ihres vorstehenden Bauches vergessen . . . und die souveräne Reaktion ihres Vaters! Er hatte sie lange angeschaut, sein Gesicht wurde blaß, sein Bart zitterte leicht und seine ersten Worte waren:
«Kannst du in deinem Zustand studieren, meine Tochter?»
Allen verschlug es die Sprache, aber Faiza antwortete ruhig:
«Danke, Vater, es geht mir jetzt besser.»
Sie, die wegen Faysal keine Träne vergossen hatte, begann zu schluchzen und die Hände ihres Vaters zu küssen. Nach so langen Jahren verstand er sie endlich. Akila raufte sich die Haare und jammerte:
«Allah! Was für ein Skandal! Ein Bastard in der Familie!»
Bei diesen Worten schrie Si-Mokrane, man solle sie aus dem Zimmer bringen. Khadidja zog Faizas Mutter sanft hinaus und Mouloud und seine Frau zogen sich diskret zurück.
Es wurde nie bekannt, was Vater und Tochter sich bei diesem Gespräch unter vier Augen sagten, aber ein neuer Glanz in Si-Mokranes Blick und seine lebhafte Haltung verwirrten die Familie. Er wirkte verjüngt und kämpferischer. Die Welt hatte sich wirklich verändert. Gestern noch wäre Faiza verleugnet oder sogar auf Anraten des Mufti aus dem Familienstammbuch gelöscht worden, sie wäre wie eine Sünderin vertrieben oder getötet worden. Heute wurde ihr vergeben und sie wurde geschützt. Gab es nicht in manchen Ge-

genden noch barbarische Riten? Wenn ein junges Mädchen in der Hochzeitsnacht nicht mehr Jungfrau war, hatte der Bräutigam das Recht, sie in derselben Nacht wegzujagen. Die Familie und die Angehörigen der Braut waren auf immer gezeichnet. Es wurde behauptet, daß die an einem Freitag geborenen Mädchen kein Hymen hatten. Um zu verhindern, daß Schande über die Familie kam, meldeten die Eltern den Geburtstag vorbeugend dem Kadi. Waren das Legenden? Und dennoch belegten Berichte diese Anomalie bei Mädchen, die an einem Freitag geboren wurden. Warum ausgerechnet an diesem Tag? Dunkle Geschichten laufen zu diesem Thema um, die die Großmütter an langen Abenden erzählen, Geschichten, in denen der Satan den an diesem heiligen Tag geborenen Säuglingen Gräßliches antut. Erst recht drohte sozialer Bann denen, die außerhalb der Ehe ein Kind bekamen. Manche wurden daher im Verborgenen entbunden. Und am Tage X konnten die mit jungfräulichem Blut befleckten Hemden gezeigt werden: ein Wunder, das den allmächtigen Matronen zu verdanken war. Der Erwählte und seine Angehörigen ließen sich Sand in die Augen streuen.
Faizas Sohn hatte einen Vater, der auf dem Friedhof des kleinen, weißen Dorfes ruhte. Und der unverbesserliche Si-Mokrane begann in seinem Herzen den Wunsch zu hegen: ‹Einen Sohn für Faiza.› Der Vater hatte den Eindruck, daß das, was Faiza zugestoßen war, eigentlich ihn bestrafen sollte. Als frommer Mann, den das Alter und die Meditation geläutert hatten, nahm er die Lage seiner Tochter mit gelassener Weisheit auf. Auf diese Weise zeigte er eine echte und aufrichtige Demut vor Allah, denn alles steht schon im voraus geschrieben.

Wie eine endlose, in den Farben ihres Schmucks aber vielfältige Prozession brachte die Zeit in jenem Jahr ein neues Thema auf: Die Agrarreform. Faiza lebte wirklich in seltsamer Übereinstimmung mit den markanten Ereignissen ihres Landes! Während Mokranes Familie die neue Situation ihrer ältesten Tochter zu bewältigen suchte, brachte der zehnte Jahrestag der Unabhängigkeit der Landbevölkerung eine neue Hoffnung. Überall wurden Informationsveranstaltungen abgehalten. Die Agrarreform, eine der Grundlagen des einstigen bewaffneten Kampfes, läutete das Ende des Absentismus, der Ausbeutung durch nicht ortsansässige Grundbesitzer, und der Halbpacht mit Abgabe des Fünften ein. Nach einer gerechten Aufteilung des Landes würden die Landwirte mit ihren Familien ein Auskommen finden. Diejenigen, die ihr Land nicht selbst bewirtschafteten, würden verstaatlicht und entschädigt werden. Denn das, was der Boden brauchte, war unvereinbar mit seiner Zerstückelung und mit dem Großgrundbesitz. Diesem ersten Schritt der Zusammenlegung und Neuaufteilung würde der Aufbau eines Genossenschaftssystems folgen, hieß es. Für die kleinen Fellachen und die Bauern ohne Land eröffneten diese neuen Erlasse ein neues Zeitalter. In den Salons und Cafés gab es natürlich hitzige Debatten. Jeder interpretierte die Sache zunächst einmal auf seine Weise. Manche hatten es nicht verstanden oder wollten es nicht verstehen. Die Atmosphäre erinnerte eigentümlich an jene zu Beginn des bewaffneten Kampfes, als die einen prophezeiten, daß diese paar Männer mit Gewehren gegen die Kolonialmacht auf die Nase fallen würden. Die anderen hatten Vertrauen. Aber die ersteren waren nachher mit den anderen auf der Straße, um die Freiheit zu feiern.
In bezug auf die Bodenreform gab es besonders bei den sogenannten besitzenden Schichten den gleichen Unwillen, die gleichen Voraussagen des Scheiterns. Sie beschworen die Verbundenheit des Arabers mit der Erde herauf, die er im Blut hat, wie sie pathetisch sagten. Sie argumentierten mit der Situation der Verwaltungskomitees oder mit der mangelnden Koordinierung zwischen den staatlichen

Gesellschaften, die überall im Land aufblühten. Sie wurden blumig, wenn sie ihre entrüsteten Tiraden darüber losließen, daß dem ‹Algerier etwas weggenommen› würde, wobei sie vergaßen, daß die Ausbeuter sich überall gleich sind. Sie argumentierten wie wissenschaftliche Sozialisten, um zu belegen, daß diese Art von Experiment in den sozialistischen Ländern gescheitert war. China sparten sie bei ihrem Vortrag allerdings aus und fügten dann verwirrt hinzu: «Die! Das ist normal! Ihre Gemeinschaftsform . . . Ihr System . . . Na ja, das sind eben Chinesen!»

Trotz des nationalen Gezänks konnte sich das Ergebnis sehen lassen: elf Millionen erleichterte und zufriedene Algerier hofften, eine Handvoll war beunruhigt, aufsässig und spuckte ihren Ärger aus. In dieser Atmosphäre ging Si-Mokrane zu seinem Sohn und bat ihn um Aufklärung, da Kamels Erklärungen ihm nicht genügt hatten.

«Mein Sohn, ich habe nach der Befreiung den größten Teil meiner Ländereien verkauft, als ich die Gewißheit hatte, daß du in die Stadt gehen würdest. Es bleiben mir die zwanzig Hektar mit Obstbäumen. Wird man sie mir wegnehmen? Ich habe sie mit meinen Arbeitern bewirtschaftet, die sich nie beklagt haben, bei Allah! Nun?»

Mouloud beruhigte ihn mit einfachen Worten:

«Du hast nichts zu befürchten Vater. Das betrifft die großen Ausbeuter aus der Ferne, die freie Berufe haben oder in der Verwaltung tätig sind und zusätzlich ansehnliche Einkünfte aus ihren Ländereien beziehen, die sie vor oder nach der Unabhängigkeit oft für einen Apfel und ein Ei erworben haben. Und du, du lebst auf deinem Boden, du bearbeitest ihn wie die anderen im Dorf. Lebe dein Leben weiter und warte die Schätzung ab, die bei allen vorgenommen wird. Es gibt keinen Grund, daß du die Nerven verlierst.»

Nicht ohne Ironie setzte er hinzu:

«Wer in diesem Moment nicht so gut schlafen dürfte, ist Hocine! Mit den Feldern, die er dir abgekauft hat, ist er jetzt der größte Grundbesitzer der Umgebung. Ihn wird die Beschränkung sicherlich treffen. Du hast ihm ohne Absicht einen schönen Streich gespielt, Vater!»

Si-Mokrane errötete, da er nicht gerne Handlanger des Schlechten war. Aber damals hatte er das ja nicht ahnen können! Und jetzt hatte er gewissermaßen gegen Hocine gewonnen. Der alte Hadschi, der arme Mann, der zu seinen Lebzeiten soviel intrigiert hatte, um seine Ländereien auszudehnen, mußte sich in seinem Grab

umdrehen. Praktisch wie gewöhnlich sagte Faiza lachend zu ihrem Bruder:
«Mouloud, du hast gerade gegen deine Pflicht als guter Kämpfer verstoßen! Der Präsident hat gesagt, daß man, bevor man eine Diskussion dieser Art beginnt, zunächst fragen soll: ‹Bist du für oder gegen die Bodenreform?› und das hast du bei Vater nicht getan.»
Indem er die Hände vor der Brust faltete, bat Mouloud gespielt um Vergebung, und Yamina rief fröhlich aus:
«Weg mit den Spekulanten und Ausbeutern, die aus allen Futterkrippen essen!»
Si-Mokrane beäugte seine Schwiegertochter wie ein seltenes Wesen und murmelte in seinen Bart:
«Die Frauen, die Frauen!»
Unter dem amüsierten Blick ihres Mannes erklärte Yamina bedächtig, daß sie vom Land nichts verstünde, da ihre Familie nie welches besessen hatte; sie schäme sich andererseits aber nicht einzugestehen, daß sie nie gehungert oder gefroren habe. Daher schätze sie auch den Komfort in jeder Weise. Aber, fügte sie hinzu, mit ehrlich verdienten Geld bezahlten Komfort! Sie war schockiert, in ihrer Umgebung besonders die Privilegierten bei den geringsten Entscheidungen des Staates stöhnen und jammern zu hören: sie waren blind und taub gegenüber dem Elend der anderen, hörten nicht auf, zu kritisieren und schändliche Gerüchte zu verbreiten. In ihrer Entrüstung war sie großartig. Faiza lachte aus vollem Hals, Yamina schloß:
«Ihr könnt ruhig lachen. Manche widern mich im Augenblick an. Natürlich kann man kritisieren! Aber mit Anstand. Vielleicht gibt es Widersprüche, vielleicht ist die Reform auch zu unvermittelt, zu voreilig. Ich weiß es nicht. Im übrigen kann man keine Omeletts machen, ohne Eier zu zerbrechen, und die Heulsusen sind unanständig.»
Mouloud wußte, auf wen sie anspielte. Auf Noras Vater zum Beispiel, der riesige Ländereien besaß und seine Zeit im Ausland mit Import-Export-Geschäften verbrachte, wie er es aufgeblasen nannte.
Augenblicklich war er unentwegt am Lamentieren, wie ein Mann, der plötzlich am Bettelstab geht und sogar kein Geld mehr hat, um sich Zigaretten zu leisten. Si-Mokrane nutzte die Pause seiner Schwiegertochter aus, um Faiza zu fragen, ob sie die Absicht habe, in

diesem Sommer mit dem kleinen Faysal nach Haus zu kommen. Er müsse unbedingt das Dorf kennenlernen, setzte er liebevoll hinzu.
«Ich habe vor, endgültig zurückzukommen. Meinem Antrag ist stattgegeben worden. Ich werde meine Ausbildung am Krankenhaus im Dorf beenden.»

Faysal und seine Kusine Munira spielten im Salon. Die beiden Babies saßen zusammen in ihrem Laufställchen und lallten. Sie waren fast gleichaltrig. Der Junge war das Ebenbild seines Vaters, hatte die gleiche Augenfarbe, die gleichen kastanienbraunen Haare und auch das zärtliche Lächeln im Mundwinkel.
Si-Ahmed kam seinen Neffen häufig besuchen; er war jedesmal verwundert, das hübsche Kindergesichtchen seines toten Bruders zu sehen. An jenem Tag war er traurig, weil Faiza und das Baby bald fortgehen würden.
«Mein kleiner Neffe wird mir schrecklich fehlen.»
«Aber du wirst uns doch mit Salima und den Kindern besuchen! Und wir, wir kommen zu den Festen nach Algier.»
Yamina sagte mit tränenerstickter Stimme:
«Und mir erst!»
Sie beugte sich über die Babies und murmelte:
«Ich habe mich an diesen kleinen Engel so gewöhnt, und Munira wird sich ohne ihn langweilen.»
Faiza erinnerte sie daran, daß sie ein zweites Kind erwartete. Tatsächlich war Yamina wiederum schwanger. Mouloud und seine Frau gingen nervös im Zimmer umher, Si-Ahmed hatte sich wieder gefaßt und verabschiedete sich von der Familie. Seit ein paar Tagen war Khadidja da, um Faiza beim Packen zu helfen. Glücklich über die Rückkehr jener, die sie mit ihrem ganzen Mutterherzen liebte, suchte sie jeden Vorwand, um in der Nähe ihrer jungen Freundin zu sein. Sie verhehlte ihre Befriedigung kaum, und Faiza ahnte den Grund, weshalb ihre Augen so glänzten. Mouloud dagegen hörte nicht auf, seine Mutter forschend anzusehen. Dann stand er auf und holte seine Tochter aus dem Ställchen. Er setzte sie auf Khadidjas Knie:
«Wir haben beschlossen, sie dir anzuvertrauen», sagte er.
«Sie mir anzuvertrauen?»
Yamina ging zu ihrer Schwiegermutter, kniete sich vor sie hin und sagte sanft:

«Ma! Sei so lieb! Wir wollen, daß du für immer bei uns bleibst. Munira wird bei dir schlafen. Faiza verläßt uns, und wir werden so allein sein! Ich bekomme noch ein Kind, und ich wünschte mir so sehr, daß sie bei ihrer Großmutter aufwachsen!»
Khadidja drückte das Baby auf ihrem Schoß an sich. Sie fühlte himmlischen Tau in ihrem Herzen niedergehen. Sie sollte Moulouds Kinder erziehen? Ihre rauhe Wange an ihrem sanften Gesicht reiben? In ihnen Moulouds Kindheit aufs neue erleben? Khadidja war alt, Akilas Kinder waren jetzt groß. Si-Mokrane war ein in seine Gebete versunkener, weiser Mann geworden. Ihre Begegnungen im Bett? Ihre Umarmungen hatten seit langem aufgehört. Ihre von den Leidenschaften der Jugend abgenutzten, aneinander gesättigten Körper waren besänftigt und schenkten nunmehr nur noch denen ihrer Kinder Aufmerksamkeit. Und Akila? Es wurde Zeit, daß sie allein mit ihrem Mann lebte. Gewiß, sie würde die Trennung von Khadidja ablehnen. Sie dachte nach. Immer hatte sie gewußt, daß sie das Haus eines Tages verlassen würde, wie eine Schwalbe, die vor der schlechten Jahreszeit floh, vor dem Winter des Lebens. Sie liebte es, die Jugend um sich zu haben. Aber welchen Platz konnte sie bei Mouloud und Yamina einnehmen? . . . Für einen langen Augenblick war alles in der Schwebe. Sie wirkten erstarrt wie Marionetten. Mouloud sah seine Mutter aufmerksam an. Yamina hob zärtlich lächelnd ihr Gesicht zu ihrer Schwiegermutter auf. Faiza lehnte am Fenster und betrachtete die weit sich ausdehnende Stadt. Sie stand dem, was im Zimmer vor sich ging, fern. Faysal und Munira untermalten das Schweigen mit ihren fröhlichen Lauten.
Endlich schien Khadidja aus ihrem tiefen Nachsinnen aufzutauchen. Sie wirkte belebt, das alte, jugendliche Feuer war noch vorhanden. Sie machte eine Bewegung auf Faiza zu, als wollte sie sie an irgendwelchen geheimnisvollen Freuden teilhaben lassen. Ihr Blick wanderte wieder zu Mouloud, der seine Mutter gut kannte: Dieser stolze Ausdruck, dieser verschmitzt-widerspenstige Blick gehörten zu der Khadidja, die den Erwartungen aller zuwiderhandelte.
«Meine Kinder, ich bin von eurem Angebot gerührt. Mich für immer bei euch behalten zu wollen! Bei Allah, auf meine alten Tage hätte ich keine schönere Belohnung finden können, als den Beweis eurer aufrichtigen Zuneigung. Besonders von dir, meine liebe Schwiegertochter! Aber ich habe keine Wahl, denn in meinem Herzen habe ich schon lange gewählt: mit Faiza zu leben!»

Faiza fuhr auf, als sie ihren Namen hörte, wartete dann aber ab, wie es weiterging. Das Gesicht dem Panorama der Stadt zugewandt, lauschte sie angespannt auf das, was im Zimmer gesprochen wurde.
«Sie braucht mich, und ich brauche sie. Und außerdem», sagte sie wie ein schelmisches Mädchen, «hat Faiza mir versprochen, mir eine Reise nach Mekka zu schenken. Wir wollen doch einmal sehen, ob sie ihre Versprechungen hält!»
Vor Zärtlichkeit bebende Arme schlangen sich um Khadidjas Hals. Faizas Stimme raunte: «Mütterchen! Schreckliches kleines Mütterchen!» Yamina verbarg ihre Enttäuschung hinter einem leichten Auflachen, und Mouloud sagte gespielt schmollend:
«Na gut! Niemand liebt mich! Bleib bei deiner Faiza!»
Die drei Frauen machten sich jezt einen Spaß daraus, ihn zu trösten; jede wollte Mouloud wieder zum Lächeln bringen. Er wurde geküßt und gestreichelt wie ein kleiner Junge. Endlich teilte das Schicksal jedem seinen Anteil am Glück zu.
Seit Faysal nicht mehr da war, hatte Faiza jenes innere Feuer verloren, das einst ihre Schönheit veredelte. Doch sie lebte. Sie war aktiv und ruhig, denn sie hatte zuviel natürlichen Stolz, um sich gehen zu lassen. Ihre persönliche Tragödie durfte sie nicht für das Leid der anderen blind machen. Ihr Leben drehte sich also um das Krankenhaus, um ihre Visiten in den benachbarten Hütten und um die Erziehung ihres Sohnes. Er wuchs ohne Probleme heran, versprach, ein rechter Lausbub zu werden. Schon vor seinem ersten Geburtstag fing er an zu laufen. Ma Khadidja, die er ‹Mama Dida› nannte, lachte fröhlich über die Streiche des Kindes und bewies eine erfinderische Geduld, ihm Wörter und Spiele beizubringen. In der weißen Villa, die einst der ‹Rumia› Marielle gehört hatte, die sie geheilt hatte, damit sie Mouloud gebären konnte, folgte er ihr überallhin. Die verschlungenen Pfade des Zufalls waren wirklich seltsam! Das Rad des Schicksals drehte sich langsam aber sicher um die Kinder von gestern. Und heute öffnen andere Schmetterlingspuppen die Augen für den Duft der Zeit, und der knirschende Sand erweckt neue Gelüste.
Die Dorfbewohner achteten und liebten Faiza. Sie hatten verstanden, von wem der kleine Faysal war. «Der Sohn des Fremden, der auf dem Dorffriedhof beerdigt ist», sagten sie ganz leise. Die Nachrede ließ sich von dem eigenartigen Los einer ihrer Töchter erweichen und zeigte verständnisvolle Großzügigkeit. Si-Mokrane, Akila,

Malika, Karim, Kamel, Jamel und die Onkel und Tanten umgaben Faiza, Khadidja und Faysals Kind mit ihrer wohltuenden Zuneigung. Und unter der strahlenden Sonne des Dorfes wurde weiter über die kleinen und großen Geschichten geklatscht . . .

Der alte Zauberer war plötzlich, kurz nach Faizas Ankunft im Dorf, gestorben. Eines Tages kam er ins Krankenhaus, was die Dorfbevölkerung sehr verstörte. Nie und nimmer hatte der Taleb Hilfe in diesem weißen Gebäude gesucht! Er wurde zunächst von den Krankenschwestern weggeschickt, die glaubten, er wolle betteln. Aber von ihrem Sprechzimmer aus sah Faiza den Greis mitten unter den schreienden Leuten gestikulieren. Sie lief zu ihm. Der Mann ließ sich brav untersuchen. Faiza war über die extreme Abmagerung des Taleb erschrocken. Er schien seit Tagen nichts gegessen zu haben. Sie ließ ihn in einem Einzelzimmer unterbringen. Aber der alte Mann verweigerte alle Medikamente. In ein wirres Delirium versunken, stammelte er unverständliche Worte. Faiza hielt seine faltige, heiße Hand. Plötzlich richtete er sich auf, starrte sie mit seinen eingesunkenen, von einem mystischen Leuchten belebten Augen an und sprach deutlich: «Khadidja! Khadidja! . . . Aber du bist Faiza. Weine nicht mehr . . . Ein großes Glück wartet auf dich! Ein großes . . . Aber verlasse niemals das Dorf . . . Schwöre es!»

Seine Stimme wurde laut. Er drängte Faiza. Er befahl. Von der Macht seiner Stimme wie gelähmt, schwor sie. Der Mann lächelte und schloß friedlich die Augen.

Weshalb rief er nach Khadidja? Und wieso kannte er ihren Namen? Faiza hatte vorher nie mit ihm gesprochen. Sie sann über dieses Geheimnis nach, das ihn hierhergeführt hatte, ihn, den alten Derwisch, den beunruhigenden Zauberer, um unter ihren Augen zu sterben. Aber wozu die Dinge erklären! Welche Literatur wird diese Phänomene entwirren?

Das Dorf gewöhnte sich daran, dieses große, braune Mädchen jeden Freitag zur selben Stunde, ob es regnete oder stürmte, langsam zum Friedhof gehen zu sehen. Glücklich, ein Buch unter dem Arm, ging sie mit ihrem tanzenden Gang dorthin, als sei sie zu einem Liebes-Rendezvous unterwegs. Sie setzte sich an das Grab des ‹Fremdlings› und öffnete das Buch, immer dasselbe. Sie versank in der Lektüre oder im Traum. Für die Dorfbewohner wurde Faiza die ‹Tbiba› oder die ‹Braut des Toten›.

Sie lehnte ihren Rücken gegen den kalten Stein von Faysals Grab und las das Ende des Gedichts, das er bei der Rückfahrt vom Strand von ihr zu hören verlangt hatte und das zu zitieren sie aus Aberglaube sich geweigert hatte. Jetzt machten die Worte ihr keine Angst mehr, denn sie waren für immer in ihr, wohin sie auch ging. War das das Glück? Das große, das die Stimme des Taleb vorhergesagt hatte?

Ohne dich . . .
Die Vögel haben nur eine Straße
Ganz aus Reglosigkeit
Zwischen einigen nackten Zweigen
Dort wird gegen Ende der Nacht
Die Nacht des Endes erscheinen
Die unmenschlich Nacht der Nächte

Da wird Frost sein auf Erden
Und in der Wurzel der Rebe

Eine Nacht ohne Schlaflosigkeit
Ohne Erinnerung an den Tag
Ein feindseliges Wunder
Zu allem bereit und für alle
Der Tod nicht einfach nicht doppelt

Gegen Ende dieser Nacht
Denn da ist kein Recht auf Hoffnung
Denn ich wage nichts mehr.

(Paul Eluard)

neue frau

*Lange bevor man in einer breiten Öffentlichkeit über die Situation der Frauen in der Männergesellschaft zu diskutieren begann, veröffentlichte der Rowohlt Verlag die grundlegendsten Werke zu diesem Themenkreis von Simone de Beauvoir, Betty Friedan, Phyllis Chesler u. a.
Mit der Reihe „neue frau" wird diese Tradition fortgesetzt.*

 *Bücher, die einen Beitrag zur praktisch gelebten Rollenbefreiung leisten können.* *NDR* 

Elisabeth Albertsen
Das Dritte
Geschichte einer Entscheidung (4135)

Joan Barfoot
Eine Hütte für mich allein
Roman (4818)

Simone de Beauvoir
Marcelle, Chantal, Lisa . . .
Ein Roman in Erzählungen (4755)

Toni Bently
Tanzen ist beinahe alles
Selbstporträt einer Tänzerin des New York City Ballet (5177) August 1983

Marie Cardinal
Der Schlüssel liegt unter der Matte
(4557)

Schattenmund
(4333)

Die Irlandreise
Roman einer Ehe (4806)

Martien Carton
Eine Frau ist eine Frau ist eine . . .
(4302)

Phyllis Chesler
Mutter werden
Die Geschichte einer Verwandlung (4655)

Kate Chopin
Das Erwachen
Roman (4507)

Judith Beth Cohen
Jahreszeiten
Roman aus Vermont (4313)

Colette
Meine Lehrjahre
(4595)

Blaue Flamme
(4371)

Sido *(4905)*

Eleanor Coppola
Vielleicht bin ich zu nah *(4634)*

985/9–9 b

Robyn Davidson
Spuren *(5001)*

Margaret Drabble
Gold unterm Sand
Roman (4262)
Porträt einer Tüchtigen *(4928)*

Françoise d'Eaubonne
Das Geheimnis des Mandeplaneten
Ein Science-fiction-Roman (4253)

Isabelle Eberhardt
Sandmeere 1
Tagwerke im heißen Schatten des Islam (5231) Oktober '83

Monika Feth
Examen *(4569)*

Barbara Frischmuth
Die Klosterschule
(4469)

Consuelo Garcia
Luis im Wunderland
Roman (5049)

Charlotte Perkins Gilman
Herland *(4607)*

June Goodfield
Kopfwelten
Die Geschichten einer Entdeckung (5098)

Evelyne und Claude Gutman
In der Mitte des Betts
Roman (4143)

Christine Haidegger
Zum Fenster hinaus
(4494)

Aritha van Herk
Alle meine Schweine
(4968)

Sylvya Hoffmann
Kältetraining *(4892)*

Maryse Holder
Ich atme mit dem Herzen *(4620)*

Margit-Heide Irgang
Einfach mal ja sagen
Eine Geschichte (4767)

Eva Jones
Dreizehn
Roman (4413)

Diana Kempff
Fettfleck
Roman (4666)

Sarah Kirsch
Die Pantherfrau
Fünf Frauen in der DDR (4216)

Alice Koller
Inselzeit
Roman (5075)

Liv Koltzow
Die Geschichte des Mädchens Eli
Roman (4323)

Lauf, Mann! *(4879)*

Joyce Reiser Kornblatt
Zerschnittene Fäden
(5014)

Margot Lang (Hg.)
Mein Vater
Frauen erzählen vom ersten Mann ihres Lebens (4357)

Violette Leduc
Die Bastardin
Vorwort von Simone de Beauvoir (4179)

Aïcha Lemsine
Die Entpuppung
Ein Entwicklungs-roman (4402)

Doris Lessing
Der Sommer vor der Dunkelheit
Roman (4170)

Vilma Link
Vorzimmer *(4382)*

Margaret Logan
Eine Tour zum Horzont
Auf Rädern von Paris nach Rom (4794)

Lizzy Sara May
Vater und Tochter
(4244)

Blanche McCray Boyd
Trauer über den Tod der Magie *(4480)*

Margaret Mead
Brombeerblüten im Winter
Ein befreites Leben (4226)

Isabel Miller
Patience & Sarah
Roman (4152)

Kate Millett
Im Iran *(5062)*
Fliegen
Flying (5156) Juni '83

Herdis Mollehave
Le und die Knotenmänner
Roman (4689)
Lene
Roman (5086)

Toni Morrison
Sehr blaue Augen
Roman (4392)

Maria Nurowska
Jenseits ist der Tod
Roman (4781)

Karin Petersen (Ma Prem Pantho)
Ich will nicht mehr von dir, als du mir geben magst
Monate in Poona und Oregon (5147)

Erika Pluhar
Aus Tagebüchern
(4865)

Helma Sanders-Brahms
Deutschland, bleiche Mutter
Filmerzählung (4453)

Emma Santos
Ich habe Emma S. getötet *(4161)*

Herrad Schenk
Abrechnung *(4424)*

Maria Scherrer
Pas de deux
(4918)
Silbertrompete
Roman (5110)

Cornelia Schmalz-Jacobsen
Klimawechsel
Berichte aus dem politischen Parterre (4713)

Majorie Shostak
Nisa erzählt *(4978)*

Victoria Thérame
Die Taxifahrerin
(4235)
Die Pianistin
(4958)

Märta Tikkanen
Wie vergewaltige ich einen Mann? *(4581)*
Die Liebesgeschichte des Jahrhunderts
(4701)
Aifos heißt Sofia
Leben mit einem besonderen Kind (5166) Juli '83

Ester Tusquets
Aller Sommer Meer
(4519)
Die Liebe ist ein seltsames Spiel
(4989)

Maria Wimmer
Die Kindheit auf dem Lande *(4291)*

Sandra Young
Ein Rattenloch ist kein Vogelnest
Geschichte einer schwarzen Jugend (5188) September '83

2072/1